百里洲纪事

一线脱贫攻坚实录

朱朝敏——著

北京联合出版公司
Beijing United Publishing Co.,Ltd.

图书在版编目（CIP）数据

百里洲纪事：一线脱贫攻坚实录 / 朱朝敏著 . --
北京 : 北京联合出版公司，2020.12
ISBN 978-7-5596-4712-2

Ⅰ . ①百… Ⅱ . ①朱… Ⅲ . ①纪实文学—中国—当代
Ⅳ . ① I25

中国版本图书馆 CIP 数据核字（2020）第 222866 号

百里洲纪事：一线脱贫攻坚实录
作　　者：朱朝敏
出 品 人：赵红仕
产品经理：万红雪
责任编辑：牛炜征
版式设计：李晓壮
责任编审：赵　娜

北京联合出版公司出版
（北京市西城区德外大街 83 号楼 9 层 100088）
北京华景时代文化传媒有限公司发行
北京中科印刷有限公司印刷　　新华书店经销
字数 217 千字　　690 毫米 ×980 毫米　　1/16　　17.5 印张
2020 年 12 月第 1 版　　2020 年 12 月第 1 次印刷
ISBN：978-7-5596-4712-2
定价：65.00 元

此际，

大地在，流水在，天空在，孤岛在，

我在，你在。

自序

我又说到了它，我的故乡百里洲。

它是长江中下游交汇处的一个洲岛，千年泥沙淤积而成，曾有九十九洲。时光荏苒，流水东逝，大小洲岛终又连成一个整体，耸立于江心。被水包围又临水而生，这种充满悖论的地理环境，提供了矛盾的生存哲学。它的逼仄常常反转出阔豁，它的遗世独立不经意就走出了桃源似的松散逍遥。然而，它天生闭塞保守，它拒绝工业提速，如此，相比其他乡镇，物质上的贫困在所难免。但我必须说起它，不间断地说起它，就像说起我的母亲。这是我的命运。

现在的讲述，我给它设置了前提，精准扶贫政策下的乡村叙述。

作为一名写作者，多年来，我用文字反复地叙述我的故土，以散文、小说的形式。记忆是叙述的桥梁。在记忆的干预下，“钩沉”这个动词质变出再次构建的意味。但是，真切地、忠实地记录它，记录这块土地上的人，记录他们当下的生活原态，记录他们在精准扶贫背景下的悲辛欢愉和翻天覆地的生活变化，却是以镜头的形式。

我是拍摄者。在四周环水的地理环境下，洲岛耸立，沙土沉淀的孤岛阡陌纵横，却是良田千顷，“桑田甘果，映江依洲”（出自郦道元《水经注》），大美而不言。它因环江堤防长74公里，合百余华里，故俗称百里洲。百里洲拥有212平方公里的版图面积，41个村庄和10万有余的常住人口。这方地域，因水孤立，因水拔擢而出，“孤岛”的称谓再合适不过。我的文字无一例外地称它为“孤岛”。看看，洪水年年冲击，它备受打击却始终不倒，死亡与生存毗邻，却年年翻转出命运的新绿，它的气质天生就具备文学意义。

在水中央……历史的辙痕深刻而清晰，似乎注定这个地域行进缓慢，几近笨拙。但有时，又感谢它的缓慢，唯其缓慢，万物才能幸运地葆有时光之痕。它包容、阔豁又砥砺，从而成全了一个不精通拍摄技术的拍摄者。

我更是一名忠实的记录者。时代浪潮，堪比江水风起浪涌，席卷每个在水中央的个体的命运。曾经困守在物质和精神旋涡里的人，如何走出困境，抖落一身水花到达彼岸？而每一个伸手拉拽他们的助力者，又是如何蹚过江流稳稳地落脚于大地？党的十八大以来，湖北几百万人次的干部群众参与精准扶贫工作，枝江有上万名扶贫干部投身其中。而百里洲镇因为四周环水，经济发展缓慢，贫困人口有6076人。脱贫攻坚战下来，百里洲镇每年减少300余名贫困人口，尤其是2017年以来，枝江市每名工作人员均对口帮扶1~5户贫困户。2019年，百里洲镇圆满完成了脱贫任务，将贫困人口数减至0。2020年是脱贫攻坚战的巩固年，也是脱贫攻坚战的收官年。这些年来，帮扶者和贫困户结成帮扶对子，就在他们拉手的一刻，两者便融合成一个动词：脱贫。你知道，他们总是偶数，总是彼与此融合，而在融合中，身份便互换。何为？助人者即自助。那些身处生活低谷的人，不过是早先领受命运的困厄再给我们这些幸运者提供生存之道。如此，我拿笔记录时，记下的绝不是他人的故事，而是自己的命运。

摄影和记录——说到底，画面和文字搭配出的版图，矗立在扶贫的这些年，以它固有的无法概定的方式呈现。

而我又是聆听者，还是一名接受恩典的受惠者。

他们的事迹，被还原为日常生活的原态，在精准扶贫的政策下不动声色地展开，并细化为一日三餐吃喝拉撒。简单概括——“生老病死”，生活有所保障，生存能获得尊严。这哪是只属于他们的课题，还是大家的，是所有人无法摆脱的共同命运。大家能够幸福地生活，活出尊严，是这个时代的共同课题。2019年全国“两会”期间，习近平总书记在看望全国政协十三届二次会议的文化艺术界、社会科学界委员时强调：“希望大家承担记录新时代、书写新时代、讴歌新时代的使命，勇于回答时代课题，从当代中国的伟大创造中发现创作的主题、捕捉创新的灵感，深刻反映我们这个时代的历史巨变，描绘我们这个时代的精神图谱，为时代画像、为时代立传、为时代明德。”习近平总书记这段话突出两个中心词：课题和时代。而时代提出了“脱贫攻坚、共同富裕”的课题，以文学的观点来概括，人活在这个世上，不仅要在物质上获得满足，精神上还要拥有价值和尊严。物质和精神，从来就是相互依存、不可分离的。而贫穷和富裕，哪是两条铁轨似的简单？它们无限长，却曲曲折折地交叉贯通，再扭曲蛇状盘起。它们行进的路线总是风起波澜。但是，冬去春来、春耕秋收，一切都那么自然有序，一切都充满了生命运行的法则。在枝江市脱贫攻坚的战场上，百里洲总是走在前面，且成效显著，在2014年至2019年的5年时间里，已成功将贫困人口数减少到0，贫困发生率从8%下降到0，减贫人数和减贫幅度位居全市甚至全地区的前列，脱贫攻坚工作取得决定性进展。

聆听者、记录者，在这些角色的界定下，我遇到的人、事，不是故事传闻，而是一曲曲朴实的不屈不羁之歌。这是大地和水流共同建造的一座寺庙。每个闯入者不经意间就被幸运地点化，福祉的声音贯穿周身。此际，大地在，流水在，天空在，孤岛在，我在，你在。

而我们，万物归一。写下它，孤岛的扶贫纪实文字，不如说是写下新农村的当下生活，或者说是社会变革中乡村振兴的风貌。这部纪实作品有11个章节12个脱贫故事。需要强调的是，这12个故事中的家庭几乎都属于因病致贫和因残致贫类型。这不是我特别的选择，而是实情。2019年之前的百里洲（因为不涉及易地搬迁和地域环境恶劣原因）被纳入低保的贫困户，致贫原因主要是上述两种。这两种原因也决定了脱贫攻坚战的艰难。因为这里，并非一马平川，而是症结突出。

显然，这部有关精准扶贫的纪实作品，它是物质方面的，收入、支出、房子、家庭、身体、环境……充满了日常。但是，人之为人，又岂止……它更多的是精神和心理方面的。留守儿童、养老送终、老弱病残、精神障碍、人性人心……

如何深刻地把握当下乡村的问题症结？如何打好精准扶贫攻坚战？两方面唇齿相依，互为依靠。物质贫乏的表象下，是人性人心问题，是人情世故问题。习近平总书记说，人心是最大的政治……由此，精准扶贫的国策和文学意味的叙述恰恰在这里发生了重合。

我之所以强调当下乡村问题的时代背景，用具有代表性的精准扶贫的事例，记录当下乡村的生态环境、道德信仰、人性人心、生存现状……旨在不仅要记录精准扶贫政策下乡村的生存现场，还要记录精神现场，叙述着重于个体灵与肉的双重变化。需要指出的是，这个文字系列，我给予当下乡村里的人们一些心理关注。我写出他们的心理状况，以及帮扶干部对有心理问题者的帮助、疏导和积极治疗，旨为提供一个参考——在心理层面关注，形成平等的交流氛围，尽可能地呈现乡村弱势群体的内心困惑和障碍，以及扶贫干部帮助他们突破"脱贫攻坚战最后一公里瓶颈"的艰难历程。这不亚于一场伟大的变革，但乡村巨变中，时代新人却因此诞生，他们将与当下时代一起完成彼此的构建。如此的脱贫攻坚版本不只属于百里洲，只不过以"百里洲"为窗口来展示全中国反贫困的攻坚意义。同时，这也是中国新时代的乡村振兴之歌。

2020年，全国的脱贫攻坚战将圆满收官，这不是梦想，而是正在到来的事实，我充满了期待。此刻，我又想起关于孤岛的传说。

传说，一只巨鳖在长江里来回巡游，寻找栖身之处。它游啊游，游到了长江中下游之间，看中这里温润的气候和绵软、平坦的河床，就扑在河床上安心休憩。而巨鳖占有的面积太大了，沉重的身体嵌进泥沙之中，身体周围漫溢出沙子和长江腐殖质。那些沙土和腐殖质覆盖在巨鳖身体上，形成了一个巨大的江心小岛。

睡眠、江水漫溢的泥沙、在水中央……这些词语之上的小岛，简直摇摇欲坠。于是巡游者出现了。

一个老人每天沿着孤岛附近水域撒网捕鱼，早上迎着太阳出门，夕阳西沉时返回并将捕获的鱼重新放回长江。第二天又沿着孤岛四周的水域撒网捕鱼，再把捕捉到的鱼重新放回长江。周而复始，年复一年。他是在为休憩的巨鳖巡游，预防巨鳖惊醒，如果巨鳖爬出孤岛底部，整个孤岛就会塌陷。没有谁看见过撒网的老人，也没有谁因为没有看见老人就否定老人的存在。相反，老人捕鱼的传说在一代又一代的孤岛人中流传。

故事在我们一代代的孤岛人中流传，并将继续流传下去。

我相信这个传说，并引以为豪，常常仔细玩味“孤绝”这个词语下的抗衡。逼仄、肃严的时空，在天骨开张的叙述中折射出光辉的人性。老人在时光隧道里巡游，成为一个象征、一个和他保护的巨鳖一样的象征——

他们是佑护孤岛的神灵，只要孤岛存在，他们就永恒地存在。换言之，只要他们存在，孤岛就会永恒地存在。你知道，那“永恒”便是我们孤岛人的“初心”，抑或是信仰。

需要说明的是，这些文字因为涉及诸多隐私，故而，在征求帮扶人员和被帮扶者意见以及他们要求的基础上，他们基本用了化名，相应的基本信息也做了艺术处理，帮扶人员所在的单位、对接的村庄名称、人物事件发生的具体地点、帮扶的对子关系也已错开。

朱朝敏

2020年10月

目 录

塔　灯

夜幕降临，棉花田犹如黑暗中的大海，暗波汹涌却又岑寂。那些密集的黑暗分子，在江风和夜气中累积叠加，蒸腾着黑夜的秘密。塔灯，一盏盏的塔灯依次亮起，在黑夜的大海中虚构出无垠的想象，又发出热烈的召唤。

扶贫对象： 杨勇

扶贫干部： 刘平

地理位置： 百里洲新闸村

1

我不得不知道他，是那种特别详细的了解。不仅是因为他是我家先生的扶贫对象，还有他的三次电话。

第一次是去年旧历年年底，实际是2018年元月份了。那天我们一家回到了先生的老家顾家店，刚刚坐下，他的电话响了。先生的手机恰好开了免提。开了免提的手机，“嗡嗡”两声后，清晰地传来他的声音。

“刘——站长，我是杨勇……哎，杨勇，就找，你，刚下船……我站，在堤上啊……找你，是有事……找我，老婆啊……哪里，找……有地方……那个赍华子，说，她在，安福寺……他，看见了哇……”

他断断续续的声音通过混沌的喉咙再通过手机传来，有些刺耳，还有些让听者蒙头蒙脑。不过，多谢他的结巴，恰到好处地限制了语速。我们——先生、我、公婆、公爹，都听清楚了大意。尤其是最后一句话：

“那你，帮我，去找啊……要不，我就，找政……府去……”

“别乱来，屁大的事情还找那个找这个的，有意思吗？你先等会儿，我马上赶到。”先生迅速地结束通话，朝我们挥挥手。“都听见了吧，没办法，我必须马上赶到码头。”他这个老哥子性子急，说风就是雨，以前就找过政府，一个结巴，半天都说不清楚什么，闹出扎心事，影响不好。

公婆在叹息，难得回趟老家，现在刚落脚就走，多少有些扫兴。

我们火急火燎地赶路。大约一个半小时后，赶到了快艇渡口，但是，不见杨勇的人。先生回拨电话。

杨勇说错了地方，不是快艇渡口，而是轮渡码头。标志是，渡口有一棵三四个人才能合抱的大杨树，他正靠着大杨树打电话。那自然是轮渡码头了。

这个杨勇，地方都说不清楚，我不禁埋怨。先生开车，解释道："他主要问题就是发混沌，发起混沌来，智商分分钟下降到痴呆水平。"

"怎么这样？"

"以后再说。"

我们赶到轮渡码头。杨勇正坐躺在那棵大杨树下打盹，双手笼进袖口，脑袋挂在肩膀上。江风吹寒，打着呼哨跑马一般地作响。我一下车，差点被江风掀倒，马上缩紧脖子，裹紧了厚围巾。他却浑然不觉，黄金梦正酣畅，鼾声经由半张的嘴巴发出，犹如雷鸣，轻易就压下了跑马呼哨的江风。

"老哥子，老哥子，小心着凉。"先生拍醒了他。

杨勇睁开眼，腾地站起来："找，贲芳芳去。"

贲芳芳正是他老婆。他听见村里人说，有个叫贲华子的男人在安福寺工业园打工，曾经在安福寺某地看见了贲芳芳，两人还嘘寒问暖了，贲芳芳现就在安福寺生活。

"都耽搁，好长，时间，快，快去。"杨勇拉起先生的手，准备朝车上爬。

"等等，别猴急猴急的，老哥子……别急哈，心急吃不了热豆腐……"先生伸手拦住他——费了好大的劲儿才拽住他。他一偏头，眼睛瞪出铜铃模样，反问道："怎么，不急？"

"老哥子你放慢心思，我们先问问情况再做决定。"先生递给他一支烟，稳定了他的情绪，便拿手机拨村委会办公室电话，又想起来正值周末，于是改拨村支书的电话，打听赉华子这个人。很快，先生弄到了赉华子的联系方式，再拨赉华子手机，询问情况。

赉华子显然莫名其妙，口气百般不耐烦。赉芳芳是谁，人家根本就不知道，至于“看见”之说，纯属子虚乌有。

谣言，村里人的闲话都是没根据的，老哥子不要信。先生耐心地转达了赉华子的原话，再语重心长地劝说。

“安，安福寺，很近，不去找？我，我……”杨勇的脸一片黑红，双眼又瞪出铜铃模样。

“老哥子你想想，你们都是六十好几的老人了，人家赉华子才二十啷当岁，小年轻一个，隔了几代了，怎么能认得你老婆赉芳芳？真的，那些闲话就是村里人逗你玩的。”

这句话管用。杨勇一愣，一张轮廓分明的黑脸耷拉着，充满了愤怒和沮丧。“哪个，又寻，老子开，开心？肯定是，老油皮，薛哥子，搞的鬼……”

“嘟嘀，嘟嘀”，一艘渡轮鸣笛靠岸。

“饿了吧，填饱肚子我们再来想办法。”先生拢住杨勇的肩膀，朝旁边坡上卖茶叶蛋的摊子走去。先生边走边回头朝我示意，要我站在原地不动，等他安排杨勇。

杨勇一口气吞下三个茶叶蛋，打起饱嗝儿，还放了一个响屁。先生打电话给村支书，劳驾村支书亲自到渡口来接杨勇回家，还说，下周二会到新闸村杨勇家走访。

“老哥子，回家拾掇拾掇房屋，别再捡垃圾了，好好准备下，过个好年是大事，两个儿子要回家过年了。”先生一边叮嘱，一边送杨勇上渡轮，但他后一句话又把杨勇留了下来。

杨勇如梦初醒般抓住先生的手，一张脸涨得黑红，歪着头盯着先生看。“我忘，记了，都腊月，二十四了，贲海云，贲小波，两弟兄……要回家，过年，刘，站长，帮我，催回，来啊，这就，打电话，催，他们。”

先生双手搭在杨勇肩膀上，目光炯炯，罩住杨勇的整个脸庞：“老哥子，相信我，这就是我的任务，我下周二专门去你家，这不是大问题。”

杨勇心满意足地上了渡轮。双脚刚踏上渡轮，渡轮就离开了江岸。没想到，杨勇转身踮起脚，双手架在嘴唇上合成小喇叭状，喊道：“刘，站长，我要，找回，贲芳芳，回家过，年……”渡轮掉转船身，浩荡的江风打起响哨，吞没了杨勇的呼号。

杨勇年逾六十，年收入低于4000元，被纳入了低保户。先生的告知——主要是他的年龄，令我十分惊讶。

这个农村男人，常年脸朝黄土背朝天的，整天与垃圾为伍，时不时就犯起痴傻病来，要说，应该是一副沧桑老态模样。但……单从长相和身材来看，也就40多岁的样子。

“痴傻病——是不是生来就有？还是发生了什么？”

“他的老婆贲芳芳又是怎么回事？”

…………

对于我递来的连珠炮似的询问，先生没有一一回答，而是讲起这个贫困户杨勇的人生经历。准确地说，是他遭遇的坎坷。一人经历，一家变故。故而，先生的第一句话是：“杨勇老哥子啊，他家的事情要从1986年说起。”

杨勇不是孤岛人，是问安镇人，入赘到百里洲新闸村贲家的，与贲芳芳结成夫妻。1984年生了儿子贲海云，一家三口虽生活拮据，但也其乐融融，遗憾的是，这份幸福只维持到1986年。1986年，他们一家发生了大事情。他家种有五六亩棉花田，是家庭的主要经济来源。到了夏季，正是生长挂果的旺季，但是虫子太多，喜欢趁着大热天钻进鲜嫩的棉果里去，棉农就必须打农药治虫子。所以，夏季越是炎热，棉农越是繁忙。

自然，先生这是多余的补充。

我怎能不知晓？我是地道的百里洲人。

百里洲——我心中更愿意称它为孤岛，一个在水中央，截然不同于其他村庄的地方。它被冠以“孤岛”的称谓时，时间便复活，以动态般的姿势流动成一个动词，仿佛一颗水滴、一朵浪花在奔涌，奔涌出浩瀚的洪流。而时间洪流夹击下的存在，陈旧缓慢，遁世逍遥，似乎更能道出田野和家园组合的乡村意味，更能贴附记忆的流向而不至于走样。孤岛就是这样的“存在”，故而，在我所有的文字里，我以“孤岛”一词代替了“百里洲”的称谓。好吧，我接着补充我先生对孤岛未尽的地理风俗阐释。绵延整个田野的棉花，是20世纪80年代孤岛的代表性风景。三伏天的棉花田里，热气盘踞其间，蒸腾出强大的热浪。虫子如获至宝，呼朋引伴地聚集而来，它们层层盘结，氤氲出一团团黑色烟雾。那团烟雾笼罩在我们眼前，冲击我们的眼睛。嗡鸣声随着热浪此起彼伏、无处不在，盘旋在人的周围并粘上身体。乌云般的缠绕和覆盖，钻心入肺地啃噬我们的神经，让我们几乎昏厥。孤岛人就在棉花田的路边立起水泥柱子，再在高大结实的水泥柱的顶端垒砌灯塔。塔形的玻璃罩子里，放进灯火——孤岛通电后，就是荧光灯。

我们称之为“塔灯”。

夜幕降临，棉花田犹如黑暗中的大海，暗波汹涌却又岑寂。那些密集的黑暗分子，在江风和夜气中累积叠加，蒸腾着黑夜的秘密。塔灯，一盏盏的塔灯依次亮起，在黑夜的大海中虚构出无垠的想象，又发出热烈的召唤。蚊蝇虫蛾飞扬，奋不顾身地朝光亮飞去。飞蛾扑火，却葬送在残酷的现实中。那些虫子，声嘶力竭地鸣叫，竭尽全力地扑打撞击，企图熄灭高处的塔灯之光，最终死于疲劳和绝望。那时正值农忙时节，大人、小孩倾巢出动，奔赴田野。我们这些孩子也跟随大人，忙碌在棉花田里，捉虫子、剪枝、掐掉烂掉的棉果，然后被黑夜的大海淹没，最后又被塔灯送回岸边。

天黑了，回家吃饭哦……

我在这里，我在这里。

我们在棉花田中间的路上奔跑，相互呼喊。我们必须呼喊“我在这里”，否则，那高大的超过我们弱小身体的密集的棉花田就会伸出神秘的大手，掳走我们、吞没我们。

相对于大人们的起早贪黑，我们小孩家是瞎忙。不过，这瞎忙在岁月中将某些记忆定格，去见证并储藏了那段记忆。此际，大人们的忙碌不打折扣，不分男女，他们在天还未放亮的时刻，就会出门，背着农药喷雾器和农药瓶子到棉花田里喷洒药水治理害虫。害虫那么猖獗，肆无忌惮，以旺盛的、倔强的生命力抗拒农药，仿佛春草绵延不绝。所以，每隔一段时间就要给棉花喷洒一次农药。那时，最有效的农药就是“保棉丰”。

看看这名字——只要用了这种农药，就能保证棉花丰收，太诱惑人了。

谁家没用过“保棉丰”？我父亲是镇医院的外科医生，也是当地少有的从正规医学院出来的外科医生，镇上医院的外科手术几乎都离不开他。父亲便只能长年累月地守在单位，这就苦了我母亲。家里的农活——女人的、男人的，几乎全落在我母亲身上。我母亲背着农药喷雾器到棉花田里打药，用的就是毒性超强的“保棉丰”。结果是，农药有效，害虫被药死，而我的母亲一次次中毒，被拖到父亲那里抢救过两次。我是说，孤岛上的棉农，每个家庭几乎都无法避免农药中毒的事情，只不过中毒的深浅不同。

1986年的三伏天，杨勇背着农药喷雾器给五六亩棉花田喷洒农药，连续三天喷洒。杨勇当时血气方刚，有的是劲儿——日后来看，就是过于逞强了，或者是太没有经验了，连口罩都没戴，还穿的是短袖。炎热的天气，风静止，阳光灼灼，站成铜墙铁壁似的棉花一望无垠，在田地里蒸腾出沸水般的气浪，鼓开了身体的神经和血管。剧毒农药便从口鼻和皮肤毛孔渗入身体，到大脑到内脏再到毛细血管。

杨勇中毒太深，倒在田地里。那时，塔灯刚刚亮起，杨勇被人发现并迅速送到了镇医院抢救。还算及时，命是救回来了，但大脑神经被毒药破坏，思维时而短路，尤其是语言中枢坏掉。从此，他说话结巴，思维还时不时出现短路，犯起糊涂。

犯起糊涂……先生说到这里，摇晃脑袋，似乎想起什么。一会儿，他接着说道："我觉得，1986年发生的中毒事件给他留下的是烙印，他的糊涂病，要我看，就是记忆喜欢跳闸，时不时就跳回到1986年。"

1986年，中毒后的杨勇幸运地被救回性命。而那一年，贲芳芳再次怀孕。第二年，小儿子贲小波出生。遗憾的是，贲小波的智商介于正常人和痴呆人之间，脑袋瓜子非常迟钝。这是杨勇中毒留下的后遗症，还是其他原因导致的？没有追查，绝大多数人认为，这可能是杨勇农药中毒后留下的后遗症。

事实摆在面前，两个嗷嗷待哺的孩子，其中一个智商低下，丈夫也是病人，时不时就犯起糊涂。家里的大小事情都落在贲芳芳身上。

"对了，还有一个细节，"先生扬起右手，又重重地落到方向盘上，"我不得不说，自从杨勇1986年农药中毒后，他把千般恨万般罪都归拢在一起，算在了棉花身上，他认为，'棉花'是残害他和家人的罪魁祸首，他内心里万般抵抗棉花。孤岛的主要农作物就是棉花，棉花就是孤岛所有家庭的生活来源。但杨勇说什么也不种了，不仅不种，连看一眼都拒绝。贲芳芳偷偷打营养钵培育棉苗，又到田里栽种，却被杨勇用锄头全部锄掉。

赍芳芳再补，杨勇就再锄掉。棉花种不成，失去这个主要收入来源，等于断绝了家庭的经济来源，贫寒到什么地步，可想而知。1989年年底，赍芳芳突然从家里消失了，没有任何征兆，也没有一个人能说出她的去向，犹如一滴水在江河里蒸发掉，自始至终都是隐秘的。赍芳芳是赍家的长女，下面有一个弟弟，弟弟一家人与父母住在一块儿。两家住在同一个村，而且相距不远。赍家也不知道赍芳芳去了哪里。”

随即，杨勇和赍家人出去寻找赍芳芳，找过好多次。每次都是听谁说，在哪里看见赍芳芳了，杨勇和赍家人便赶去，到那儿却是一场空。整整十年后，赍芳芳的老妈死了，葬礼上，赍芳芳仍旧没有出现。杨勇决定不找了。他把两个儿子好歹都拉扯大了。大儿子初中没毕业就辍学在家，小儿子脑袋瓜子不灵光，上学当好玩儿，去一天算一天，不去也没人问。杨勇放弃棉花种植好多年，等于好多年没有收入，其贫寒状况可想而知，再无精力和财力去寻找赍芳芳。但杨勇深信，老婆赍芳芳的失踪是一场阴谋，是赍家人心疼她，担心她守着这个烂摊子不好过日子，故意偷摸着将她介绍给外地人了，找也是白找。看看这个家，一穷二白，只有一间破泥坯子房屋，还塌掉了山尖子（俗语，偏阁的意思），还有两个痴呆人，谁看谁烦。

可是，烦也不能抛弃这个家啊，两个儿子，自己身上掉下的肉，怎么舍得？她却毫无声息地抛弃，畜生都不如。杨勇烦就烦在这里，并把根源都归结到赍家。他认为，赍芳芳的消失是赍家歹心谋划的。

太坏了，于是，两家基本不来往。

“赍家，竟然想出这伤天害理的馊主意，好，多人都晓得，赍芳芳，跟了，别人，还生了，孩子，怕我杨勇，找来，就东躲，西藏。”先生学着杨勇的口吻，重复杨勇的口头禅。

农药害惨了杨勇，不仅摧残了他的身体，还有心理。“不识庐山真面目，只缘身在此山中。”杨勇不自知，我们外人隔了距离来看，实际上看得更清楚。1986年农药中毒后，他被救回了性命，但留下了严重的后遗症——农药“保棉丰”挖了一个深坑，用深层厚重的土石埋没了他的大半个身体，钳制了他的脚步，阻止他跟随时光一起行走。所以，他的身体仍旧那么年轻。他的记忆却固执到不可理喻的地步，犯起糊涂来，整个脑子里就只有一件事情：老婆跑了，要找回来。所以，他整个心理还停留在那个时间段，被一个巨大的“事实”裹挟——贲芳芳跟别人跑掉了，要找她回来。

时光奈何？

我同意先生的总结论断。因为随着先生的叙述，我仿佛看见，一个可怜的男人正在黑漆漆的世界里，伸开双手拍打周围，那里是黑暗的潮水，一波一波地涌来，淹没他、推动他，一个浪头掀起，快要将他吞噬。出于本能，他只能伸开双手拍打自救，朝着不明方向的灯塔泅渡。

哦，灯塔。我的沉吟是默声。但先生似乎听见，侧过脑袋问我：“你在说什么？”

“你去孤岛那么多次，知道……塔灯吗？”我随口问道。

塔灯？先生有些莫名其妙，愣起双眼，但四五秒后，他点点脑袋。“你指的是棉花田靠近公路边的那东西？嗯，那些水泥柱子，我见过，水泥柱子顶上挂着塔形的罩子，罩子里就是荧光灯。”

它们在我童年时就站在那里，现在，因为还在种植棉花，当然也还站在那里。无论是以前的，还是新换的，就那样简单地挂在一根石柱子顶端，然后在黑夜里发出光芒。只要棉花不从孤岛消失，它总是少不了。我感慨，心中又发出童年的呼喊：我在这里，我在这里啊。

30年过去了，灯塔——不，是塔灯，还在那里。它在远处。费尔南多·佩索阿替我们吟诵：

远处的灯塔

忽然发出如此强大的光，

夜晚和缺席如此迅速地被恢复……

2

杨勇的家庭情况和扶贫情况如下。

基本情况：杨勇，62岁，新闸村3组村民。老婆贲芳芳已经失踪21年，不知生死。儿子贲海云和贲小波均在外面打工。大儿子贲海云在武汉一个建筑工地上打短工；小儿子贲小波智商有问题，属于轻度痴呆，在枝江市五柳树市场一带跟随一个远亲做水果生意。因为离家近，贲小波一年回来四五趟；贲海云则很少回家，有时候两三年才回家一次，一般是下午回家，第二天早上就离开。

杨勇有五六亩农田，全部种植玉米和高粱，还有10棵梨树，平常以捡拾垃圾为生。房屋在2017年上半年时是土坯房，快要坍塌，属于危房。下半年，先生的单位出了部分钱，后申请到部分危房改造资金，给杨勇一家修建了三间砖混结构的大瓦房，还购置了崭新的电器、家具和厨房用具。但2017年年底2018年年初，贲海云回家团圆，离开时，以准备结婚为由，不允许有人居住新房，锁上了新房，将杨勇赶到旧房子居住。

扶贫措施：杨勇和贲小波被列为低保户；参加合作医疗，全额资助参加城乡居民医保；危房改造；享受农村意外伤害保险。

杨勇的家靠近新闸村村委会，他没事就跑到村委会，喊着要扶贫人员帮他家脱贫。村委会不能不理，若是不理，逢到上面有领导来检查，他就埋怨村委会嫌弃他，从不理睬他，当他是垃圾。村委会只好理睬，答道："怎么当你是垃圾了？瞎扯，我们一直关心你，不正在帮你扶贫吗？"

杨勇一听，就摆手摇晃脑袋："是在，扶贫，却没有，搞，搞到，点子上。"

"这话说得……太让人气愤。我们怎么没搞到点子上，你说说。"

杨勇双手抓挠脑袋，满脸委屈，要村委会听他说话。他的贫困诉求很简单，套用他的原话："我不，愁吃的，俩儿子，也，不愁，但我，老婆跑了，要找，回来……"

有人就打圆场："这么多年了，贲芳芳一个农村妇女，现在是老太太了，还目不识丁，举步维艰。"说到这里，又用土语解释了这两个成语，"说不准，早不在人世了。你就别再想这档子事情了，放宽心，还是好好过你自己的日子吧。"

杨勇顿时满脸黑红，瞪起铜铃大眼，反驳"贲芳芳不在人世"的说法："瞎扯，某某在深圳看见了她，某某在湖南看见了她和一个男人在一起，某某在武汉看见她生了孩子——孩子是女孩，都是大姑娘了，某某在枝江的安福寺看见他们一家三口……"

村委会现在可不是清闲的地方，一村人的吃喝拉撒，还有各类检查，多忙啊，哪有人仔细听他的长篇大论，还是翻来覆去子虚乌有的唠叨。听完他的唠叨，起码要花费半个时辰，再搭话——哎哟，这一天的事情就别干了。

好不容易等他住嘴。有人递来一句话："杨勇，你不是有专门的扶贫干部吗？你不是常夸人家人好心好，讲真的，人家是城里的干部，比我们都有水平。"

"那咋……他刘，站长……能帮我，找回，老婆？"

"试试呗，我们的意思是，人家水平高主意多，真说不准能开出好方子，解开你的心结。”

好，说到第二个电话了。

2018年4月14日，我们正在午休，先生的电话响了。杨勇又到了渡口，还是在轮渡口给先生打的电话，目的明确——带他到荆州市找老婆去，马上去，因为村里有人在荆州市的某个工地上做工，前不久捎话给村里的某某，说看见厨房烧菜做饭的女人就是贲芳芳。

先生在电话里安慰杨勇，要他别听村里人的闲话，更不要当真。

不知杨勇在电话里说了些什么。隔了三四分钟，先生又劝道：“老哥子啊，你相信我这个小弟，就听我的劝告，好好种玉米养猪。到年底，我们单位几个人一起买下你的年猪。你赚了钱，还怕啥，看看咱们老哥子模样多好看啊，重新找个年轻的老婆，不好吗？”

又过了四五分钟，先生才“唉唉”叹气，交代杨勇别动，他马上赶到轮渡口。

“又犯糊涂了，杨勇这老哥子一根筋，还是牛皮筋，唉，只要别人一说他老婆，他就来真的——”

“为啥这么多年过去了，村里人还拿他老婆说事？”我插话打断。

“结巴子一般招人嫌，越嫌越逗，这道理不懂啊？”先生穿好衣服，拔腿就走。到傍晚，先生才回家。

先生自然是送走了杨勇才回家的。其实，在轮渡口，花费半个小时，先生就帮杨勇恢复到正常思维了。因为杨勇说，他是听村里的罗婆婆说的，而罗婆婆是薛哥子（杨勇在村里的头号敌人）的亲戚。对罗婆婆的碎语，杨勇不是没怀疑过。但是，他想到大儿子贲海云也在工地上做事，那么，贲海云的亲妈专门跑工地上帮厨，就是来找贲海云的，目的就是想拐走已经成人的大儿子。他作为父亲，必须找去，找回老婆，一切就圆满了。

先生马上给杨勇的大儿子贲海云打电话。贲海云不接听，先生只好发短信。很快，贲海云回复了，告诉先生，并要先生转告他父亲杨勇，他在武汉某工地打工，还没有找到女朋友，一个人习惯了。至于亲娘，就是活着找来也不认。他可能在6月份会回家看看。

杨勇就是被儿子贲海云的两句话治好了暂时的混沌，一句是，儿子只认他这个父亲；另一句是，儿子最近要回家。

先生带着杨勇到城里来吃午饭。一顿午饭吃的时间不长，但谈话的时间就长了。先生反复开导杨勇："老哥子，你不要再捡垃圾了，那东西挣不了钱，也没地方放，而且都是细菌，接触久了就会得病，划不来。再说一身臭，谁都不喜欢，你儿子海云肯定不愿意把新房给你住。家里的田种上玉米和高粱，收获了，卖一部分挣点零花钱，剩下的全部拿来喂猪，喂养两三头肉猪，不成问题。到年底，我们单位的同事一起买下猪过年，对你和我们双方都好，这叫皆大欢喜。"

"皆大，欢喜？"杨勇偏着脑袋，重复这四个字。

"你晓得还有一个大好处吗？老哥子，你必须记住，你手头宽绰了，家庭和个人卫生搞好了，就会有姻缘——"

杨勇打断："啥，啥姻，缘？"

"就是不愁再找个老婆，找个伴儿过生活，这样人就有了依靠，这叫重新站起，梅开二度。"先生说完，要杨勇重复。

但重复着，杨勇就又回到老婆贲芳芳的事情上。先生铁了心，要拗回杨勇陷在过去的思维。如此，两人拗着犟着，一直到傍晚，先生才送走杨勇。

"有效果吗？"

先生笑了，看不出高兴，也看不出沮丧。

我琢磨，就是"慢慢来"的意思，有些死马当作活马医的意味，不过，憧憬还在。这世上的事不到临头，谁能下结论？三言两语后得出的结论，未免草率了。

第三次电话，是电话和人一起抵达。

抵达哪里？我们家。

他问来的吧，这不难。过了长江就是县城，巴掌大的地方，他知道我先生的名字和单位，问到住址不是太难，尽管他又陷入了糊涂中。

还是找老婆。这次说得有鼻子有眼儿。他老婆贲芳芳跟着外地人，又生了二胎，又是个姑娘，姑娘都10岁了。这不是专门气杨勇吗？她给杨勇生了两个儿子，一个儿子还是智商低下。可给人家生的呢，是两个漂亮姑娘。贲芳芳牵着10岁女儿的手在去宜昌的动车上，还跟新闸村3组的某某说话了，还要那小姑娘喊某某婶婶。

某某是谁呢？杨勇偏头想了一会儿，才说忘记名字了，不过，那某某刘站长认得，就是村里做电脑的——先生补充："是网络员黄艳萍？"

杨勇使劲点头，又给传闻描眉画眼："某某还要贲芳芳回新闸村来玩，那还有假？不信，你打电话问某某。"

正值大热天，杨勇一身臭气——混合了垃圾和汗的臭气。臭烘烘的他，拉下身上的破旧T恤，光着上身。八块胸肌格外显眼，显眼得令人诧异万分，我不由得怀疑自己的视力。眨巴眼睛，再眨巴眼睛。没错，正在淌汗的身板紧凑结实，皮肤呈现古铜色，犹如一块擦干净的老铜器，锃亮锃亮的。这哪里是年逾六十的农村老头儿？去掉那身快要令人窒息的污秽和臭气，他看起来就是时尚的健美教练，这类比丝毫不为过。

这个比方多么不现实啊，就是一个黑色幽默，反衬出辛酸无奈。

没错。先生判断正确，这是被施蛊中毒的男人，被时光洪流隔绝在彼岸，从身体到心理到记忆，全部滞留在1986年。剧毒农药"保棉丰"就是罪魁祸首，打开了命运的潘多拉魔盒，魔鬼的箭矢四射，他毫无防备，无处躲藏。

先生打电话找到新闻村3组的网络员黄艳萍。

是啊，黄艳萍是在动车上遇到了“贲芳芳”，她的确是邀请贲芳芳来自己家玩耍，可那是她的大学同学贲芳芳，此贲芳芳非彼贲芳芳。天底下，名叫贲芳芳的又岂止这两个？先生哑然失笑。解释给杨勇听，杨勇不信，结巴着辩解，用他的道理，脖子上暴出的青筋犹如惊蛰后苏醒的蛇，摇首晃尾，要人忽视不得。

这次，先生发了火，杨勇一下怔住。“老哥子，你来我这里，你家的猪谁管？都是八九十斤的肥猪了，要是有人偷走了，我们找你买年猪，你拿什么交代？”

杨勇惊得站起来，嘴唇哆嗦：“我的妈……三头，肉猪。”说完，他转身出门。先生在后面赶上，喊道：“老哥子，你先别急，我打电话给村支书，要他帮你先看着。”

先生开车送杨勇到码头去，我搭便车去父母家。车上，先生重复起他的扶贫经：“不要再捡垃圾了，一身臭气招人嫌。垃圾堆在家门前，老臭老臭，谁都不愿意走近，儿子们当然不愿意回家。老哥子花时间种好玉米喂好肉猪，到年底保证化成现钱。你攒好钱就脱贫了，肯定会有姻缘到。”

“是，贲芳芳，会，回家了。”杨勇又回到了他的老婆身上。

晚上，我和先生散步，说到了杨勇。我做了一个假设，假如贲芳芳真的回家了，杨勇的病（我指的是心病，实际是心理疾病）会彻底恢复吗？

“你刚才假设的——贲芳芳回家的事情，就算她真的回来，能把30多年的消失瞬息就无缝对接吗？能够改变她出走的事实吗？不能吧，所以，什么也不会改变。说白了，作为伴侣，她的出走就是抛弃、嫌弃和随意扔掉，就像扔掉垃圾一样……你能想到，他后来喜欢捡拾垃圾，把垃圾堆放在家里，宝贝一样，这未尝不是他心理症状的表现。”

“他在反向自证。”我点头，附和道。

然而，被当作垃圾丢弃，对于一个男人来说，是巨大的耻辱，仿若提示他是废物，他的存在没有任何意义，这样的心理我能理解……先生看向我。

是的，我也理解。日本诗人寺内寿太郎早替我们说出：“生而为人，我很抱歉。”源于虚弱肉身的抱歉，时间没有解药。然而，心灵导师克里希那穆提又说，既然生而为人，就应该学会真正去观察、感受、理解、思考生命中的一切，从而还原真理的本性，回归真我与宁静。生而为人，每个人都有义务去关注并理解世间的不幸，理解他人等于拯救自己。这不应该是空话。

先生继续说，杨勇的心理便留下了无法愈合的伤口，那个伤口蛮横霸道，像君王似的控制了他的思维，将他的思维卡在那个致命的事件上，久而久之，杨勇的心理便形成了定式。故而，杨勇日夜盼她回家，希望找她回家，几十年来毫不松懈——这是他的内在心声。内在心声……我很相信心理学家荣格说的话，他说：“内在心声既是我们的最大威胁，又是不可或缺的救助。”

那天晚上，散步到中途，竟然飘起了小雨。初秋的夜雨，清凉到冰寒。

8月底9月初，先生再次去杨勇的家，回来后喜形于色。

杨勇喂养的三头猪胖嘟嘟的，都是百把斤了，估计到年底，达到两百斤没多大问题。先生他们还做了一件事情，联系上杨勇的大儿子贲海云，要求换掉贲海云给新房上的锁，让杨勇住进去。

贲海云问道：“我爸爸他还捡垃圾吗？”先生把手机递给杨勇。杨勇回答：“不捡，垃圾了，在养，猪。”

“那就换呗。”贲海云说完就结束了通话。

杨勇喜滋滋地捏着手机，双眼半天离不开黑色的屏幕。“海云，他要我，住新，房子去，我帮他，看着，东西，都不会，乱，动。”

于是，先生买来崭新的门锁，换上，帮助杨勇搬进了新家。

拾掇一番，杨勇刚刚坐下，双手拍打大腿，左右环顾，眉飞色舞，但很快又犯起糊涂，思维又困在老婆贲芳芳上，于是诉说："贲芳芳跟别人跑了，在外面生育了两个女儿，这不行，要找回来。你们帮我扶贫，我现在养了三头肉猪，儿子在外面打工，脱贫不是难事，但我找别的女人做老婆也不行，贲芳芳和我没离婚……"

先生他们被搅昏了脑袋。看看看，三句话不到，思维又跳闸了，又在原地转圈圈。

"帮我，找回，贲芳芳。"杨勇继续他的老三篇。

先生他们觉得脑袋发晕，可早已经习惯，也就没乱了方寸。"先把肉猪养好再说，老哥子能干着，这肉猪胖嘟嘟的，你要一步不离地看好啊，小心被人偷了去。"

"哪个，能有，那大胆子，除非，薛哥子，我盯，死，他。"

"对头，你人守在家里，谁还能偷走肥猪？真是吃了豹子胆的。"先生连声附和，竖起大拇指。

起码到年底，杨勇再也不敢离开村里一步了，连出门捡垃圾也不行。胖嘟嘟的肉猪多惹眼啊，要是被人偷了……那可是大事。

后　记

2019年10月19日，我写的关于百里洲精准扶贫的纪实作品准备定稿，赶去百里洲镇新闸村的杨勇的家继续采访。

经过乡村公路，过一座石板桥，径直向前走，走进绿树簇拥的一块地方，接着是一片广袤的原野。原野上，杨勇的家闪现在眼前，他家的右方就是一块旧棉田（以前曾经种植棉花，杨勇农药中毒后，全部改种玉米、高粱等农作物），一根柱子立在右前方，柱子顶端还有一个塔灯罩子。我万分感慨。

杨勇正在拾掇房屋，因为下周末，两个儿子将要相约一起回家。

看来，家里有事情，还是大事情。至于何事，杨勇笑眯眯地不答，还将右手捂在嘴巴上，活脱脱的卖关子样儿。我也没坚持问。

这一年，因为非洲猪瘟的影响，杨勇养的三头猪，一头病死，另外两头在6月份时及时处理掉，卖了3800元钱。下半年，他养了17只土鸡、七八只鸭子。他兴奋地告诉我，他的扶贫干部（我家先生）所在单位已经预先订下了土鸡和鸭子，当作年货来买的。他又自夸，他养的鸡鸭都是响当当的土货，人吃了舒服健康。所以，这是“皆大欢喜”的事情。

“皆大欢喜”这四个字从他嘴巴里慢吞吞地吐出，我忍不住笑了。

我问道：“除了家禽，田里还有收入吗？”

杨勇结结巴巴地答复，颇费力气。但是，我听得清楚——田里有收入，8月时，田里种的冬瓜和辣椒，大丰收，堆在家里，正愁没办法处理，村里的干部引来一批人，他们买走了所有的冬瓜和辣椒，收入1365元。9月，田里的玉米和高粱也卖出一些，还有一些留着，准备明年用来养猪。说到这里，杨勇喜笑颜开，停顿下来，眼神飘向我，放轻了语调，问道：“我儿子，下周，周末回，家，是为，啥？”

“为啥？”

杨勇的右手捂在嘴唇上，见我眼睛盯着不放，不好意思地拿右手抹了下嘴唇，再移开。他郑重地答道：“我，生日。”他终于忍不住内心的喜悦，将心中的关子拆除，把喜讯告诉了我。

“那好啊，现在你儿子都愿意回家了，主要是你这个老爸把家安顿得像一个家，他们有了依靠，就有了念想，以后还会经常回来的。”

“嗯，我也，不捡，垃圾了，那东西，没有地方，放，太臭了。”杨勇点点脑袋，说道。我抬起脑袋四处看，果然没有发现垃圾。接着我又嗅了嗅，他充满期待地问道：“没得，臭味吧？”

我重重地点头，还跷起拇指。

他笑了，接着又问：“你说，我老婆，贲芳芳她，要是，晓得，我把家弄，好了，她会，回来吗？”杨勇的记忆又跳闸，回到了他老婆贲芳芳身上。不过，这次要我来听，还算正常话。

我“嗯嗯”点头。我这不是敷衍，而是由衷地祝愿，甚至还有几分相信——如果贲芳芳真的还在人世的话。

“要是你，在哪里，看见，贲芳芳，你一定，记得，告诉我啊，嗯，还要，告诉她，现在，条件，好了，手头，也活泛，回家保，证，她有福，享。”他抓住我的手，眼睛钉子般钉在我眼皮上，重重地嘱咐我。一个结巴子说了那么多的话，却硬是表达得通畅。

我又“嗯嗯”点头。但是，就在他放手的刹那，一个主意冒上来，我说道：“对了，我也是女同志，比你更加了解女同志的想法，要我猜想贲芳芳的心思啊——”说到这里，我的眼睛钉子一般看向杨勇的眼睛。

他“啊”了一声，张大嘴巴，一动不动了。他在集中所有的精神，去听我的建议。我放慢了语速，继续说道：

“她也年过六十了，肯定在想，我那年过三十的儿子成家没有？我是否要当奶奶了，回家帮忙带孙子啊？”

杨勇拍手，吐了一口唾沫，着急地插话：“对啊，我儿子他们，要找，对象结婚，都这么，大了。”

“这才是你的大事。”我赶忙叫道，并叮嘱，“你千万不要忘记啊，督促儿子找对象结婚。”杨勇点头，还嘟哝：“找对象结婚，这才是大事。”

离开时，我的眼睛不由得瞟向那个高处的塔灯。它在晚上亮起过吗？

当然。哦，远处的灯塔。我心中念起费尔南多·佩索阿的诗句：

远处的灯塔
忽然发出如此强大的光，
夜晚和缺席如此迅速地被恢复，
在此夜，在此甲板上——它们搅起的痛苦！
为了那些被抛在身后的人的最后的悲伤，
想念的虚构……

请你说话

那些混杂的声响，粗鲁却单一。它们告诫那些靠近的生命，安静下来，你将会听见大海的内心，你将会看见那些声响下被遮蔽的灵魂。你去看见，不是为了别人，而是自己，因为被遮蔽的灵魂总是那么相似，因为只有心灵才会发现心灵。

扶贫对象：黄大国

扶贫干部：周先海

地理位置：百里洲精华村

联系上周先海后，我在他的微信朋友圈里搜索，很快，找到了那个众筹捐助动态，这是2017年4月份的事情。

发起人名叫青峰山。青峰山是黄大国所在村的村名（老村名，几年前与其他村合并为精华村），事情也是关于黄大国的，而众筹的主意是周先海想出来的，实际操作者是周先海的女儿小周。那个众筹标题比较煽情："我想活下去，请伸手给我"。

众筹文章介绍了两岁半的女孩小豆豆。小豆豆刚出生不久，就被父母遗弃。湖北省枝江市百里洲镇精华村的黄大国，两年前在南河河边捡到她，随后收养，并给她取名豆豆。黄大国年过半百，妻子曹彩云因为做饭时液化气发生爆炸，右臂和右小腿截肢，严重残疾，毫无劳动能力，家庭被列入低保户。小豆豆虽然有了临时的家，但是先天营养不足，患有多种病。瘦弱如小猫的她活在人世，气息奄奄。但她还是一个生命啊，她想活下去。如果好心的您看见，请伸手给她。后面留下的是黄大国两口子农商银行的账号。

网络力量大，一个月左右，收到了30万元的捐款。周先海感慨道："情况就是从这时改变的，始料未及。"

他低估了网络。周先海满脸沮丧，上身躬成一只虾的模样。不堪重负速朽速垮的中老年之境，他轻易抵达。同为中年人的我不忍直视，别过脸去。他以为我反感，便喃喃自语地解释："我在犹豫，是从这里说起，还是从黄大国弑母说起？"

我点头，叹息一声："随便您了，我大致知道一些。"

周先海也点头。这样，周先海讲述，我记了下来。

此刻，他这个扶贫干部讲述的就是对接对象黄大国的家事，说到底，却是黄大国一家人的命运。周先海连续说了三遍"命运"，我理解，命运和贫困，在当下精准扶贫的农村就是对等的词语。

1

黄大国的家庭情况和扶贫情况如下。

基本情况：户主，黄大国，50岁，精华村4组人。家有三亩棉花田，现在全部种植黄豆、芝麻、梨树、柑橘等经济作物，家门前有一口堰塘，养殖一头肉猪和一头母猪。妻子曹彩云，45岁，曾是付家渡村1组人，40岁时带着女儿嫁给黄大国，因为液化气爆炸，身体落下重度残疾。女儿曹玲玲17岁，曾是职高学生，2017年7月23日失踪，下落不明。2015年9月，黄大国、曹彩云夫妻俩收养了一个女婴，取名黄小豆，现在4岁。

扶贫措施：一家人被列入低保户，享受低保。房屋以前是土坯房，因为液化气爆炸，炸塌厨房，正屋快要坍塌，属于危房，村里给钱简单地进行了补修。2016年下半年，周先海的单位市公安局出了部分钱，又申请到部分危房改造资金，给黄大国一家重建了砖混结构的大瓦房，购置了部分电器、家具和厨房用具。自来水报装费减免，享受家庭医生签约服务，享受农村意外伤害保险。

黄大国的命运转折点要从他25岁时说起，具体点儿，是1994年春天的一个中午。

那天吃过中饭后，黄大国就去村里的某个铺子赌博。赌博一般是打花牌，也有打麻将的。花牌是孤岛盛行的消遣方式，几乎普及每个家庭。

一方水土养一方人，这与孤岛的地理环境有关。在水中央的孤岛，每年到了夏季三伏天，江水暴涨，一旦遇上暴雨天，夏汛进入狂暴时期，长江水位迅疾飚至临界点。绵延百里的大堤出现溃堤、裂口，进而导致一段一段的堤防塌陷……每年如此，或大或小而已。“毁坏”是孤岛的常态，而来年孤岛又是葱绿。酷烈的生存环境下，孤岛人看开了生死，养成及时行乐的性格。看哪，这么多年，孤岛一道奇特的人文景观从不改变——逢阴雨天，逢节假日，逢家里来客，家家户户的屋檐下都会摆放一张桌子，桌子上的花牌或麻将正在三四人手中流转。不分男女，也不分老少。

黄大国高中毕业后，没考上大学的他，已经20岁了，选择在家种田。父亲已过世，妹妹远嫁到一个偏远的山区，家里只剩下他与母亲。家里三亩田，黄大国一个人包揽，没有太多怨言。只不过，他对花牌痴迷，越来越缺乏管束。忙完那三亩田，时间再迟，黄大国也要去村里的铺子里坐坐。

铺子就是当时的经销店。一个村里有一两家依靠公路边的有利位置，腾出房间或者建造一间房子做经销店，做点儿小生意兼经营茶馆，挣点儿小钱。

三四人凑一张桌子玩花牌。玩着玩着，人员固定下来，那么几个人总是每天来报到，仿若买下了位子。老板收点儿茶水钱，反正是守店子，时间再迟也不会拒绝生意。黄大国是经销店的常客，几乎每天光临。花牌是流行于荆楚一带的纸牌，以“孔乙己化三千”开端的娱乐形式，再加上“带彩”的赌博，里面的套路很深。黄大国技艺有限，研究不足，经验也不足，虽然小赢几回，总体还是输，几年下来，输掉了不少钱。刚迷上花牌的那年运气不错，略有小赢，手头总有不少小钱。第二年秋天，黄大国卖掉棉花，手里揣着近万元现金回家，中途就被人约到经销店赌博。两天两夜后，黄大国手里的现金全部输掉，还留下一张1500元的欠条。以后的运气就像滑溜溜板了，赌大博输大钱，赌小博输小钱。但赌徒的心理就是这样，越输越想玩越不能罢手，要不，那本钱不是白白地扔进水里了吗？

母亲见黄大国陷进去太深，却又拦不住，只有断来源这个老办法——收走黄大国身上的现钱，并将存折（实际上，那本子上已经只是一个空号了，要不，黄大国也不会将存折上交）放在自己手里。这下，黄大国捉襟见肘。

那天中午，他刚上桌子就欠下三家的钱，被赌友赶下了桌子。黄大国掉头回家，找母亲要钱。母亲正在剁猪草，坚决不给，还大声训斥。黄大国知道母亲身上揣着两百元钱，准备买种子、肥料的，坚持要钱。母子俩发生激烈的冲突。据说，母亲拿刀准备吓走儿子，却被黄大国夺了菜刀，菜刀没拿稳，掉在母亲勾起来的脚背上。接着，母亲整个人扑在菜刀上，哭泣起来，答应了黄大国，要黄大国到堂屋里等。

黄大国一颗心全部在东头铺子里的牌桌上，盘算着如何赖掉欠下的赌账，再来翻盘，否则，要来的钱顶多付个欠账，何必？此时，一个牌友走来，人还在房屋后面的路上，就扯着喉咙在喊："黄大国，你要到钱没有啊？我们都在等你……你不要搞这么缺德的事情哈……"

黄大国着急了，赶紧跑进屋，却发现母亲倒在血泊里。母亲竟然拿刀寻了短见……惊慌失措中，黄大国稳住身体，跑去关紧了堂屋大门。

牌友敲门吆喝，然后骂骂咧咧地离开了。黄大国突然清醒过来，这是自己的亲娘，一口气悬在口里。他抱起老娘跑到屋外，扯起嗓门儿哭喊："救命，快来人啊……"

黄大国的母亲住进镇医院不久，因为失血过多而死亡。

1994年至2013年，黄大国在监狱里，以弑母罪名服刑19年。这是沉默的19年，黄大国没有跟任何人讲起这19年的监狱生活。沉默构成了他主要的生活，也沉淀出血液基因。据说，在定罪前，他说过一句话：“我妈是我杀的，请判我的罪。”事实上，公安局鉴定的结果更倾向于自杀。但他一口咬定他是凶手。法院判定，死刑缓期执行。

沉默的监狱生活，黄大国表现不错，再加上读过高中，懂一些物理知识，换灯泡、安装或者改装线路什么的，很在行。2013年，黄大国被提前释放。

家就剩一座老房子了，人就是他一个。三亩田一直有人代种，是村里的邻居。邻居见黄大国回家，给了一点儿田租费用，再还给他三亩土地。这就是黄大国的全部家当。此时，他已经45岁。从莽撞的青年一下跨入沉默的中年。

牌是心伤，看也不看了，别说伸手摸下。

2014年，经由黄大国远嫁的妹妹介绍，曹彩云带着13岁的女儿曹玲玲嫁过来，组成一家人。曹彩云是付家渡村人，因为丈夫在外打工与别人相好，两人离婚，她独自带着女儿生活。曹彩云与黄大国接触几次后，感觉对方条件不错。除了人像哑巴一样沉默，为人却憨厚老实，心地善良，加上家庭环境简单，只有他一人，以后三口之家会很好相处。黄大国也觉得不错，余生能有个三口之家，圆满了，不能再贪心。

看看，两口子年纪相当，正值盛年，侍弄农活绰绰有余。农闲时，曹彩云就去船上帮厨，能挣来基本生活费。女儿曹玲玲在镇上读初中，住宿，周末回家。一家人算得上其乐融融。

仅仅一年的顺当。

2015年，黄大国家遭遇厄运。

春上，曹彩云娘家来人，她在家做饭，拧开许久都没用的液化气罐。

中午炒菜好好的，没想到，傍晚炒菜时，液化气发生了爆炸。那爆炸力不算大，却因为厨房小且不坚固，再加上毫无防备，曹彩云当场昏厥，被喷出的大火烧到半边身子。命是保住了，但右小腿和右臂被截肢，右边脸被烧成树疙瘩样儿。

半年后，基本控制了伤情。所幸，这年8月，村委会将他们家纳入了低保户。曹彩云安心与黄大国守着那三亩田过日子。

还有一件事情……放在后面说吧。

2016年5月，市公安局的周先海牵手黄大国一家，开始扶贫工作。黄大国的家以前也是市公安局帮扶的，却并不是周先海。不知是什么原因，帮扶干部调换了一下，周先海接手帮扶黄大国的脱贫工作。

那一年，市公安局出资，并帮他家申请到部分危房改造资金，共同建造了一栋砖混结构的新房子，还购置了家具、电器。黄大国的家焕然一新。

住的问题解决了，吃饭也不是问题。唯独摆在眼前很棘手的问题，是这个早产儿黄小豆，她多病，营养不良，而且无人照顾。

周先海一时也想不到什么对策。

曹彩云却着急了，急不可待的样子。周先海一到黄大国的家里来，曹彩云就拿这事“炒现饭”，好像周先海不是不能办，而是不愿意办。曹彩云一边哭号一边大声地哀求：“请周领导想想办法，看看小豆豆，猫都不如，你不觉得怪可怜的？小豆豆从小就被父母抛弃，我们家境贫寒，没有能力养好她，但也不至于丢下她不管，否则要遭天谴的。再说，我和大国没法再生孩子了，小豆豆就算是我们的亲生女儿。”

当亲生女儿养——这番心思令人怜惜。周先海信了，丝毫没看出曹彩云在撒谎。说到这里，周先海将语调降低并加重，重重地感慨。

我“啊”了一声，瞪大了双眼，失声叫道：“曹彩云撒谎——莫非那小豆豆不是捡来的？”

周先海没答我的问话，点燃一支烟抽起来："耐心点儿听呗，你以为曹彩云真想撒谎？她是不撒谎不行。"

小豆豆快两岁了，刚刚会走路，但瘦小得皮包骨头，走几步就倒在地上。小豆豆坐在地上，看见旁边一坨鸡屎，抓起来就朝嘴巴里送。周先海拦住小豆豆的右手，嚷道："不能吃，这是鸡屎，好臭好臭的。"说着，他还皱起鼻子，故意嗅了嗅。在周先海的逗弄下，小豆豆笑了，鼻子冒出鼻涕泡，豁开的嘴唇，几颗稀疏的牙齿白瓷般晃眼。

"再不要吃这鸡屎，好臭的。"周先海抱起小豆豆，喉头发哽。

"小豆豆这是感冒了，不能再坐地上。"说完，周先海心中就叹息。曹彩云这个样子，哪能照看小豆豆？黄大国整天忙农活，陀螺一般忙个不停，小豆豆只要没坐进水塘里和火盆里，就已经阿弥陀佛了。

"可怜我们的小豆豆啊……"曹彩云哭着叹息。

周先海就安慰曹彩云："不着急，你说的我都记着，我慢慢来想办法。"

"真想办法？周领导只要想办法，没有办不到的。"曹彩云抓牢辔头，似乎周先海就是一匹能上天入地的神马。

"真在想，相信我。"周先海不是虚与委蛇，他说的是实话。任谁置身当时的情境，作为扶贫干部，都会这样说的。周先海先是找村委会沟通协调，希望村委会如果有时间，就去黄大国家里，没别的，看看小豆豆。村干部也忙，口中答应得爽快，落实与否却无从所知了。

回到城里，周先海去找相关人士询问，得到一些有用的答复。像黄大国这样的家庭，典型的因病致贫，而且曹彩云和小豆豆属于弱势群体，妇联和残联可以救助扶持。周先海填写表格，开了一个又一个的证明，完成了救助申请。但批下来，至少要半年时间。然而，小豆豆的情况迫在眉睫，比如现在没有人看管，搞不好就会闹出乱子来，比如现在营养跟不上时常就会生病，比如现在感冒了却没人带她去看病……

曹彩云性子急，一颗心纠缠在小豆豆的事情上，见周先海没给出明确答复，抓住周先海不放："周领导，你答应帮我们的呢？不见丁点儿爪爪，我家小豆豆已经发高烧好几天了，今天黄大国去镇上医院，说烧成肺炎了。"

耳朵都听得起茧子了，却不能掉头走，只能笑着听着，再沉默。是的，像沉默的黄大国一样沉默。可以说，这沉默是黄大国传染的，也可以说，沉默在这里扎根。

沉默中，曹彩云又在催促。

周先海被催促得几乎不想再来黄大国的家，可是不来不行，隔不了三天，曹彩云就会打来电话，不接就一直打下去。有一天，周先海烦了，心一横，就是不接曹彩云电话，可是曹彩云又发短信又打电话。晚上，周先海数了数，42个未接来电，31条短信。第二天，曹彩云又打来了电话，他叹了口气，按下接听键。

2016年很快过去，那救助资金没有下来。曹彩云的电话天天不断，周先海没法解释，只是"唉唉"应着保证。周先海的女儿小周知晓了情况，提议，干脆联系一个孤儿院，把小豆豆送去。

2017年4月，周先海决心试试。这次不找曹彩云，找黄大国商量。黄大国"唉"了一声，把周先海拉到曹彩云身边。这个家，没黄大国做主的份儿。曹彩云一听建议，便惊讶地问道："这就是你扶贫的措施？你在活生生地拆散我们一家人啊。"

曹彩云说的是实话，小豆豆已经上了户口，就是黄大国和曹彩云的养女了，再送到孤儿院，这真是……周先海及时制止曹彩云的话："你别说了，我再想个救急的法子，一个月内兑现。"

周先海下横心了。因为一个念头闪现在他脑海里，小豆豆这情况适合众筹捐款。回家后，他找女儿小周帮忙，做好了众筹捐款的准备。

正如所料，捐款雪球似的滚来，20来天已经达到30万元。

曹彩云第一次喜笑颜开。嚯嚯哈哈的笑声，潮水般澎湃在耳际。黄大国呢？还是沉默，一张愁脸却展开了，看上去年轻许多。

5月，黄大国的家发生了重大转折。

曹彩云拿出一部分众筹的钱，马上做了两件事情：一是请周先海带小豆豆去城里的医院看病，针对营养不良拿出补救措施；二是请来她娘家的一个远房亲戚，专门照看小豆豆和自己。为了方便，也购置了日常的生活设备，比如冰箱、微波炉和空调。

5月中下旬开始，黄大国的家来了一拨拨的人，询问家庭情况的，拍照摄影的，还有吵闹的。更有甚者，两三个男女找曹彩云要他们捐的款，并说，“青峰山”是个日白佬，在网上撒谎，欺骗大家搞众筹，他们将要曝光。曹彩云仰起一张恐怖的树疙瘩脸，坦然地说：“欢迎曝光，我家的情况你们都看见了，看看我这张脸——还叫人脸吗？走夜路都会吓死人，我害怕曝光？巴不得你们多多宣传我这个弱者。”

那些人才不管曹彩云说的，他们只信自己眼睛看见的——新房子、城市里才有的生活设备、照顾老小生活起居的保姆……这哪里是穷困，分明就是富裕人家的做派嘛。于是，议论纷纷，质问不断。

“晓得不，你们夫妻俩在网上搞的众筹捐款是撒谎的。”

“你家这么崭新的房子，还有各类电器新家具，就是城里人的生活标准啊，还叫穷要我们捐款。”

“看看，人家还请了保姆，活脱脱的富豪派头。”

…………

周先海碰到过一两次，解释了一会儿，没效果，就以警察的身份赶走那些拍照摄影的。他心中有底，那众筹文字没有半点儿谎话，别说夸大了，心中无诈，怕啥？这点，与曹彩云的意见一致。

但一些照片和视频在网上被抖搂出来。网络是不由分说的，那新房子、新陈设、新电器，还有照看小豆豆的保姆，都在不由分说地表明：黄大国的家并不贫穷，而且，众筹捐款另有目的。

质疑和索要捐款的跟帖评论和微信公众号文章接二连三地出现了，矛头不仅指向黄大国夫妻俩，还指向发起人“青峰山”。网络其实是筛子，筛掉了黄大国的亲戚乡邻，还筛掉了曹玲玲的娘家人，唯一留下的硕果是——黄大国的脱贫帮扶干部周先海，他就是发动大家众筹的“青峰山”。

网络上，关于起底周先海的文章出来了，一再被转载。好歹，周先海就是公安局一名中层干部，并非领导班子成员，长期从事业务工作，没什么毛病。经由网络这精细无情的过滤机的过滤，周先海只被过滤出他是黄大国家的扶贫帮扶人的身份。仅仅这个身份，也被无情地滤出目的：周先海邀功过急，弄巧成拙，严重歪曲了事实，蒙骗了那些真诚的捐助人，玩弄了大众的善心。

周先海脑袋蒙了。严重歪曲事实？什么意思？

不等心情平复，一些照片和言论揭示了他的“歪曲和蒙骗”事实。网络的力量——难以找到合适的形容词。看看他们摆出的事实根据，竟然是在孤岛镇医院找到的小豆豆出生的病历。小豆豆是早产儿不假，但虚假的是，黄大国、曹彩云两口子不是小豆豆的养父母，而是爷爷奶奶或者外公外婆，他们的女儿曹玲玲才是小豆豆的母亲。

这不亚于炸弹爆炸般的披露。

一次众筹引来这等事情，周先海的心彻底慌乱。曹玲玲？小豆豆出生时，她还是一名初中生啊，这怎么讲？可是，那来自镇医院的出生病历和手术记录，又怎么会有假？

周先海彻底蒙了，满头大汗。

他讲述至此，不再直线式前进，而是拐弯，回到了2015年9月。

2

2015年是黄大国家的霉运年。除了老婆曹彩云重度残疾，女儿曹玲玲也遭遇了不幸。

9月时，女儿曹玲玲竟然怀有九个月的身孕，还瞒过了黄大国、曹彩云两人。当然，这半年多来，曹彩云被炸伤了身体，截肢、养伤，两口子所有的精力都放在那残疾身体上，根本没有顾及曹玲玲，只是觉得她突然长胖了不少，老喜欢穿长过膝盖的大衬衫和宽松T恤，哪晓得……

怎么会呢？她才14岁啊，还是孩子，而且她一直在学校住宿读书。纵有万条不可能的理由，终究败在铁打的事实前，她怀孕还早产了。9月的一个周末，曹玲玲肚子疼，在家发作。夫妻俩才发现，虽百思不得其解，却奈何不了，只有送曹玲玲到医院。很顺利，怀孕九个月的曹玲玲生下一个孩子。

14岁的少女早产了一个孩子。曹彩云牙齿都快咬断了，却无话可说，将怨言和愤怒吞回肚子里，一转身，吩咐黄大国，将早产儿和曹玲玲一同送到黄大国的妹妹家里。妹妹嫁到五峰的一个镇上，与在水中央的孤岛、孤岛的精华村相隔的空间距离不是很远，却是两个世界。

谁又能认识曹玲玲这个女学生呢？二十来天后，曹玲玲回到了学校。十来天后，黄大国和自己的妹妹将满月的早产儿接回家。曹彩云接过早产儿，紧紧抱住，忍不住号啕大哭。

妹妹说："在我家里，玲玲几乎不出门，但小孩子哭，别人听见哭声问我，我都是跟别人说，是我哥嫂在医院领养的孩子，他们家正忙着修新房子，孩子就放我这里。"身份定下了——捡来的孩子，曹玲玲的妹妹。

妹妹接着又说："我见这早产儿皮肤长了黄疸，便一直叫她黄小豆。"

黄小豆的姓名也定下了。

孩子的爸爸是谁呢？

刚开始送曹玲玲去五峰时，曹彩云问过曹玲玲。曹玲玲死活不开口，曹彩云急得直跳脚，却没有办法。她一个残疾人，除了一张嘴可以骂骂，伸手教训人那是不可能的了。等曹玲玲回家后，她再问，曹玲玲还是不说。没辙的曹彩云吩咐黄大国去问。

黄大国笑笑，保持他的沉默。

曹彩云哭了，号了半天也没有人理睬。她很伤心，边哭边说："你们都是傻子啊，玲玲肯定是被人欺负了。我要问出来去告他，起码还能得个补偿，要不，以后，这孩子我们咋养啊？"

黄大国还是沉默。虽然他习惯沉默，却不是没有话说。但，说什么呢？在曹玲玲说话之前，说什么都不合适。

曹彩云哭着喊着。曹玲玲忍不住了，说道："妈，你还是不知道为好，为啥呢？你知道了，要我爸去找人算账，那不是像电视一样播出去，学校里都晓得了，我还有脸面活下去吗？"

这的确是软肋，曹玲玲还是孩子啊。曹彩云问："你生孩子的事情，你们学校真不晓得？"

"不晓得，同寝室的几个室友有些怀疑，不过也都瞎猜的，猜就猜吧。"

"玲玲啊，你那事……肯定是有人欺负你了，你再这样，那可是杀了我们全家人了。"

"妈，我晓得保护自己了，你放心。"曹玲玲说完，跑掉，跑时，还看了一眼黄大国。那目光寒星一般闪过。也许，曹玲玲是在警告黄大国别管她的事情。

关于这黄小豆的爸爸的事情，黄大国也就没有什么话说了。他若是追问出来——真能问出来？这概率很小，不过是假设，假设他问出来吧——作为继父，他做不了什么，也讨不回什么公道。若是劝曹彩云息怒，他也说不出口。那口气太窝囊冤屈，真的吞下，谁都不好受。他反正习惯了沉默，沉默的大海，在心中泛起的涟漪和澎湃的浪潮，也只能他自己看见。

无奈下的愤怒，遇到沉默的铁板，犹如一支支积蓄了力量的箭镞被挡回，恰恰反射在自己身上。那份痛，也只有曹彩云深有体会。怒不可遏的曹彩云就开始转骂黄大国了，骂他铁石心肠，骂他不把曹玲玲当亲生女儿，骂他这个杀人犯看戏不怕台高，巴不得玲玲出事，骂他断子绝孙的痞命活该，骂他必将遭受报应不得好死……骂来骂去就骂顺了口，骂黄大国成了家常便饭。不骂不舒服，不骂不足以证明她还活着。

又如何？

黄大国，沉默的黄大国仍旧没有话。曹彩云怎么能看见，黄大国内心有一片沉默的大海，那片海洋能够盛纳万象、融化万物。

说到这里，周先海已经灭了两个烟头，右脚叉开，踝在烟头上，右脸颊侧向我，递来一个询问的眼神。

你知道吗？沉默是能感染人的，尤其是，你晓得沉默的内容时，你不得不以沉默回答沉默——你有这样的感觉吗？

黄大国和曹彩云隐藏得很好，村里人几乎都不晓得黄小豆的真实身世。曹彩云身体残疾，年纪也大了，的确生不出孩子了，至于曹玲玲——怎么会？那时她还是初中学生啊。

事实摆在了面前，自己搞的众筹就是歪曲……周先海脑门儿渗出一层又一层的汗。

“自己都53岁了，还有六七年就可以退休，却在扶贫这事上惹出这档子豁子（土语，祸害的意思），太不划算了。”他首先想到的是自己，没办法，人都是自私的，他一点儿也不想惹出大麻烦。至于黄大国两口子，没什么，退回捐款就够了。

黄大国没问题，曹彩云说什么也不退，存折捏在手里，哪怕喝水都不放手。不过，面对周先海的催促，她没多理睬，反正就是不退，似乎警告周先海，催促也是白搭。

她有道理。她的注意力不在这里，而是在曝光上——这下，他们极力隐藏的、极力保护的，一下子被抖搂出去，曹玲玲以后的路该怎么走下去？说来，都是众筹惹出的祸害。曹彩云没揪着这事反咬周先海一口，已经难得了。

曹玲玲的学校也知道了，老师和同学私底下或者在公开场合议论纷纷，对着曹玲玲指指点点，嘲笑辱骂。周先海讲述时，没有细节，就是笼统的一句话。但是，我脑海适时产生了一些画面：被围攻的小女孩，不断地蜷缩身体，最后倒在口水和拳打脚踢下……我没亲眼见到那样的场面，周先海也没有，可成年的我们在生活的驯化下，“看见”的能力已经穿透了时空限制……

这又算什么呢？周先海讲到了另外的细节。厉害的是，一些闲杂人员跑到学校，找到了曹玲玲，进行对质：

“曹玲玲，你就是小豆豆的妈妈啊？你当面承认，我们就饶过你，否则，我们不会给你好果子吃的。”

“你父母伙同帮扶人周先海欺骗我们，骗我们为小豆豆捐款，我们必须弄清楚事实真相。”

“你这么小就怀孕生孩子，整天都在搞什么啊？”

…………

曹玲玲哪见过这样的场面，一下子吓哭了。哭泣本身就是示弱，处于交锋中的示弱，只能激发对方的战斗力。一拨一拨的人逐渐聚拢来，他们借由曾经散发的“善心”而不倦地追求“真相”。“真相”，在某个时间段，它约等于真理，而真理追求，历来就是苛刻的、毫无情面的、刀锋似的凛冽。

被揭穿秘密的曹玲玲，置于光天化日下，心中满是恐惧和羞耻。她只有求饶，以期获得一条退路。曹玲玲惊恐得语无伦次，无论面对接二连三的人群的厉声质问，还是引导性的质问，她都战战兢兢，只想早点儿结束这样的围攻，回答几乎就是顺着对方的意思。

周先海的讲述停滞在这里。他建议我再上网搜索一下，也许还能找到什么蛛丝马迹。他的意思我懂，曹玲玲被曝光的事才是他的心结，尽管那刻薄的曹彩云恰恰没拿这事向他问罪，但是，他无法释怀。

“你知道，其实，这是我的错。”他喃喃地重复道。

我在网上搜索，居然还能看见一两个视频录像。我被一个留着波波头的女性吸引，点开看。

一个身着中式服饰的中年大妈双手搭在曹玲玲的肩膀上，问道：“玲玲，我知道了真相，你是受害者，别怕，把真相说出来，坏人才能受到惩罚。”

曹玲玲瞪大双眼，双唇似在抖动。

妇女继续启发：“你别怕，要勇敢……看看，你身体在发抖。”是的，曹玲玲不仅脸颊肌肉在抖颤，身体也打摆子一样哆嗦。

“玲玲，我也是妈妈，知道这伤害多严重，你不想说，我理解——这样，我问，你只需点头或者摇头。我现在问你，黄大国是你的继父？”

曹玲玲点头，双眼满是惊恐。

“你平常在学校住宿，但周末和假日都待在家里，特别是春节。”

曹玲玲点头。

“可怜的孩子，算来，豆豆就是你在春节期间怀上的。”

曹玲玲半张嘴巴，眼眶里溢出泪水，脑袋小鸡啄米似的点个不停。

“这么说……与黄大国……是他？”

曹玲玲木偶一般点头。

“果然是他害的……”

这是2017年6月的视频，时隔一年多，我有些准备，却仍然惊恐。这坏掉的东西——我不明白具体是什么，却具备摧枯拉朽的力量，一下子掳走所有正常的气味，霉变、腐烂，死亡氤氲的声息久久不散。

曹玲玲被继父侮辱而怀孕生出小豆豆的消息，在玲玲的学校和孤岛精华村一下散开。消息中，曹彩云助纣为孽，周先海成为帮凶。

接下来的事情……

周先海只有招架，自己拿出一部分钱，黄大国也取出存折里的钱，至于曹彩云，周先海好话说了一箩筐，她答应拿出存折上的一部分钱。那段时间，周先海整个人都掉进这个窟窿里，一边做曹彩云的工作，一边在网上解释这些事情，还私下去沟通。沟通不难，那些捐款者意见单纯，退回捐款就好。好在，另有一小部分捐款的人理解，不需要退款。劳力累心，周先海瘦得皮包骨，一米七八的身高，只有122斤，几乎脱掉人形，最终总算凑齐了钱数并退掉。

“你出了多少钱？”我插话问。

“这个倒没什么，只是……我害了玲玲，怎么也补救不了。”周先海垂下眼睑，继续他的讲述。

退是退了，可是掉在地上碎裂的物件，要恢复原样就难了。这件事情影响很大，周先海被上级批评，还写出一份又一份书面检查。周先海说：“这就不错了，我是好心办成了坏事，真正受苦的还是黄大国一家……特别是玲玲，唉，那是致命的伤害。”

不过，2017年6月，救助资金也下来了，却并未缓解黄大国一家的危机。2017年，黄大国一家的噩运简直糟透了。

7月23日下午，曹玲玲跑掉了，不知去向。

我没见过这个女孩，但我去黄大国的家里，找到了曹玲玲的一张照片，那是她四五岁时与父母的合影。这是曹彩云改嫁时带来的，一直就放在她的床头柜里。照片上，四五岁的曹玲玲很瘦，尖细的下巴，眼睛大得出奇。我回头看坐在椅子上吃水果的小豆豆。见我捏着照片打量小豆豆，周先海踮起脚看下照片，再看下小豆豆，失声叫道："她俩真是一对……母女。"周先海的声音在最后消音一般，化成两声气息，但那嘴形，我看得出来，就是那两个字。这真是"禁忌"啊，是一个还没真正踏入俗世的小女孩的命运之戟，刺破她的生活散发血腥。我们不愿意说出口，正如不忍看见那只隐形之戟几乎折断她命运的事实。

曹彩云死了……简直死于心碎。

周先海告诉我，曹彩云多次跟他提起她的猜测。那沸沸扬扬的流言，她轻易就信了。

她按照时间估算，应是2015年春节前后。春节正月初五、初六两天，她在付家渡村的娘家打牌，黄大国和女儿曹玲玲两人留在家里。黄大国看见牌就跑，只能守在家里，而曹玲玲捧着手机玩游戏。她还要做作业，理由很多，也就待在家里了。就那两天吧，黄大国起了坏心，侮辱了曹玲玲，然后威胁曹玲玲，不许她说出去，小女孩总是怕的。

一定是这样的。如果不是……春节前，曹玲玲学校一直到腊月二十才放寒假，随后，曹玲玲还在学校补了几天课，补到腊月二十五——不过，补课时间在白天，晚上就回家了。那时阳历是2015年元月底了，时间上讲也可能吧，但是，只有时间上的可能，这"可能"就降低了可信度。

7月，正值暑假。曹彩云心血来潮，说出了猜测。那天，周先海在他们家，曹玲玲有些感冒，吃了药昏头昏脑的，在房间睡觉。曹彩云问黄大国："就是在2015年正月初五、初六那两天，你趁我不在家，侮辱了玲玲，致使玲玲怀孕生下了小豆豆……"

沉默的黄大国，只是抬起脑袋看了下曹彩云，嘴巴微微张了张，接着就闭上，垂下了脑袋。

"你说话——"

沉默。

"你不说？当然你没话可说了，实情就是我说的。"

还是沉默。

黄大国抱着脑袋坐了一会儿，站起来，看看曹彩云，又看看曹玲玲的房门，眼睛里带着哀求。他的意思很明显，别让曹玲玲听见，或者说，别拿这件事再去惹曹玲玲了。但曹彩云还悟出另一个意思，黄大国那么在乎曹玲玲的反应，就是害怕了，害怕曹玲玲出来对质。但必须对质，不对质，谁晓得以后还会发生什么？你黄大国还真能威胁到玲玲？

于是，她高声叫道："曹玲玲，你给我滚出来，我们娘儿俩讲清楚，那个孽种到底是黄大国的什么人？"

一直沉默的黄大国瞪大了眼睛，突然吐出两个字："胡说。"说完就跑出了房屋，一个人蹲到池塘边去抽烟，接着走远了。

周先海劝曹彩云冷静些，苦口婆心地劝告，只差跪下。气急败坏的曹彩云哪能冷静？黄大国说话了，却是指责自己的话，怒火烧到了头发根儿上，不管不顾地叫骂，一边骂着，还一边摔东西。她的叫骂对象除了她自己，还有家里三人，不仅骂黄大国是杀人犯、流氓，还骂曹玲玲小小年纪就不要脸，又骂小豆豆这个小孽种不得好死……

小豆豆在堂屋里，也许是被曹彩云的高声大嚷吓着，也许是害怕曹彩云随手摔东西的破裂声，扯起嗓门儿哭号。周先海只好抱起小豆豆逗哄。

那时的曹玲玲，应该是满心碎片。在学校里抬不起头，还时不时就被欺负羞辱。回到了家，情况并未好一些。曹彩云的辱骂，犹如一只脚踩在那碎裂的心脏上，痛且羞辱。她听不下去了，走到曹彩云的房间里，横起通红的脸，说道："你不要再骂了，也别猜来猜去的，你说的都对，感觉如何？"

没错，那是自己的猜测，然而……曹彩云顿时惊呆了。周先海在后面直跺脚，"唉唉"叹气，失声喊道："玲玲，你瞎说……"

曹玲玲伸出右手朝周先海摆摆。接着，她收回了右手，泪流满面，肩膀剧烈地耸动。"妈，我其实……"她拼命地摇头，脸上的肌肉都在发颤，涕泪交流，鼻子发出粗重的喘气声。曹彩云如果冷静下来，细心分析下，就会发现异常。然而，长期处于郁闷状态的曹彩云与冷静几乎绝缘，她只有失望和愤怒。前所未有的失望和愤怒撬开她的嘴巴，她又开始诅咒和辱骂。

"住嘴，住嘴。"曹玲玲双手捂住耳朵，不住地跌脚后退，失控地叫道："你说什么就是什么，我要疯啦。"曹玲玲转身跑回房间。

周先海接了电话，是单位打来的，要他马上赶回单位去。他哄好了小豆豆，劝了劝曹彩云，离开了。

第二天，他接到曹彩云的电话，得知曹玲玲在他离开后跑掉了。他在城区的职高（玲玲的学校）找了一通，又在城区溜了一遍，没结果。电话中，他安慰曹彩云："玲玲挨了你的骂，正在气头上，等气消了，就回来了，你别着急。"

第三天，曹彩云再次给周先海打电话，请周先海去曹玲玲的生父那里找找。曹玲玲的生父在东莞一家鞋厂做工，后来重新成家，不知是否还在这家鞋厂。周先海想去找，但这不是两三天的事情，他没理由请假。恰好有亲戚也在东莞打工，便请亲戚去那家鞋厂找找看。亲戚肯定是找了，给周先海发来了鞋厂的照片，以及他询问时拍的照片。曹玲玲的父亲早已不在那家鞋厂了。

曹玲玲跑掉一个星期以后，7月30日，黄大国要带着小豆豆出门去找养女。

“你就是个哑巴，怎么去找？”曹彩云说的是实话，她极力阻拦，一是认为黄大国没能力去找，二是担心黄大国把小豆豆怎样——对玲玲那件事情的猜测还在，她再也不相信黄大国的为人了。

黄大国将小豆豆丢给了曹彩云，只身一人出门了。曹彩云拦不住，给周先海打电话，要周先海马上赶到家里来，她用了“务必”两个字。

从城区赶过去要过长江，隔山容易隔水难，难就难在要等船开，没有定准。何况那天下船后，周先海遇到了一件事情，跑了镇派出所一趟，又耽搁了40分钟。他开车到曹彩云的家门前，刚开车门，就看见池塘水面上漂浮着的曹彩云尸体。

曹彩云是爬进了家门前的池塘里，溺水死了。

小豆豆在树荫下啃一袋干快餐面，见到周先海，眼睛亮了下，似乎是泪水。周先海喊了声“小豆豆”。小豆豆朝前走了两步，右手指指池塘，说了一个字“水”，也许是“睡”。

“睡……豆豆，你是小神仙。”周先海没来由地悲痛，热泪直淌。他赶紧给黄大国打电话，叫黄大国赶快回家。

捞尸体，净身，入棺，送火葬场火化，入土为安。简单、寂静，有条不紊。黄大国还是沉默，眼中却时不时就飞出惊惶和忧虑的飞虻，嗡嗡嗡地扫下周先海的眼睛又匆忙地飞过。周先海无话可说，他已习惯了黄大国的沉默，也早已被那片深藏在肉体内的沉默大海同化。

四口之家，只剩下黄大国和黄小豆了。

黄小豆从9月开始，上了村幼儿园。黄大国每天的事情就是，早晚接送小豆豆，其余时间忙农活。至于曹玲玲，黄大国也没寻找的计划了。曹玲玲的同学、朋友，还有她个人的喜好，黄大国几乎绝缘。他一只无头苍蝇，能去哪里找？更重要的是，小豆豆在身边，他也脱不了身。

那段被围困的日子，曹玲玲是如何度过的？

我找到她所在职高的班主任。班主任是位男性，直摇脑袋，表示许多事情他只是听说，并不清楚。

9月中旬，我去曹玲玲毕业的初中学校，终于找到她初二年级和初三年级的班主任，是同一个人，姓吴。我联系吴老师四次，第一次她说在外面开会，第二次说不方便，第三次不接我的电话，第四次我换了手机与她联系，告诉她，我就在学校里。她答应了，要我到她的临时宿舍去。临时宿舍是她中午休息的地方，一个单身房间，很窄，我们见面了。吴老师是个中年妇女，先发制人，问我为何对曹玲玲感兴趣。

为何？

我想了想，如实告诉她，因为在写孤岛精准扶贫的文字，采访到曹玲玲家的情况，很多疑问，她当时才十四五岁吧，一辈子就被毁了——吴老师挥手打断我的话："这个我真不记得了。"

我头皮发麻，接着说："去年9月，玲玲失踪了，一个17岁的女孩子失踪，意味着什么？您也是母亲，应该想得到。"说到这里，我送去已泛出泪水的目光，遗憾的是，目光落空了。

"你想了解她什么？"吴老师总算松口，但说话谨慎，问一句答一句。关于曹玲玲，她概括，整体表现一般般，印象不深，关于她生孩子的事情，她听说过，但事情模糊，具体情况她不了解。

"一点儿细节您都不知道？"

"我那么多学生，哪能……又过去几年了，真不记得。"

我失望极了，站了一会儿。转身离开时，吴老师突然说道："我是2015年春上接手他们那个班的，以前的班主任……是个男的，那年放寒假后，玲玲不是一直在补课吗？"

这是什么意思？我愣住，等我反应过来，正欲张嘴时，她向我告辞，又补充："曹玲玲那事，我真不知道。"

走出校门，我打电话给周先海，说出我的怀疑。他一点儿也没惊讶，甚至肯定了我的怀疑，他在我之前已经打听到部分情况。他说了一句："又如何？我是公安局的，不比你清楚啊。"

这态度？

我冷冷地"呲"了一声，或许激怒了他。他说："那行，你有公义，就继续查吧，重要的是证据，其他方面我没什么可说的。"我继续打电话，查到了曹玲玲2014年的班主任，姓郝。当年52岁的男人，现在56岁了，一直是学校的优秀工作者，家庭幸福，女儿还是某市某医院的一个中层领导，女婿也是某市某单位的领导。然后，我继续打电话，给教育系统、公安系统我认识的熟人，包括这系统内有权力的领导。

"证据呢？"

"这事要讲究证据，其他都是扯淡。"

"没有证据，最好别乱嚷嚷，否则就是污蔑造谣，现在可是法治社会。"

"证据才是最有效的追查依据，才能将公义和惩罚画上等号。"

…………

朋友、领导的回复大同小异，都是强调"证据"。

我攥着手机，右手发抖，却无能为力。我彻底地理解了黄大国和周先海。沉默有时候，不，绝大多数时候，是我们共同的命运。

9月下旬，我跟着周先海去精华村黄大国的家。路上，周先海说起精华村合并前的青峰山村的来历。当年楚庄王逃到这里，不断地垒筑高台子，台子上面遍植柚子树，柚子树下面挖出通道，连接了江北诸多沙洲，再直达北岸。秦军追杀过来，搜遍村子，却不知楚庄王已从通道逃走。

这是谜。

千年之谜，那只是传说了。现在，你看看——周先海指指车窗外——现在的青峰山一马平川，哪还有古代的高山和柚子林？青峰山只是个称呼啰。

我左右看下，笑着说：“总体来讲，青峰山不乏神秘。”周先海右手拍打方向盘，说道：“神秘好啊，这些神秘要我们有理由相信，那些消失的人，不再出现在熟人眼中，并未失踪，只不过找到了一条秘密通道。”

“通道？”

“就是一条出路，否则，天理不容。”周先海说到后面几个字，语音很重。接着侧头，喊了声“到了”。

这天是周末，小豆豆坐在铺有橡胶板的地上搭积木，那是黄大国新买的。我一眼瞥见了堂屋春台上的小蛋糕，还有三根蜡烛。啊，9月，三年前的9月，豆豆来到世上，今天就是豆豆的生日了。自从曹玲玲的事情被抖搂出去后，黄大国在周先海的帮助下，更改了黄小豆的身份，由养女改成了孙女。

我喊：“小豆豆。”小豆豆仰起脑袋，水汪汪的大眼睛扫过我，咧开嘴巴笑笑，又去搭积木了。周先海见状，拍双手，喊道：“小豆豆，今天还没喊我呢。”

“爷爷。”小豆子奶声奶气的叫喊，使空气一下充满了甜蜜。

“你喜欢周爷爷，还是你的黄爷爷？”周先海问道。

“黄爷爷。”小豆豆侧过脸，去找黄大国。沉默的黄大国正在给我们倒茶水，微微侧过脸，朝小豆豆笑了。值得记录的是，小豆豆已经上了幼儿园，费用被村干部全部分担，而且，百里洲镇卫生院的一位年轻女医生将小豆豆认作干女儿，针对小豆豆营养不良的情况，从八月份开始，每月体检一次，并给小豆豆报名参加镇上的一个幼儿体能训练班，每周三下午接小豆豆去镇上参加训练。这是大好消息。

我问黄大国："我的职业就是写字，正在写一些纪实类的东西，想写写你的故事，你介意吗？"

黄大国拿眼看周先海。

"你的事情，我都介绍了。"周先海指指我。

黄大国垂下眼睑，沉默的面容，雾一样深远，但是背后的海洋在波涛汹涌。那些混杂的声响，粗鲁却单一。它们告诫那些靠近的生命，安静下来，你将会听见大海的内心，你将会看见那些声响下被遮蔽的灵魂。你去看见，不是为了别人，而是自己，因为被遮蔽的灵魂总是那么相似，因为只有心灵才会发现心灵。

我继续问："你还想曹玲玲回家吗？"

黄大国脱口而出："想。"

周先海激动地伸出右手，拍黄大国的肩膀："老弟，你要开口说话……我知道，你在等玲玲回家再亲口对你说，伤害她的不是你。"

黄大国蹲下来，双手抱住了脑袋。

沉默，这片海洋顿时漫来，汹涌澎湃。海水上升，席卷我们，让我们漂浮在水面，我们身不由己。

许久许久，小豆豆跑过来，爬到黄大国的腿上，双手抱住黄大国的脑袋，一双清澈的大眼睛像海洋一般盛满了我们沉默的面容。

"我知道，你的母亲不是你杀的，你却承认，因为你心里后悔愧疚。曹玲玲是被他人欺负的，你不知道坏人是谁，不能保护玲玲，你为此内疚。小豆豆不是你的孙女，却比亲孙女还亲。你习惯了沉默，用沉默去表达……"我近乎喃喃自语的概括，是为了要黄大国知道，一个叙述者，她所做的就是尽量去懂得，只有懂得，才会尽可能地还原人性、人心。

黄大国抬起脑袋，抱紧了小豆豆，朝我点头。

“请你开口说话。”

“好。”

后　记

2019年3月初，全市精准扶贫工作大走访，我忙完自己的扶贫工作，来到了黄大国的家。帮扶人周先海也正在走访，帮着黄大国在菜园里种蔬菜秧子。小豆豆去上幼儿园了。他们见我来到家里，停下手里的活计。

我们开始唠嗑，主要是我和周先海聊。

去年下半年，周先海建议黄大国利用家里的闲置池塘来养鱼，而黄大国对养鱼也在行，更重要的是，政府大力支持贫困户发展种养殖产业，并提供无息贷款。年底，黄大国便将家门前的池塘清理，买来鱼苗发展成养鱼池，周先海到村委会帮他申请到小额信贷3万元，3年期限，免担保免抵押，还是财政贴息。我问黄大国有信心不，黄大国顿时满脸都是笑，一边嘟哝“政策好”，一边重重地点头。

2019年4月的某天，我接到了周先海的电话。他声音很大、语速恁快，炸在我耳际，我眼前闪现出他一副急不可待的样子。

“那个姓郝的男老师——你还记得吗？就是曹玲玲以前的班主任，嗨，想起来没有？”

我站起来：“你快说，有好消息吗？”

“算是好消息，那家伙在城区宾馆开房‘那个’被抓了。”

那个——哪个……随即我明白了“那个”的意思，猥琐下流罪恶的“那个”。

曹玲玲仍然不知所终，我有些泄气。但是，能怎样呢？这仍旧不失为好消息。

我突然想起什么，失口叫道：“一定是被人举报的——那家伙坏得很，肯定会被惩罚的。”

“举报……你听说了什么？”周先海的舌头好似被捆绑，捋不直，困在嘴巴里，吐出含混不清的一句话。

“没有，我希望这样。”

“哦——”周先海的语调拖出八个节拍。他接着说：“我可以告诉你这样一个事实，当年，黄大国弑母案是我办理的……”

沉默在此停止。我脑袋发昏，心中却满是激动，举着手机在原地打转，聆听那沉默的风，任凭它充盈我身体。这沉默的风，风中包裹的海洋，以不可表达的力量去贯通那些未知的记忆，周先海的、我的、黄大国的、曹彩云的、曹玲玲的，还有小豆豆的。

我几乎是颤抖着说道：“我猜想到一个事情，对口帮扶黄大国一家，一开始并不是你，后来调换成你——实际是你自己要求的。”

沉默。

但很短暂，沉默变成了死寂。周先海已经结束了通话，我却不知道。

请你说话……

2019年10月底，我约好周先海一起来到黄大国的家。一到道场，发现道场上多了一辆崭新的小型货车。这是黄大国新买的。

我惊讶地问道，鱼池肯定增收不少。

周先海哈哈直乐。那是，我们楚国后裔，都爱吃鱼，一天不吃鱼浑身不舒服。我们单位食堂反正每餐都有鱼菜，煎鱼、炖鱼汤、鱼糕，食材哪里来？周先海扬起右手，指向道场前面的鱼塘。

黄大国双手交叉，搓来搓去，嘴嚅动几次，却没发出声音，但他的目光里却是欣喜。周先海“嗨”一声，朗声说道：明年2020年精准扶贫收官年，也是咱们大收益奔小康的关键年，我算了账，今年才开头，收入少，加上田里的棉花收入，还有卖的杂七杂八的，除去投入的资金，纯收入1.3万元，离我愿望远着，明年就好了，肯定是翻倍，大国老弟，咱们一起加油。

黄大国响亮地附和：“嗯。”

养蛙记

初春的阳光还很嫩，却在水面抛出晃眼的光。养鱼、养虾、种藕……太多太多，虽是收入之一，却需要大投入，资金方面的、人力方面的，要求都高。

扶贫对象： 赵响宝父子

扶贫干部： 王礼家

地理位置： 百里洲滨湖村

1

明晚深圳的老于回乡，咱哥们儿约起聚聚?

我在精准扶贫。

这三伏天的太阳晒死人，周末找个地方凉快去，咋样?

我在精准扶贫。

老哥，听说职级并行正在启动，这回……

我在精准扶贫。

……

这是2018年初春时节，朋友圈里一位朋友转发的一段话。三三两两的，不成气候，倒也增添几分小趣。转发的免不了加一行字：转自老王的“告亲友书”。老王是我家人的同事，我不陌生。

老王是百里洲驻村扶贫干部。百里洲是长江中下游交界处耸立的孤岛，四围环水，信息闭塞，颇有遁世意味，故又称为孤岛。2016年下半年起，老王是陆陆续续下村扶贫。2017年起，精准扶贫成为全市攻坚战，还是中心工作。老王长期驻扎百里洲孤岛了，一周有五天四夜守在孤岛上。

2017年，精准扶贫加大力度，下半年开始，不仅每个单位派专人驻村扶贫，每个职工都有扶贫对象。红卡、黄卡、白卡，一对一或者一对二或者一对三甚至一对四地结成帮扶对子。于是，千军万马的扶贫攻坚战中，若我为一般扶贫干部，老王则为专职扶贫干部，区别在于：老王全天候守在村里。

老王那段话，我也转发了。老王在后面跟上评论：精准扶贫统一了老王的圈内版图，清一色的大大和（念hú，牌语，全盘胜利的意思）。大实话。老王以前的朋友圈多是杂花生树，什么都有，现在几乎都是精准扶贫的图片和文字。

老王驻村的名字叫滨湖村。

滨湖，顾名思义，湖港沟汊多，多到前后左右相连。不过这是30年前的光景了。现在，沃野百里坦荡如砥。棉花、梨树、柚子树站立田地，密匝挺拔，放眼望去，不见边际。田塍阡陌，一些大小不等的池塘沟渠将平坦的土地分割——如果天气好阳光惹眼，明晃晃的水流镜片一般分解着那些密集沉实的绿色。

棉花是传统经济作物，从初春开始播种，到幼苗成长到开花挂果，到秋天的棉果成熟炸花，再到采摘分出等级卖出去……一年到头，就没有消停的时候。漫长的过程，丰收与否，取决于天气、技术管理和市场价格。因此棉花种植在孤岛上有句行话，叫“看天收，在人手”。从播下棉籽，心中就没底。

20世纪八九十年代，孤岛大面积种植梨树。土壤好阳光好，这里的梨个头大，汁液丰富，糖分足。黄花梨更是绿皮透黄，入口即化，闻名全国。可梨这水果，季节性强、保质期超短。大热天里，再先进的保鲜技术也翻不过时间的这道坎儿。炎热天气下，腐烂几乎分分钟，储存是大问题，销售大受限制。种梨何为？除了满足自家口福，要大面积种植换成大钱，做梦。

柚子树也适合沙土，极易挂果，且水分足。植柚是孤岛的老传统，房前屋后，高大的柚子树遮风挡雨不说，还带来不少文气和贵气。要知道，柚子树古时候在孤岛被称为“文旦”。植有柚子树的家庭，可是不简单的。因为孤岛的柚子树特点是高大挺拔，房屋小了矮了，就撑不住它的华茂，非得是高门大户。柚子树成片成林地种植，还是近十年来的事情。为增加收入，柚子树与南方红心柚子树嫁接，树木矮小了，枝条繁盛身材变胖，果实却清甜许多。但柚子也是季节性强，除挂果的冬季，另外三季，人总不能闲着吧。

怎样才能增加点儿收入，手头活泛些？

老王在村里溜达，左看是棉花，右看是棉花田被切割出的镜片一般的池塘沟渠。初春的阳光还很嫩，却在水面抛出晃眼的光。养鱼、养虾、种藕……太多太多，虽是收入之一，却需要大投入，资金方面的、人力方面的，要求都高。自家的扶贫户不大合适。

老王的扶贫户在滨湖村2组，这家人姓赵，是爷儿俩。

老赵患有哮喘病，人称赵响宝，六十有余。小赵儿时患病打针，伤了脑袋，有些痴呆了。小赵年过四十，曾说上了一个外来的山里媳妇，是长阳资丘人，两人结婚后生了一个女儿。打工潮下，媳妇去南方打工，后来接走了女儿，慢慢地从赵家消失，烟雾般飘走，不见踪影。赵响宝带着儿子去长阳资丘找过，亲家倒打一耙，找赵家要人，说："女儿和外孙女十多年没回家了，你们说人不见了找上门来，分明是故意的，难不成是你们卖了？"人家是主场，吵闹打架都不利，老赵爷儿俩还没上场就败下阵来，在亲家家门前的道场上站了一会儿，甚是无趣，只好转身回家。这还不算，亲家跟着来闹事了。排着一长溜队伍跟来，找老赵要人算账，将老赵家掀了个天翻地覆。

惨痛教训啊。老赵再也不敢去找亲家要人，只是到团年时候就盯向村口那条公路，指不定儿媳妇带着孙女就回家了。

盼着望着，老赵基本搞清楚一个事实：跑了，彻底断了。

但断得了吗？老赵说给老王听，口气听来挺矛盾的，也就堵住了老王的嘴巴。其实，老王想问，那娘儿俩也可怜，孤苦伶仃地在外面闯世界，就是讨口饭吃，兴许发生了不测，不打听打听吗？老赵剧烈地咳嗽喘气，脑袋快要缩进脖子里，老王赶紧拿药胡乱喷。

“我来喷我来喷。”小赵跑来，接过喷剂，双手用力地按住喷剂。“呲呲呲”，连老王一起喷。

老赵突然停止咳嗽喘息，一把抢过喷剂，挥手给了小赵一拳：“你个死呆子，要你乱喷，喷死了你老爹，老子看你能蹦跶几天。”哮喘神奇地好了。老王知道，那话是禁区，不能问，问了也是白搭。

老王站在房屋前，有些揪心。

房子是20世纪七八十年代修建的，砖瓦房，也叫风墙屋。房子右侧正对着一片竹林和小路，墙体裂开了一道长长的裂缝，犹如细长闪电落下来，定格在墙面。口子补上石灰，却在年月中斑驳，典型的沧桑脸，越发衬托出那道闪电的狰狞醒目。老王右手不自觉地摸摸右脸颊，似乎那里有道斜贯下来的伤疤——还是愈合后留下的蜈蚣似的疤痕。屋顶瓦楞上有几蓬草，天凉时绿茵茵的，太阳一大，就耷拉下脑袋。到了深秋和冬季，枯黄乱蓬，要死不活的，怵人眼睛。

老王跨进堂屋里的青石门槛，就停下脚步。

屋子里有些黑，旧式大方桌上摆着剩菜剩饭。春台断了一只腿，缠上了绷带，强力支撑这家的脸面。春台上的电视机灰扑扑的，看不出是哪个年代的。茶壶茶杯积垢太多，说不清楚色泽。两个开水瓶靠墙并排站立，却在瓶口结出蛛网。老王看了看手里还在冒热气的茶杯，里面黏成一团的茶叶怎么也散不开。老王“呸”地吐出一口涎水，把茶杯放在方桌上。

走到厨房，看见黑不溜秋的炊壶，明白了，那茶水直接来自这炊壶。现在，它吊在灶前，沉着老脸，一副泰山不倒的样子。只不过那……挂链和提把之间的老蛛网，正在从屋顶亮瓦投射进来的阳光中微颤。网中一只快成标本的蜘蛛盘在其中，诉说它织网托身的荣耀。

一股屎尿味，恶心扑鼻。老王嗅，使劲儿地嗅，几乎是下意识的动作。一经鼻子的指认，那恶臭味便张牙舞爪了。老王嗅出，那不仅是人的屎尿，而且是猪粪与人的屎尿的混合——厨房后面就是一个偏屋，偏屋当作猪圈，猪圈里搭了简单的旱厕。真是邋遢成瘾。2018年年底，不是安装了冲水厕所？却……怕用水，还是……多半还没习惯？

老王稳住声喉屏住呼吸，三两步走出屋外，跳到晒场边的碾石上面站定，招手喊老赵："来来来，商量个事情。"

老赵嘚嘚跑来，气喘吁吁。好歹，他一蹲下便止住了哮喘。

老王想了想，不能责备他什么。花甲之年的老头子，儿子小赵脑子不好使，要两个大老爷们儿拾掇屋子，纯属废话。干净是小事，关键是……寒碜。看看，这屋里还是20世纪七八十年代的光景。老王嘘了口气。

赵家情况明摆着，五六亩的棉花田，十来棵柚子树。再加上医保、农业扶贫补助、低保补助，解决温饱不是问题，可填饱肚皮是多低端的事情……

"老赵啊，就靠补助和这几亩棉花，你满意吗？"

"咋……咳……你这词儿新鲜。"

"你觉得不新鲜的又是啥？"

小赵傻笑着拢上来，右手捏着蚯蚓举到老王眼前，左手指向屋后，满脸都是新奇。"他们电打蚯蚓，好多好多。"

每到春上，万物复苏，村里就有村民电打蚯蚓贩卖，不说倾巢出动，起码也是全村80%的人数。小赵右手没有定准，用力过分，指间的蚯蚓都被他捏出稀烂肠子，土腥味扑鼻。

"一身憨力气不晓得哪里使，捏死你算了。"老赵一愣眼，咬起牙帮子。

说者无意，听者有心。老王撇嘴，眼睛扫过旁边一口堰塘和堰塘上方靠近菜园的沟渠，顿时一亮："嗬，你俩爷子反正有使不完的力气，我给你们找个使劲处。这不，天气逐渐暖和了，咱们来个救急挣钱法。"

"挣钱，能挣钱，太好了。"小赵拍起巴掌，一两颗大龅牙戳到嘴唇外面，龅牙牙龈处的青菜叶子比阳光还晃眼。老赵则咳嗽喘息起来，他摆摆手，一溜小跑跑进屋，吃了药又跑出来。

“王领导，你有啥法子？可别忽悠我们这些病人了。”

“喏，你们看……”老王指着亮晃晃的池塘沟渠说，“现成的，用起来嘛，养殖业这块你们也不是不熟悉，还能申请到产业资金补助，多好。不过养鱼虾、种藕什么的，太多人在搞，技术也要求高，投入也多，咱们不凑这个热闹。咱们搞个技术含量小的，成本也稍微低廉的。”

“搞么子？”老赵凑近脑袋，眼神直愣愣的。

“养青蛙。”老王音量突然提高，吓得老赵的脑袋向后缩了缩。“这是新鲜活儿吧，别说2组，就是整个滨湖村，除了你老赵还没有第二家。”老王为突然涌上来的扶贫主意兴奋起来。

前几天，他在微信朋友圈里看见有人转载了关于青蛙养殖的消息。消息言简意赅，特别强调好养殖，投入较少而收益高。那则消息提到青蛙养殖要做到“几要”“几不要”，都不难。老王简单地转述给老赵，转述完，总结道：“青蛙这动物也是季节性的，天气一凉，那东西就钻进泥巴里去了，而明年又爬出来繁衍生育，适合你们爷儿俩。”

“养蝌蟆子？”老赵反问，嘴巴和牙齿半天合不拢。老王纠正：“青蛙。蝌蟆子是青蛙和癞蛤蟆的统称。”

“钱呢？多少总要几个本钱吧，喏，我晓得可以申请补贴，可那补助资金下来不晓得啥时候，真救不了急。你看，堰塘和沟渠要清理，这都是小事，关键是要重新建池子，还要买苗子啊，还要饲料，这钱……”老赵摊开双手，脸上皱成苦瓜皮。

“你去年收的棉花还是卖了几个钱吧。”老王点拨后又催促，“要是养的话，就趁早，青蛙苗繁衍期都过了时间，现在正是成长期。”

“没钱，真没钱。”老赵摆手。

小赵却跳上前，指向房屋右侧的窗户：“钱，钱在那铺盖……”老赵拉过小赵就走："我傻儿子，你晓得个啥子。"

"你先考虑考虑，我过几天再来。"老王撂下话就走了。

第二天老王又上老赵的门，老赵不提这个事也不答老王的询问。第三天过去了。老王忍不住了，催促老赵拿主意。老赵硬邦邦地回复，说："没本钱啊，王领导扶贫这么长时间了，天天来我家，你不晓得我们赵家家底啊，一穷二白。再说，有钱谁不想脱贫致富？"

"你去年卖棉花的钱呢？总有一些吧。"老王眼珠都快瞪出来了。

"钱钱钱，我是有些，可这是贴身钱，都投进去，万一没收成呢？你又不是天老爷，能给我打包票赚钱不亏啊……咳，咳，你王领导要……做实验……你就……咳咳。"

小赵懂事，拿着喷剂递给了老赵。

"我就咋的，你继续说。"

"你去搞呗。"

"搞啥子？"

"就是你说的养青蛙。"

"老赵啊，我懂你意思了，你欺负我老王没权力，只会在你们滨湖村2组瞎歪叽叽。"

"王领导你歪扯，我老赵一家可怜，连狗都不落窝，还欺负你？就只差喊你爷爷了，咳，咳，你瞎扯，咳。"

"好，你不就是想上个保险，拉我一起入伙搞青蛙养殖……"说到这里，老王恨不得拉出舌头剁掉。咋这么着急吐词？赶在思维前面了，下面该如何收场？老王闭住嘴巴，看老赵。

狡猾。老赵这个农民，智商不在老王之下。老王就性急，嘴巴管不住地催促老赵说话。老赵别过了脸。小赵却传来了哭号，突兀的哭号从屋子里传来，揪心。

两人一起跑跳进屋。小赵正坐在地上。玻璃杯碎了，躺在冒气的水渍中，旁边的黑炊壶热腾腾地传递着开水的热量。

“烫……”小赵举起左手，烫红的左手开始起泡，“王领导喝水……我就……”

“傻儿子。”老赵低吼一声。

“这样吧，我跟你合伙搞青蛙养殖，一人一半的本钱，明天咱们就动工，先清理堰塘搞好基建，再去买苗子。”

在骑摩托车回村委会的路上，老王都在后悔自己的嘴贱。但没有用，话已出口，泼出去的水，收不回来了。

2

哪有简单的事呢？养殖池的准备……呵呵，老王连苦笑都没心思了，好歹憧憬在。看见的、听到的、在外面讨教取经的，都是异口同声众口一词：“青蛙养殖好啊，投入少又赚钱，老王你眼光贼。”

光有眼光有啥用，全是操心的事。老赵这人啊……有了老王这个依靠，卖力是卖力，却把操心的事儿全撂给了老王，甘当苦力。

清理污水塘，建造围墙，拉尼龙网。说来简单，却花费不少时间。老赵这点好，随叫随到，下力气的事情，几乎都被爷儿俩包了。

池塘水排出去后，着手建立产卵池、孵化池、蝌蚪池和成蛙池。产卵池选址在沟渠，又将沟渠与池塘从地下挖通。卵池上放上木板，木板上搭有麦秸，遮阴正好。孵化池建在沟渠和堰塘的连接处，地面拖出水龙头和排水管，以便控制水温和水位，上面还搭了简易凉棚。蝌蚪池好说，在池塘里挖出的泥池，先用黑色塑料布铺上（便于清洗池底和吸收阳光增加水温），池壁抹上水泥，同时留有斜度，设置排水孔。内里有荷叶，外面围上竹箔防敌。成蛙池不大，再填上泥土留出陆地，以供青蛙栖息。

整整个把月的时间，才万事俱备，只欠东风。

种蛙选择，老王和老赵腿子都跑断了。上宜昌下荆沙，来往车费和食宿费（只在外面住宿了一夜），老赵是不操心的，嘴巴虽然强调都在成本里，可是将买苗子的成本死揣在荷包里，拿手按着，雷打不松手。老王认了，这点儿钱，不到千元吧，只当自己打牌输了。跑了四五趟，最终确定为第二次产卵的种蛙，因为这样的种蛙受精率高，固然价格要稍微高点儿。好歹，选择什么样的种蛙，老赵全权交给老王，一副怎么说怎么依的态度，顺利。

已是4月初了。时间掐得好，正是青蛙交配产卵期，还是盛期。

“那个老赵，我跟你说啊，看护它们就是你们爷儿俩的事情了。两个人要记住，水温要达到18摄氏度，最高不能超过28摄氏度。按说，这天气不会再冷了，但也说不准，来个暴雨冷风什么的，你们就要设法增温。另外，这东西可比娇宝宝还胆小，产卵要求绝对安静，就是没有一点儿声音，一点儿动静可就会让它们停止产卵，时间长了，它们就吓跑了。”

“老王你呢？”老赵眼睛亮了下。

“我？你老赵怕老子不搞事啊，老子投了钱，总得负责，我没经验，要钻研怎么养，光看资料还不行，还要找机会出去取经——你一百个放心，不会用你的钱的，我顶多，顶多……钻墙打洞地蹭人家的交情去。”

“怎么个蹭法？你说说。”

老王怒了，一跺脚，说：“老子没义务跟你汇报，不用你的钱就行了。”

老王转身就走，刚转身又回来，到沟渠边蹲下，拿手试水温。天气预报，明天有冷风。

“哎，老赵，你们找稻草去，多弄些来。”

小赵听老王的话，转身就去找。老赵留下来。老王交代他，必须养成看天气预报的习惯，未来五天的天气，每天都要了解。

摸着石头过河，一颗心操碎。老王扶贫之余，全身心都放在青蛙养殖上。投入的钱的确不多，就是操心，操不完的心。一切都是从零开始的，哪能不操心？何况，对于农事养殖，老王是外行，大外行，却参与这档子事情，完全是……老王每每夜里想起，就咬紧牙关不骂自己。

真不是钱的事情，老王听见自己的声音，有些恓惶——这是他对家人抱歉的解释。完全没有了正常的周末休息，完全抛开了城里的家，连老妈的七十大寿，他都只晃了下影子，转身跑掉。夏天早就来了，快三伏天了，算算，三四个月没有与家人吃一餐饭，别说回家与老婆亲热了。

“你图啥呢？我们家不需要钱，生不带来死不带去，能将就过就行，女儿也参加工作了，不需你操心，你说你图啥。”老婆在电话里发完牢骚后，又放低声调问老王。

老王叹气，五个节拍的气息，颇有起伏感：“真不是为了钱，我不投钱参加，老赵就没法搞下去。真的，那家的遭业（俗语，贫穷的意思），看上去是缺钱，物质上的贫，实际上还是没个底气，任何事情都缩手缩脚的，就图活命……人活到这个份儿上，心酸，我出力尽心而已。”

“你有脸还往自个儿脸上贴金，臊不臊？你说他们家没底气，不就是那俩爷子是病人吗？”

“是，除了身体的哮喘病，更多的是心病。”

“歪扯，我知道你说的意思，不就是儿媳妇带着孙女跑了？”

“就是啊，跑的跑了，留下的就恓惶了，除了一日三餐，啥子心思都没有了，这叫生不如死，知道不？”

“你帮他们生啊。嘁，老王，你的春秋大梦没意思，你是啥人我不晓得？这两年扶贫，咋学会这样装？再说贴金也不是你老王擅长的，这要本事的，再退一步讲，你老王都50岁了，贴金有啥用。”

“老婆，我说的你咋不明白？我美其名曰扶贫，不就是尽个心吗？赵响宝拉我一起养青蛙，我投进去的钱算是以前喝酒打牌的钱，算不了啥子，却能给赵响宝壮胆，还能暖个心……”说到这里老王声音贴着喉咙，他自己都没听见。反正就是这个意思。他老王没老婆说得那么虚伪，也真不会崇高，至于贴金，还是算了吧。

老王恨自己在老婆面前小幺样（当地俗语，意为低眉顺眼的仆人样），声音又大起来：“要不，你来试试这样的扶贫对象，他拉着你入伙办事，你不答应能行？要不，你来试试看？”

说着，老王挂掉电话，想想还不解气，又拨通老婆电话，吼道：“你这婆娘，再不要跟老子提这档子事情，老子就是自个儿卖给了滨湖村2组，要不，你们就当我死了算了。”

晚上，老王捏着手机在青蛙基地转圈。听着此起彼伏的蛙鸣，心血来潮，录下了那擂鼓般的蛙声，在微信上发给了老婆，并留言：“听听，多热闹红火的声音，老婆你等着吧，有你开心的时候。”

老婆没回复，不过，也再没计较老王不回家的事情了，直到8月底。

8月底的一个周末，老王提着一篓子青蛙回家，亲自操刀下厨。青蛙火锅和辣椒爆炒青蛙肉是主菜，外加一盘卤青蛙凉菜。青蛙大宴，老王滋溜滋溜喝了两大茶杯白酒，猪肝色的脸庞冒出汗水。

“好吃吧，蛙肉有营养，特别是对女人大有益处，养颜，还延缓衰老。对男人也好，养肝肾还养肺阳。”

老婆“嗯嗯”点头，却冷眼看老王。

“青蛙丰收了，一捞一袋子。”

“恭喜你帮助赵响宝一家脱贫，你老王发财了？”

“不，养殖成功，我没失手，可……人算不如天算，这么好的东西，他们怎么就会不喜欢呢？”

沉闷中，老王大口扒饭。电话响了，是赵响宝打来的：“王领导，快过来，有餐馆来订青蛙，要批发价，我跟他们说不好，你快过来。”

一声响指，老王站起来：“老婆你看，生意来了，我赶过去拍板。”

这单生意不错。不过，才开头，老王给的价钱不高，是为了吸引更多的生意来。按说，不会有多大出入。

但……

第二天傍晚，买家开着货车赶来，还带来了食品药品监督管理局的人。昨天货车拉走的是活蹦乱跳的青蛙，今天却是四脚朝天白肚皮晃眼的青蛙死尸。

“你们黑心肠啊，卖给我的全是病蛙，难怪比一般的卖家价钱要低。”

昨天不是活蹦乱跳的吗？老赵瞪大双眼，一口气在喉咙憋着出不来，胸脯就像青蛙肚皮一鼓一鼓的。“你这话乱讲哦。”

“乱讲？你没长眼睛啊，自己看，瞪大了眼睛看，要是活的，还来受罪再跟你们吵架辩理？划不来，耽搁生意晓得不？”说着，买家气愤了，又清醒地认识到，跟赵响宝没啥说头，直接跳到老王面前。

老王下意识地后退几步，看向另一个人，是食药监督局的。食药监督局来的是个小伙子，老王不熟悉。老王机灵了下，拱手，说：“尿急了，先方便下再来请罪。”

老王着急的是，食药监督局的人都来了，自己还是公务员，却养起青蛙——虽然跟老赵多次交代，对外面就说，这全是老赵家的事情，自己不过是个参谋，可赵响宝能记住吗？老王拨电话找食药监督局的熟人。不求别的，只求别给自己扣帽子。

小年轻接到电话，要求手机开免提，手机里传来冷静而严肃的声音。按照公事办，不合格就是不合格，没商量的余地，但也不能稀里糊涂，要有证据要有说服力。人家一个红卡低保户，不容易，要有爱心，态度要谦和，多体谅人家的难处，人家能占理的就必须听听人家的道理。

小年轻拿出检测结果。青蛙一小部分患有严重的寄生虫病，还有一部分患有脑膜炎症，目前还没有大规模发病，但是接到买家的举报，自然要检测。

总算清楚了，青蛙死亡是一回事，青蛙被食药监督局检测有病又是一回事。很明显，买家买了大量青蛙，只晓得用水储存，而大玻璃柜子里的水，一受光就升温，买家却不晓得给它们遮蔽阳光通凉风。这大热天的，玻璃柜子里的青蛙大都窒息而亡。

老王舒了口气，马上又忧心忡忡，眼下亏了大本儿，咋办？

老赵不接老王的眼神，只一个劲儿地重复："那青蛙死了与我们无关啰，拉走时还是好好的。"买家吼道："怎么无关？都是病蛙，想害死我们啊，销售病蛙是违法的……"说到这里，买家灵机一动，问道："那个，把你们的'两证'拿出来我们看，要不，嘿嘿，起诉你们违法。"

是的，青蛙养殖，必须办理两证——养殖证和销售证。没有这两证，收到举报，就是违法。老王再清楚不过。

老王拉买家到一边，劝道："老板你看见了，这老赵家的情况就是这样，一穷二白的，还是两个病人嘞，但为人憨厚老实，绝对没有坏心思，丁点儿都没有，都是为了吃口饭啊，全部家当都投进去了，再说买下的青蛙又没全部死……"老王干笑几声，趁着买家沉默之际又趁热打铁："起诉他们有屁用，至于两证，我作为他们家的扶贫干部，可以负责任地说，不是没办，而是还没拿来，你看那爷儿俩……算了，我这周有时间帮他们去水产部门拿证件。你留个电话，咱俩加上微信，到时候我发照片给你们看。"

"喏，你们要晓得治疗病蛙，要是再卖出去，人家扯皮，那可不好办了。"小年轻交代老赵，并告诉老赵治疗方法：注意水环境，无论什么病，都必须保证水质干净，为了防止细菌串联，每个格子水源外出都切断，及时打捞病死的青蛙，远离并深埋。同时用药治疗，外用铂立康和黄连康喷洒，给青蛙内服血立止和转肝灵。

这知识专业，全都是陌生词语。老赵听不懂，小赵更不明白。老王只有吩咐小赵拿来纸笔，又拉着小年轻重述，他一一记下。

好说歹说，老王说服买家付一半的钱了事。

送走买家和食药监督局的人，老王和老赵双双瘫坐在门前的阶沿上。

老王累是累，心中却是波澜起伏，才出手就搞成这个样子了，谁晓得后面还会咋的。老王拉过赵响宝的手，要赵响宝先别说话，他有话要对赵响宝说，但需要先想想。

月亮挂上树梢，又爬上屋顶，慢慢地晶莹圆润，如水般流到地上，清洗人间的燥热。老王抹了下额头的汗水，挪屁股到一边去，再挪下屁股，掏出烟——老赵哮喘，闻不得烟。老王吸了两口烟，觉得喉咙生疼生疼的，灭了烟头，又把屁股挪回原处。

“老赵啊，我还是没跟你把话讲清楚。我投入的钱我不后悔，就是为给你壮胆的，也是为了安你的心，我不求啥子，真的，困难是暂时的，我相信还会有收获的时候。”

“王领导，你到底说啥呢？”

“我……这样说吧，有收获的时候，我不求分红，都算你老赵家的。”

老赵在喘气，呼哧呼哧的，拉风箱一般。他喊小赵，小赵傻笑着递来喷剂。“爸，你喷……王领导也要喷。”老王摆手。喷完药水，老赵如梦初醒，马上就平息了紊乱的呼吸。

“王领导，你的意思是说，后期你不再管了？”

“管，但我就是帮忙，态度不比以前差，我跟你保证。”

“那要是亏了，完全亏了，我投入的本钱——可是血汗钱啊保命的钱，何况今年，心思都在这上面，棉花没管呢。”

“你的意思是……老赵？”

“没什么意思啊，你鼓动的，我就照办了，什么都依顺你的，咱们搭伙好办事，以前咋办现在就咋办。”老赵站起来，走进堂屋，撂下老王。

老王“唉唉”叹气：“你怎么就不理解我呢，我老王这样巴心巴肝地待你们。”老王双手抓住不多的头发，垂下了脑袋。

“我究竟做错了什么啊？”老王骑摩托车回到村委会自己的宿舍，坐在椅子上反复问自己。瞌睡来了，思维又猛地清醒。“老子又不求赚钱发财，不就是给老赵一家人壮胆吗？反正豁出去了，赚的是他的，赔了拉倒。”

9月，太阳慢慢萎了下去。青蛙好像中魔一样，活蹦乱跳的寥寥无几了，病的仍旧病着，跑掉的跑得无影无踪，死的怎么也拉不住。老赵还是没啥意见，只拿眼睛看老王，眼色秋水般明朗——老王你快决策。

9月中旬，老王决定捞起全部青蛙，当然是活体青蛙。

天气越来越凉，活着的青蛙不久就要进入冬眠，只有捞起它们，全部捞出来。这哪是什么决策，傻瓜都会这样想。

资料上说，立冬前捞起就行。立冬还远着，哪能等到立冬？白露就行。耗不起，死伤的青蛙还在增加，排着队，戳眼睛。

捞起来的活青蛙，还不少。销售了一部分——全部给了大餐馆。绝大部分留下加工。

加工时，老王出了事。

9月20日，宜昌市扶贫办来检查精准扶贫工作，第一站就到枝江，到了枝江直接奔赴百里洲孤岛。百里洲孤岛有名，在扶贫这件事情上总是冲在前面——去年春上时，省里扶贫办检查，硬是从荆州过南河大桥拐到了枝江百里洲，突然袭击一样，可真是查出了若干问题。现在的检查，一个格式，不通气，临时决策，考验精准扶贫工作的虚实。这下，又是首选孤岛。

检查车队沿着镇上人工河旁边的柏油路，一路长驱直入，到了滨湖村才停车，也意味着到达第一站。

说说那天老王的行踪吧。

老王刚送走一个买家，正在清理池子。那天又死了一批青蛙，从池子里捞起来，扔在堰塘周围的一个深坑里，尸体堆成一堆儿，还来不及掩埋。天气热，哪怕是9月中下旬了，红彤彤的太阳连续出来四五天了，气温在35摄氏度左右，根本就是伏天模样。青蛙多是病死，皮肤溃烂，内脏和肉身脆嫩，在太阳下和热气下，一晒就烂掉，烂出汤汤水水，臭味连着臭味，那叫一个臭不可闻，臭气熏天。

其实，这只是一会儿的工夫，老王和老赵的意思是，等清理完死掉的青蛙，再一起掩埋焚烧，完事。

哪晓得，臭气吸引来了苍蝇，还吸引来了检查队伍。老王那天在池子里忙，手机就没带在身上，而是放在道场上的一把椅子上面。有人私下给老王打电话通风报信，打爆他的电话也无济于事。

有个村民机灵，跑来报信。老王着急了，刚爬出池塘，车队就到了。

老王，全名叫王礼家。这名字曾让我们这些熟人多次感叹，人如其名啊，多好的一个人——单看名字就能体会。老王就摆手纠正，爹妈的愿望大着，我老王如不了老人家的愿啊，惭愧惭愧。那天，老王背到家了。明明是他帮老赵家的，老赵也是如此说的，偏偏小赵多嘴，一脸无邪的笑，龅牙戳到了嘴唇外面，在阳光下晃眼睛。他是兴奋，没见自家来过小轿车，还是三四辆，一时激动，恨不得掏出心中所有的话。

“王领导人真好，还投了钱养青蛙……分担我们……”

老王顿时傻眼。老赵给了小赵一拳，小赵蹲在地上，仰起委屈的脸。“我说王领导为人好啊，我说的实话。”

“滚你犊子。”老赵踢倒小赵，也踢出剧烈的哮喘。小赵满心委屈，挨了老子的拳脚，蹲在地上流泪。老赵只有跑进屋，拿喷剂朝自己狂喷。

而屋外的老王跟着车队走了。

第二天，老王又回到老赵家，继续挖池塘，继续加工活体青蛙。不过，老王说，也就这几天跟着老赵忙了，要去纪委说话。

加工青蛙不难，方法是：先用60摄氏度左右的水将青蛙烫一下，然后用细麻绳穿在两眼间，两腿顺直晾干。干后剥油，再用沸水烫六分钟左右，等到沸水浸入青蛙皮肤内便可捞出，用箱子闷上七个小时，摘除腹内的黄白色脂肪。

注意——老王反复交代赵响宝父子俩，摘时不要带卵和皮膜，摘除完后，将青蛙放在通风处干燥，等水分蒸发干净，干货即成，便可出售。还有，蛙体内剥出的蛙油，也是好货，出售有好价钱，蛙油可以存放，不着急，等待时机再出手，不急那几个钱。

没等加工完，老王便被纪委喊去接受调查，还是立案侦查。情况都明摆着，老赵也被喊到纪委问话了。很快，结果出来，王礼家作为国家公务员，利用扶贫搞起第二职业，严重违纪。

11月初，老赵给老王高兴地算了一笔账，亏是亏了，可亏得不多，再加上养殖补助，算下来也就一两万块钱的事情，但有了经验啊，明年……呵呵，老赵的一张核桃脸笑成了菊花瓣。

老王寡着脸没作声。

老赵继续说："王领导，往后几年还是你扶贫我家，退又退不掉，再说，我老赵家不久肯定脱贫，这点儿底气我有的，说来就是你老王的功劳。"

"我老王屁的功劳。"老王"呸"的一声，吐出一口涎水。

"俗话说人穷志短，'志'就是底气嘛，我现在底气足，先把话撂在前头，明年你看。"

老王鼻子一酸。

"哎呀，越活越娇气，还自个儿娇惯自己，不要脸。"老王别过脸，心中暗暗自骂，一边耸鼻子一边呵呵发笑。

后 记

2019年7月19日，天气炎热，我驱车来到滨湖村2组，找到了老赵的家。老赵家很热闹，一辆货车停靠在道场上。看来，生意来了。老王和老赵父子俩正忙着卖青蛙。

我识趣，在一旁看着，一直没有作声。

这桩生意，老赵家净赚2655元。

说到挣钱，老赵兴致高，主动与我唠嗑。这些天，生意好着，几乎每周都有票子进入。要是这样下去，到8月，盈利一两万元没的话说。老赵说完，嘚瑟地拿眼色看老王，似乎在问："王领导，我估计的不错吧？"

老王翕动着嘴唇，爽朗地大笑，一边笑一边说老赵："你这个老赵，就是小气，明明是可以盈利3万多元，偏偏打一半折扣，人家会要你一分钱啊。我跟你再次强调，我分文不要。"

"一直劳驾你老王……"老赵仰着红脸插话。

老王摆手，右手搭在老赵的肩膀上，大声说道："老赵你就是不爽快，说清楚的事情就不能违背，再提什么分红不分红就是害我，害死我，你忍心？再说，人家作家会把事情写成文字，那不是把我们推到公众面前？有眼睛的都会看见，也就是说，大家都在监督我们，看我们怎么处理，老赵你说咋办？"

老赵愣怔，随即点头，"嗯"了一声，又道："养好青蛙脱贫致富才是正事。"

"没错。"老王收回右手，双手拍掌，接着又补充，"2019年，老赵一家顺利脱贫，正在奔赴致富小康的路上。"

货车开走，老王招呼我进屋坐。

进屋后，我发现屋里焕然一新。桌椅是新的，电视柜是新的，茶具也是崭新的，还有一台新冰柜。我径直走向冰柜。老赵在后面跟上，解释说，春节时新买的，主要是为了冰冻青蛙，到了腊月，青蛙尤其紧俏，卖价也高。

我坐下的刹那，老赵碰我胳膊一下，捂嘴偷偷地说："这冰柜还是王领导借钱给我买的，不过今年年底一定还清他。"

我笑了。老赵又说："我家厨房也都换了新的，房间都粉刷了，主要是为我家小赵准备的。"

"准备干什么？"我惊讶地问道。

老赵蹲下来，小声说道："王领导真是好人，我家小赵那个样子，他还给我家小赵介绍了一个女人。那女人虽然比小赵大一些，还是跛脚，可是人本分，被男人骗过，脑袋瓜子也不大灵光，但是跟我家小赵交往几次，觉得小赵为人老实还勤快，这不看上他了……"老赵嘿嘿笑了。

"好事啊。"我叫道。

小赵忙完了。他真有心，拎了一袋子青蛙，放在屋外，却藏不住话，兴奋地朝我招手，叫道："这是我给你准备的，新鲜的青蛙，好吃。"说着，小赵咂巴嘴唇，一副吃得津津有味的样子。

老王端着茶杯在外面喝茶，吞一口茶水，打着哈哈说道："这俩爷子，就那样得宝（俗语，就是愚笨却很搞笑的意思），可还是心好，还勤快，老天爷自然眷顾他们，等着看吧，会有好日子的。"

离开时，我对老赵和小赵说："2020年我再来你们家，你们赵家还会大变样的。"

小赵却歪起脑袋，嘴巴张开，涎水流出。"那是的，我那时有媳妇了，还会有，有儿子——不，是女儿……"

这小赵，嗨。

我们想要虞美人

沿着院墙边成片种植的虞美人正在开放。红白黄紫蓝夹杂，五彩缤纷，花朵随风轻摆，摇荡出流线型的光泽。蜜蜂嘤嘤嗡嗡，叫醒了沉寂于时光中的陈物旧件，往昔与现时无缝对接，走出了光鲜亮丽。

扶贫对象：覃如玉

扶贫干部：韩月娇

地理位置：百里洲坝洲村

用“虞美人”来说覃老太的事情，再恰当不过了。

我高中同学韩月娇知道我在准备孤岛精准扶贫的纪实作品，主动找到我，说起她的扶贫故事，第一句话就是：“覃老太院子里种满了虞美人。”

我有些诧异，“哦”了一声。韩月娇继续说：“虞美人在覃老太的晚年生活中从来就不缺席，以后也不会缺席，就像你们作家经常说的……”她抬起脑袋想了想，才吐出“隐喻”两个字，又点头肯定自己的表达。

“这太有文学性了。”

韩月娇点头，赞同我的概括，同时补充：“一个农村老太太的平实生活充满传奇色彩时，就滋生出艺术审美的特性。如果要纪实孤岛的精准扶贫事情，甚至当下农村的精准扶贫事情，覃老太的事情缺席了，整个精准扶贫的丰富性和深刻性可能会逊色许多。”

“这么说，我不得不去了解覃老太这个人了。”

事实是，通过多次接触——与韩月娇和覃老太双方对谈，我发现韩月娇的开场白丝毫没有注入水分。

1

韩月娇正是与覃老太对接的扶贫干部，她现在供职于市里某局，还是一名校级干部。2017年下半年被派下乡扶贫，一看对象是个孤老太，就兴冲冲地一个人驾车过江，赶去坝洲村。结果呢？

“我吃了闭门羹。”她笑道。

那天是阴雨天，气温较低。月娇倒有兴致，一个人买了大包小包的东西，就开车过轮渡，再到坝洲村1组，然后找到了覃老太的家。覃老太的家好找，月娇来之前还是做了一些功课。

覃老太的家族在新中国成立前是坝洲村的望族，开酒坊的，剩下的老房子以前拆除了一些，遗留下来的仍旧不错。旧式徽派建筑，坐北朝南，马头翘角，黑瓦白墙。院门采用青砖门罩，石雕漏窗。院门四周围了大院墙，院墙边植有大柚子树和洞庭树。

敲院门，没声音。再敲，还是没声音。

“覃婆婆！”月娇扯起嗓门儿喊，也不见应答。月娇提着东西，穿着高跟鞋，有些累，不由得背靠院门喘气，又扯起喉咙喊。但她打了个趔趄，院门开了，缓缓地开了，保证了月娇没摔着，没掉底子。

“覃婆——”

月娇的招呼被打断：“找我，有啥子事？”

月娇侧脸，一个表情淡漠的清瘦老太太闪现在月娇背后，正是覃老太。月娇与覃老太的对话几乎掐在一个瞬间。但月娇还是敏感地捕捉到，实际是覃老太不客气地打断了她的招呼，也就是掐掉了她的礼貌。月娇站稳了脚跟，笑着问：“覃婆婆好，能否去您家里说话——”说着，随手去推院门，同时踮起脚偏仰脑袋往里看。

果真是……院墙高大古朴，右边墙角有一个池塘，池塘周围都是虞美人。冬天里的虞美人开得零星，依旧有一些憋着一股劲头粲然绽放。粉红、金黄、洁白，在阴雨天里摇曳，绚烂夺目。池塘里假山水流，虽是破损残败样，却也透露出覃家昔日的大户景象。

哪想，覃老太随手将院门合了合，左右两扇门挡在清瘦身子的面前，也挡住了举目张望的月娇。

“您这是……”月娇讪笑。覃老太不理，发黄的眼珠子垂下，直愣愣地盯着月娇手上的大包小包。

“覃婆婆，我来看望您，我是您的帮扶人员，名叫——”

覃老太一张核桃老脸敛紧了皱纹，她站直了瘦弱的身子，再次打断月娇的话：“你来帮扶我？我说过很多次了，我不需要。”院门几乎无声地关闭。月娇不由得脑袋后仰，身体退后一步，而手里的提袋断了，东西掉下来，东滚西滚地跑了一地。

她居然说不需要。月娇满是疑惑，问我。真是出人意料，她一个孤寡老人，还是七十好几了，别人做梦都想得到的帮扶，她却……怪哉。

我没搭话，心中却为月娇遗憾。她的前期功课可能不充分。换作我，我肯定不会像月娇一样独自闯去——是的，她就是闯去的，尽管覃老太那里不是龙潭虎穴，只是一户再普通不过的平民人家，可那是覃老太啊。

在坝洲村，谁不晓得覃老太一家昔日的富庶？世代开酒坊，后来到了民国初期又开私塾。这点儿背景，先说说。

酒坊历史长。坝洲一带，在平整的孤岛属于地势较高的地方，沙质土壤更为明显，夏季盛产小麦，秋季盛产高粱、荞麦，均是酿酒的上好原料，出酒率高。覃老太的先人是坝洲一带酿酒的领头，从对河澌洋洲（今松滋老城）聘来师傅建起白酒槽坊，以当地生产的荞麦、大麦、高粱等为原料，酿制白酒。燃料以当地劈柴和江边的枯芦苇为主，火候足，酿制的白酒味道醇厚绵长。到清代光绪年间，覃家酿出的白酒打出旗号，名叫“覃家伙”。“覃家伙”逐渐有了名气，江北商贩相继来采购。据说，清朝乾隆年间，覃家酒坊生意好、产量高，酒贩用酒坛抬酒下河至码头，走路的人多了便形成了一条窄长小道，人称“酒路”，装运上船的码头称“酒路堤码头”。行至堤上，堤坝上下有行人会合，为了避免相碰，在酒堤上形成了多条斜路，此段大堤称“酒路堤”。

1925年，覃老太的祖辈整合坝洲村和邻村的多家酿酒作坊的纯白酒，统一用“覃家伙”的名号外销白酒，相当于今天的一家酒业小公司。那年起，从横堤子至码头的两公里路上，不分白天夜晚都有挑工在这条路上抬酒。酒路的名称随着“覃家伙”的酒香已传至大江南北。那段酒路也成了百里洲孤岛与江南江北城市文化经贸交流的“丝绸之路”。

私塾开办于民国时期。覃老太的两个姑姑早年外出学习，上过师范院校，后来战乱回家办起私塾，亲自担任私塾先生，专收女学生，在整个孤岛都有名气，为整个孤岛教育，尤其是女性教育做出了大贡献。覃老太近水楼台先得月，其学识和修养是大家闺秀的做派，自是农村女性——哪怕一般的城市小姐也不能比的。

我三姨妈年轻时嫁到了坝洲村，与覃老太沾亲带故。三姨妈讲她记忆中的覃小姐，一身绸缎旗袍，窈窕灵秀，脚蹬带有坡跟的皮鞋，行走处，娉婷盈盈。覃小姐总爱手里捧本书，说话文绉绉的。

“那真是仙女啊……”我三姨妈的家人与覃老太属于同一宗族，都是坝洲覃氏后人，三姨妈的语调透出的羡慕和肯定，与她七十好几的年龄太不相符。时代的列车轰隆隆地开来，一切都在变。时代际遇下覃家家运陡转，覃老太的两个姑姑一个自缢，另一个不知所终，父亲和母亲则相继病死。覃老太上面有一个哥哥，曾经出国，后来再无消息。“覃家伙”白酒也停止了生产。

覃老太有两次婚姻。

第一次婚姻短暂，丈夫是江北董市一盐商公子，在董市镇教书，人长得文质彬彬。婚后不久，教书的丈夫被下放到某偏僻地，后来患上肺结核，没有及时医治，死于异乡。第二次婚姻时，覃老太已年过三十，又是寡妇，只能降格要求，招了坝洲村的一个农民上门，两人也和谐，后来生育一个儿子。

改革开放后，覃老太又开始自己酿酒。酒香在坝洲村飘散，唤醒老年人胃囊的记忆。"'覃家伙'呢，那真是好酒，去买。""覃家伙"白酒只局限于坝洲村那一带。覃老太以人手少、年纪大为由，拒绝大规模生产。20世纪90年代，覃老太的老伴去世，覃老太酿酒越发少了。

但"覃家伙"的酒方子名声在外，这么好的酒，肯定是有秘方的，几代人的心血啊。我三姨妈多次讲，谁谁曾经找到覃老太的家里，帮覃老太摘棉花，帮忙摘了一个星期，就是想出高价买下"覃家伙"的酒方子，却被覃老太一口回绝。谁谁在坝洲晃了半个多月，找覃老太软磨硬泡，想买下酒方子也没成功。谁谁托了我姨妈来找覃老太沟通也是败兴而归，还有谁谁竟然在孤岛镇委书记和市委某个常委陪同下找覃老太沟通……

覃老太名字也好听，名叫覃如玉，今年79岁，孤岛坝洲村1组人。儿子覃光明，46岁，十多年前离家出走下落不明，多年来无法联系上，被定为失踪人员。儿媳妇周昌凤带着女儿改嫁后，覃老太孤身一人生活，成了孤寡老人：无地，无产业，基本没有经济收入，2016年下半年被列入红卡五保户对象（覃老太却不同意）。从2008年起，覃老太一直带着一个疯癫的年轻女孩在身边，负责照顾女孩的生活起居，已经十多年。女孩子名叫金蓉，她以前名叫覃容，曾经是覃老太的孙女……

这话啰唆不清，需要慢慢道来。

儿子覃光明20世纪90年代与周昌凤成家。两人结婚四五年，周昌凤不见怀孕，覃老太就催促他俩上医院检查。镇上医院检查结果出来，是覃光明的问题。覃光明的精子存活率极低，几乎都是死精子。男人精子存活率低甚至完全死掉，在坝洲村不止覃光明一个，而女人患有不孕症的也大有人在。不育不孕的已经查出三四个。

医生总结：这在坝洲村很普遍，大有缘由。坝洲村以前就是一个小沙洲，后来并入孤岛，土地是典型的沙质土壤，沃野成片，一年四季，田野都是生机盎然。实际上，整个孤岛都是如此，只不过，坝洲村北边靠近董市，南边靠近松滋，交通方便一些，再加上先前的“覃家伙”白酒交易，坝洲村与外面的联系频繁，其经济也稍微开放些。为了增加农作物产量，就必须治疗虫害，于是长年累月喷洒剧毒农药。药水浸透到沙质土壤中，直至地下水，成为重要危害。各类病状出现，不育不孕症只是其中之一。

覃老太早想到这些，催促儿子覃光明上医院治疗。

“还是有希望的，只不过近乎是死精子，又不是百分之百都是，别挂心上为好。”妻子周昌凤安慰道，同时拒绝接受覃老太让覃光明去治疗的建议。

千禧年，覃光明和周昌凤守来了好运。周昌凤怀孕了，整日整夜地呕吐，覃老太耐心伺候，她亲自酿酒，装酒上坛封好，并埋到地里，准备新生儿洗九和周岁时拿出来畅饮庆贺。期待中，孙女覃容来到世上，胖嘟嘟的，落地整八斤。覃老太毫不食言。覃容洗九和周岁时，覃老太做足了面子，大摆宴席。“覃家伙”破土而出，揭开盖子上桌，那酒香顿时四溢，三日不散。好多年才品尝到这“覃家伙”，乡邻和亲戚们啧啧赞叹，男人们，还有一些女人，竟是一醉方休。

日子朝前过着。覃容两岁时，覃光明发现，覃容相貌像极了一个人。谁呢？不是家里的人，而是外人，是村里的二流子金有福。金有福长得太丑了，也太有特点，蛤蟆大嘴，塌鼻子，两眉还隔得超远，一看就让人一愣。覃容也是，不是金有福的种才怪了。奶奶的，周昌凤这娼妇不要脸，偷人竟然偷到那千人嫌万人弃的二流子身上，这简直是奇耻大辱。要晓得，覃家不是普通人家，虽然派头不再风光，可是底气丝毫不减、面子丝毫不减，那深埋在骨髓和血液的清傲也不减。覃家老太——看看，那时64岁了，仍旧是肤色白净、体态轻盈，一身素净的布衣上都是自己编织的盘扣，清爽不落俗套，头发是白了些，却在脑后绾着髻，一张素净脸任何时候都是淡泊从容。

周昌凤带来不亚于剐皮的耻辱，覃老太如何想啊。覃光明心中悲愤，却百般无奈。覃老太自然也看出了什么，可仍是一副水波不兴的平静，只是看儿子的眼神多了些内容。每每目光相遇，覃光明就会掉转眼睛，心中却是波澜起伏。他太了解母亲了，内心高傲着，年龄再大，岁月再无情，那份高傲也不会减少一分。妻子周昌凤呢？一点儿羞耻感也没有，说话粗声大气，还指手画脚地给覃老太、覃光明母子俩派任务。稍稍不如意，便爆出粗口，尤其是拣覃光明的隐痛叱骂——“你不是个真男人。”

活脱脱的泼妇贱人。覃光明心中充满了悲愤、屈辱，却也只能忍着，无奈着，也在时间中煎熬。

谁晓得，有一天覃光明心血来潮，拐进了二流子家里。他究竟看见了什么，或者做了什么？无人知晓。

覃光明那天回家后，留下一张字条，折叠好，交到覃老太手中，然后告诉覃老太：“我刚才去那个二流子的家里了，好没意思，妈，我想出去打工。”也不等覃老太表态，覃光明就出门了，似乎一分钟也不愿停留。覃老太愣了下，打开字条看，发现是离婚协议，便赶出门，在后面追着，追到了儿子，塞给儿子千元现金和一个存折。

“妈，我给咱们覃家抹黑了，我走了好，各自安好，您老放心。”这是覃光明留给覃老太的话，说完，他头也不回地走了。这一走，就是16年，他再也没有回到坝洲村。

覃光明走后，周昌凤与二流子金有福再也不遮人耳目了，来来往往毫不知耻。一个晚上，覃老太手持铁锹，赶走了寻到家里来的金有福。金有福后脚刚踏出家门，周昌凤前脚就要跟上。覃老太将铁锹扔到周昌凤的脚跟前。哐当一声，吓得周昌凤连跳几下，才躲过去。

“你过来，咱们就这事了结下。”覃老太坐在堂屋里的太师椅上，朝周昌凤招手。覃老太给出周昌凤两个选择：一个是，带着覃容直接去金有福的家，从此不再是覃家人，相关手续以后办理；另一个是，断绝与金有福的往来，覃家既往不咎，若有再犯，覃老太必将诉诸法律。说着，覃老太拨打电话，给镇上的某个法官。电话接通后，覃老太递给周昌凤。周昌凤听见法官的宣告：你和对方均有婚姻，却公开以夫妻名义同居通奸，你们的行为构成了事实婚姻，即重婚罪，我国刑法有明文规定，“有配偶而重婚的，可以判处有期徒刑”。

周昌凤就是初中毕业，知识少，也少廉耻，几下就被吓愣，同时也不想在覃家待了，覃老太不怒自威的仪态，她心里一直不舒服。于是，她随口就答应了第一个选择，直接去了二流子金有福的家。

一个月后，周昌凤与覃家完全断绝了关系。

金有福那二流子，整天游手好闲、好吃懒做还偷鸡摸狗，哪里适合做居家男人？周昌凤带着女儿嫁给金有福后，不到三个月，家里就鸡飞狗跳、鬼哭狼嚎。金有福不仅打骂周昌凤，还连带着女儿覃容（此时已改名叫金蓉了）一起打，打得母女俩在地上打滚儿求饶才住手。

日子没法过下去。金蓉四岁时，周昌凤带着金蓉出去打工，但金蓉太小了，成为累赘，于是又返回坝洲村，留在家里种地，忍气吞声地又过了两三年。终于，金蓉上学了，村里学校已经合并到同义村，离坝洲村较远，金蓉只能住宿。住宿好，给周昌凤带来了自由。不久，周昌凤找到一个机会，跑到了越南去做工，把金蓉甩给了金有福。

金有福还能守家还能养女儿？这不是笑话吗？更可笑的是，周昌凤比二流子还先跑掉，嗨，周昌凤能跑他就不能落后，无非她跑得远，否则，太有损老二流子的名声了。金有福去了哪里，没留下实话，也留不下实话。反正在外面瞎混着，七八天或者十来天回家一趟，或者一两个月不露面一次，留下女儿金蓉一个人在家。

那时，金蓉七岁了，已经上小学，平常就在学校寄宿。寄宿不错，可以保证人身安全，但周末两天要回家。冷清清的家中，只有金蓉一人。也不是金蓉一人，还有覃老太，覃老太放心不下这个七岁的女孩子。周末两天，覃老太要么将金蓉接到自己家里，要么自己来陪金蓉。

而2007年暮春一个周末的晚上，给一个留守乡村的孤独小女孩留下了深渊般的伤口。

村里的几个老二流子见金蓉回家，又得知覃老太出门去了。他们在深夜奔向金有福的家，凌辱了可怜的金蓉。

凌晨时，覃老太来看金蓉。昨天晚上就该来的，只不过她去荆州市走亲戚了，回到家就天黑了。覃老太很累，躺下就睡着了。但睡眠中，脑海中一根弦兀地绷起来，绷出担心和忧虑。凌晨时分，覃老太奔向金有福的家。金有福的家在一个堰塘边，从公路拐向一条小道，就是那堰塘了。覃老太刚走到小道尽头，遇见那几个浑蛋正从金有福的家门出来。等覃老太反应过来，浑蛋们已跑掉。她加快脚步，跨进了房屋……

在医院里住了三个月，金蓉出院了，但她的意识和心理完全崩溃，基本处于疯傻状态，趁人不注意，就用牙齿咬嘴唇咬指头，咬出伤口。她害怕一切男性，在医院里，男医生迫不得已，故意扎起头发给她看，戴上白帽子后，又在嘴唇上涂口红，又在脸上涂抹胭脂。好歹，三个月的治疗，金蓉稳定许多，身体上的伤口愈合了。

然而，心理和精神上呢？离开了医院，哪怕走在街上，那些偶然出现的男性，老的、中年的、年轻的，甚至儿童……金蓉也会举起双臂，双手抓住脑袋，大声尖叫，兀地昏厥在地。

金蓉患有严重的异性恐惧症和恐旷症，医生的论断。

金蓉学不能上了，退学在家，整日关上大门，躲在房屋里，覃老太不离左右。金有福某天回家，但金蓉不再认识这个男人，而是当作了普通的男人。金有福闪现在金蓉面前，金蓉一声惨叫，伸开了手指乱抓自己，接着五官错位似的扭成一团，人昏倒在地。

金有福向覃老太问清楚情况，骂了一句，转身跑掉，跑去找那些浑蛋。

浑蛋们似乎料到金有福这一招，一点儿也不害怕，更别说愧怍了。领头的说："金有福，你难得回村里一趟，你说要算账，好啊，咱们一起来算账。"旁边的几个浑蛋跟着哄笑附和，热闹地插话："你金有福骂我们畜生，怎么好意思出口？"某年某月偷鸡摸狗作奸犯科，某年某月赖下的账，某年某月欠下的钱……一一道来，复仇的金有福根本没机会再张口，反遭清算。混账们嘴巴一刻也不闲，记忆力好得很，纷纷道出陈芝麻烂谷子的丑事。

曾经作奸犯科犯下的事儿，八个箩筐都装不下。不说不知道，一说吓一跳。金有福刚一反驳，反遭齐攻，拳脚、凳子、涎水一并落到他身体上，金有福躲都躲不脱，被打成了骨折。二流子啊，所有二流子都有相同的特性，软骨头贱骨头，否则，难以成为二流子。

这下好了，金有福再也不找他们了，在外面撒野不回家也有了杠杠的理由。女儿怕他啊，怕到了自残性命的地步，何必回家？

覃老太只有将金蓉接回覃家。

不，不是接回——而是接到覃家。因为，金蓉不再叫覃容了，这个可怜的孩子。如今，已经是18岁的大姑娘了，跟在覃老太身边生活。

韩月娇跟我说她第二次去覃老太家的情况。那是2017年9月，是坝洲村委会的女干部带她去的。覃老太让她进了屋，月娇看见了金蓉。关于这次面对面的接触，我和月娇的对话如下。

我：你对金蓉这孩子的印象如何？

月娇：真的是难看，阔嘴、塌鼻子，两眉隔得老远。（说到这里，月娇歉疚地笑笑，接着又自我批判），我不该这样评判，太庸俗也太恶心了，但是，我本意说的是那个……二流子金有福，还有金蓉的妈妈周昌凤，这两人真是愧对人的称呼啊，生而为人，白披了一张人皮。唉，可怜的金蓉，她……指甲都啃光了。多亏了覃老太。

我：你这次见到了覃老太，目的是当说客吧。

月娇：我觉得，覃老太死倔，这样的情况，她应该成为五保户，不说别的，起码为了金蓉。（月娇顿时气鼓鼓的，整张脸都拉长了，眼睛瞪出黄豆模样，仿佛她面对的不是我，而是覃老太。）

我：可是，金蓉于她就是外人了，而且，金蓉已经被纳入了低保户。

（我的搭话有些多余，月娇不是不明白。但我觉得，还是有必要说出来。）

月娇：你什么意思？难道这点也不明白——覃老太完全地接受那些来自政府的扶助，可以更好地照顾金蓉。

我：结果呢？

月娇：覃老太偏不同意，死倔。

我：覃老太不是普通的农村老太，她肯定有缘由。

月娇：我大致猜测，可能涉及她的心理接受——她始终相信，她的儿子覃光明只是没有联系上，还在这世上活得好好的，而五保户的条件就是，儿女不在世上了……我也是母亲，太理解了。

我：可你还是……

月娇：对，我的任务就是劝说她成为五保户，最低也应该参加低保，毕竟，她的条件都符合，这些对她的“理想”——不好意思，我用了这个词语，有些突兀，但再没有更合适的词语来概括了——而言，只有好处，没有坏处。

我（愕然）：理想？

月娇：以后再慢慢谈吧，三言两语说不清楚。

2

2018年4月中旬，韩月娇又来到坝洲村2组覃老太家，这次，她约了我一起去的。

我曾经在三姨妈的家里见过覃老太一面，那时我还小，姨妈要我喊奶奶。姨妈年龄与覃老太差不多，但在家族辈分上是覃老太的晚辈。这么多年过去，覃老太还记得我吗？即使我提起那层关系。我不大确定。

“总比我一个人来要强。”月娇很有信心。她的工作就是鼓动我一起做覃老太的工作，要她承认是低保户，最好能参加五保，享受各项扶贫政策。我纳闷，那么，以往的扶贫政策，比如全额资助参加城乡居民医保、自来水免费安装、房屋改造、纳入低保、有线电视免费安装等，她都没有接受或者没有到位？

“嗯，听说有一些打到她的卡上，但她退回了一些。”

我哑口无言。

月娇说，最有动静的一次是，她家房屋很多年头了，下暴雨就漏水，前些年被村里的几个歹人报复——我插话打断：“为什么报复？”

“这事真不是三言两语能说清楚的，以后有机会细说。”月娇愣了下，继续说，“她家的房屋墙壁出现松垮裂缝。村委会划拨房屋改造资金到她账上，她取出一大部分还给了村委会。”

“还给村委会？”我瞪起眼睛。

“嗯，在村委会里，她的理由振振有词——”月娇咬起牙巴骨，学她认为的覃老太的声音，一副气咻咻的样子——“我家房屋好好的，就是被几个心藏小九九的歹人破坏了，你们不追究责任，只划拨钱来要我改造房屋，这是在位不履职，还美其名曰精准扶贫，要我看，没搞到点子上。”

学完，韩月娇得意地问我：“像吧？”

我摇头，覃老太说话不会是这个龇牙咧嘴的样子。人家再愤怒，模样也是云淡风轻，事实也是，用云淡风轻的表情说狠话，效果更佳。月娇赞同地点头：“是哈，覃老太可能是轻描淡写的模样，但那番话太重了，当场把村委会的干部弄得下不了台面。”

我们很顺利就进了她的家，每人得到一杯热绿茶。茶水中漂着晒干的明黄色蜡梅花，清香扑鼻。覃老太正在给金蓉洗头，我跑过去准备帮忙，覃老太朝我摆摆手。

我们在院子里转悠。

沿着院墙边成片种植的虞美人正在开放。红白黄紫蓝夹杂，五彩缤纷，花朵随风轻摆，摇荡出流线型的光泽。蜜蜂嘤嘤嗡嗡，叫醒了沉寂于时光中的陈物旧件，往昔与现时无缝对接，走出了光鲜亮丽。而右边的院墙吸引了视线——那里坍塌出现一个缺口，缺口上修补的水泥与原貌不协调，于是，此处的地面种植了几棵枸杞树。枸杞树三四年的模样，老刺坚硬，新刺正在萌发，挡在修补的一块水泥前面。

我们又踱步到旁边偏屋看了酿酒的工具。偏屋窗口安装的铝合金窗户与写满旧时光的偏屋结构格格不入，显然也是后补上去的。窗口周围的水泥修补过的痕迹将先前的洞口暴露无遗。看来，窗户坍塌过。

“这算得上危房，为何覃老太不答应危房改造？”我问月娇。

“她在做更重要的事情……”月娇的话被覃老太中断，覃老太已经结束手中的活计，喊我们进屋。

金蓉头上包着毛巾，向我们点点脑袋，再无声地经过我们，捧出药罐倒出褐色的药汁喝。覃老太侧过脑袋，问她："苦吧，要不兑点儿蜂蜜？"

金蓉摇头，微微笑了笑。很正常的姑娘，不过是此时的正常，一旦被触发哪根神经，便会发病，啃指甲咬嘴唇、呼吸急促、昏厥，甚至意想不到的一些症状，谁晓得呢？

覃老太记性好，记得我，叫出了我的名字。她坐下，开门见山，直接说："多谢你们的关心，但事情要有原则，我儿子只是联系不上，这都是暂时的，但他肯定活在这个世上，所以，让我加入五保户之类的劝说，还是不必了。"

我和月娇面面相觑。月娇是急性子，她换了一个坐姿，放下跷着的二郎腿，脑袋朝覃老太凑去。"覃婆婆，这都16年了，覃光明都没一点儿音讯，按照法律规定，早被宣告——"覃老太抬起眼睛，轻声打断："不要乱说，他活得好好的。"

"您怎么知道？"

"我儿子啊，当娘的当然知道。"

"可他覃光明这么多年都对您不闻不问，您都快80岁了，尽孝要及时。"

"我好好的，什么都不缺，按我儿子的话说，我长命百岁的人，就是到了80岁路还远着。"

"他什么时候说的？"

"20年前。"

"就是，您还是接受事实吧，他这么多年都没音讯了，申请他失踪，直接划入五保户，多好。"

覃老太盯着月娇，神情平静。月娇只有住嘴。

“你没听懂我的话意，我重申一遍，我儿子覃光明还活在这个世上，我这个老太也好好的，我们母子俩都是自食其力，谁也不亏欠谁。我们覃家家训，有手有脚，冷暖自知，妄想去靠他人。”

月娇嘴唇嚅动，我拉了下她的衣角。月娇朝我和覃老太点头。

“那么低保呢？这是有好处的，我指的是——您别打断我的话，我不是二百五，也不是缺乏教养的女人，我只是……”月娇的声音低下来，低到耳语，“只是想助您一臂之力，为金蓉。”

沉默。嗡嗡嘤嘤的蜜蜂在早春的枝头飞飞停停，又追寻光柱飞进堂屋，在我们眼前翩跹起舞。

“我也许没资格，但怎么说？我遇见了，我不能不管，就好像那天天亮时您遇见了……不知我表达清楚没有，我是说，尽力去做，不为别的，只是因为我也是女人。”月娇抬起脑袋，慢吞吞地说道，她说到“遇见”，喉咙哽咽，我的心也蓦地无限柔软脆弱。

“我已经享受一些政策了，你们也许看见了，偏屋和猪圈那些松垮的破洞补上并加固了，屋顶也换了新瓦，院墙也补好了……我的事情再说吧，明年我就80岁了，算高龄老人，那也只是年龄上的界定，我手脚都能动，不愁吃穿，手头也不缺钱，还要那么多干啥？无功不受禄，要不，心里就有了负担，那要折寿的，多不好，所以，低保不低保的无所谓了。只是金蓉这孩子，你们知道的政策多，还是为她多想想办法。”

连续几个月忙碌，韩月娇跑民政局、跑财政局，还跑了精神病院。

金蓉这病，属于深层次的精神病，已经在精神病院确诊，相当于二级残疾。这样，由覃老太作为代管监护人，代办扶助资金（每年1800元），逢年过节还有慰问。再者，金蓉父母虽然健在，却都不管她，多年来不闻不问，她相当于孤儿，而且她已经18岁了，是成年人，毫无劳动能力和生活来源，按照2018年新出台的扶贫政策，可以享受五保户的政策待遇。

我第二次采访韩月娇，对话如下。

我：这下覃老太应该满意了。

月娇：满意？你太低估覃老太的心灵了，人家是大家闺秀出身，很有想法，不屈不挠的……以后有时间我们再讲讲，或者我再带你去覃老太的家，你自己跟她唠嗑。

我：你用上“心灵”这个词语——具体来说，是她照顾金蓉这件事情，还是其他我不知道的？

月娇：对金蓉的照顾，有两方面，不仅为金蓉讨生活，还为她讨尊严。

我：讨尊严？这似乎太难了……她在代管金蓉？

月娇：嗯，所以说，覃老太不屈不挠，这么多年，覃老太都没放弃，一直寻找金蓉被凌辱的证据——当年因为覃老太急着带金蓉看病，没有保护好现场，证据不足导致坏蛋没有及时受到法律的制裁。覃老太毫不松懈，找啊找，不断上诉，要求惩罚那几个坏蛋。

我：这么一说，我似乎明白了一些，在精准扶贫方面她还是有要求的，就是为金蓉争取公道尊严。

月娇：我也是现在才明白，她啊，拥有一颗丰富强大的心。

我：难怪你说那样的话，我承认低估了她的心灵。嗯，覃老太为金蓉讨回了公道吗？

月娇：这是农村啊，那些浑蛋都是同一个村的，打官司哪有那么简单？不过，也还真奏效。

韩月娇的手机在唱歌，她朝我摆手作别，接着按下接听键接听电话。我们中断了对谈。

等不及月娇有空，我决定找机会再去坝洲村2组了解情况。这个覃老太令我太刮目相看了。而且我心中升腾起强烈的愿望，覃老太的做法大快人心，那几个造恶者罪大恶极，必须受到惩罚，否则天理不容。但情况听来，似乎……所以，我着急了。

姨爹80岁寿宴，我到姨妈家做客，碰到坝洲村的一个亲戚，问覃老太告状的事情。亲戚是姨妈的侄子，50岁了，还是坝洲村2组组长，在家族兄弟中排行老五，我喊五哥。而覃老太正是2组的，覃老太家的历史和现况他自是一清二楚。我和五哥的对话如下。

五哥：你不晓得？闹得很大的。（挑起双眉，随即又松弛。）也想得通，这场战争拉的时间太长，11年了，再沸腾的事情也会冷凉，何况你们城里人哪关心这档子腌臜事情。

我：腌臜？

五哥：这是孤岛土话，意思是事情麻烦，非同小可。当时金蓉才七岁，小孩家啊，却遭受如此……（五哥摇头，点烟放嘴上，吸了一口。）那些坏蛋那天凌晨被覃老太遇到，却都跑掉了，而且挨到第二天中午才报案，派出所来调查时，覃老太又带着金蓉去医院了，证据严重不足，派出所和上面公安局的人都来仔细调查过，均因为证据严重缺乏而不能马上抓捕那些坏蛋。

后来呢？我着急了，催促他快说。

五哥：覃老太行啊，证据是不足，却终究抓到了证据，哪怕一个证据也行。那群浑蛋，又没有丁点儿骨头，全是软烂货，抓住了一个，其他的就跑不脱，不过……

我：不过什么？

五哥：同一个村的，都是2组人，低头不见抬头见，覃老太得罪了他们，就是好几家人。其中一个老家伙的儿子在宜昌开公司，本事大着呢。覃老太家那些年时不时就被揭瓦挖洞——

我心中蓦地一动。难怪啊，上次在覃老太的家里看见的水泥修补过的痕迹和坍塌的院墙都是人为的。月娇说的是，报复所致，没想到，竟是因为金蓉的事情而被同村人报复。

五哥：嗯，那些年，她家的鸡啊狗啊莫名死掉，养的猪都被人下毒毒死了，覃老太出门还被……具体是被人打，还是怎么的，覃老太没说，我们就不清楚，只看见她的手和脚都肿了，走路一瘸一拐的……她才是硬骨头，还是不低头不放松，那份认真劲头，要我这个男人都没话说。

我：都被抓进去了？

五哥：死的死，跑掉的两三年后也归了案。其中一个，就是我前面提到的那个，覃老太费了不少周折……说到这里，五哥左右偏侧脑袋，看见有人一直朝我们看，就拉我到一个偏僻处。我坐在石碾上。他蹲着，猛地吸了最后一口烟，扔掉烟头。

我：你是说他家儿子在宜昌开公司的？

五哥：嗯，还有他的亲侄子是城里某个局的一把手，后来调进了市政府……这个不说具体了，免得你乱猜。

我：他们动用公权，保了那个老浑蛋出狱了？

五哥：我是没看见那老家伙的人，可覃老太不知从哪里得到消息，说那个老浑蛋提前出来，在某处待着，说什么身体有病，保释出来治病的。覃老太竟然寻去，还七弯八拐地，搞清楚那浑蛋的情况——先前是犯了急性阑尾炎，不过马上就治好了，却弄虚作假还蹲在外面，她就纠结上了。

我：什么时候的事情？

五哥：大前年年底，什么事情就怕较真儿——覃老太，你千万不要小瞧她。

我笑了，一颗心稍微放松。

我：这么说来，覃老太还是搞赢了？老天有眼啊，善哉善哉。

五哥：赢了，今年年初，老太太又纠结了……五哥又玩起社会经验，左右偏侧脑袋，还吞进了后面的话。

我心中骂道，胆小鬼，说出来就掉了你的芝麻官了？人家覃老太做都做了，你却……怒骂在中途烟消云散，我想到了自己。换作我，若是我在11年前天亮时遇见——我该怎么做？我真的会花费那么长的时间去追寻证据使坏蛋受到法律制裁？

我会十一年如一日地照顾疯傻掉的女孩子吗？

我会毫不畏惧——与同一村里的好几户人家抗争到底并承受由此带来的敌意和报复吗？何况那是覃老太的耻辱啊，她的儿媳妇跟外面的男人生下的私生女，不好听的话就是“野种”。

我做不到。年过四十，我对自己能基本了解，清楚自己是啥人，心软却懦弱，自省却无自信。此外，我还有一个明显的优点，就是善于将我敬佩的人当作镜子，偶尔照照自己那孱弱不堪的半明半暗的灵魂，也好。

我继续问五哥：是不是今年那老浑蛋又被儿子、侄儿一起用力捞出来了？

五哥：岂敢？覃老太跟那几个儿子都叫板了，他们不要饭碗了？咱们可是法治社会。嘁，覃老太才不是简单的农村老婆婆，战斗力恁强，一把老骨头特硬，别说我们，恐怕城市里的男人都比不上她。

我：那现在……到底啥子事情？

五哥没搭话，站起来，伸了个懒腰，径直走掉。我坐在碾石上，一动不动，那些话——五哥告诉我的，强悍又有向心力，似乎在我眼前竖立一块锃亮的镜子，那镜子收集了附近的天光，反射着亮闪着，并刹那间穿透我身心，我似与周围隔绝，以至于姨妈喊我吃饭，我都没有听见。

吃完流水席，我用一个碗装了蛋糕，送到覃老太的家，这是为金蓉准备的。说实话，我今天来坝洲村另有目的，就是为金蓉。来坝洲村之前，我去了精神病院（现在叫康复中心）给金蓉拿了药。康复中心的一位医生是我家人的老乡，他正好是金蓉的主治医生，知道金蓉的情况。他对金蓉的康复持否定态度，但对她的现状也表示惊讶——好长时间都没有咬噬自己的身体，奇迹。

医生老乡又说："照顾她的奶奶听说快80岁了，以后老人走路了，那金蓉只有住进来了。"

"住进来——她以前住过这里吗？"

"住过，但情况异常糟糕，严重的异性恐惧症和恐旷症，非常排斥异性，排斥人多嘈杂。何况这里复杂，她的病情不仅没控制反而……她奶奶真不简单啊，每天熬药给她喝，有效果。"

"主要是什么成分的药？"

"虞美人啊。"

难怪。4月，我在覃老太家里看见的，金蓉喝的中药和那成片的开不败的虞美人，原来……

接着，医生老乡又由衷地感叹："那老太太精神好，照看金蓉，也是一种自我依托，看得出，她身上有一股子劲憋着，也是激励。许多时候，人就是靠精气神活着，这老太太啊，长命百岁的模样。"

一点儿没错。医生老乡的话可不是随口说的安慰话，而是结合他的心理学知识表达的见解，事实也是如此。我见到的覃如玉，她身板硬朗、精神矍铄，整个人干净利落。

金蓉接过我的蛋糕，捧在手里，咧开大嘴笑看，接着又递给了覃老太，笑着说："我不喜欢吃甜食，奶奶吃。"

多正常的女孩啊。我内心祈祷，流逝的时间能停止下来，停止在这样的时刻并做好模板，再在这个女孩子身上复刻。

覃老太戴上手套，准备熬中药。我们随便拉呱几句，我告辞了。于这个坚忍的老太太，此时说什么都是多余，问什么都是伤害。故而，我对她的访谈也不了了之。

返城后的周末，我约月娇逛街，准备套套我感兴趣的话。失算了，月娇又去了孤岛坝洲村。

这也是固执的人。

等到10月的一个周末，我才有机会与韩月娇闲逛闲聊。她那天恰好清闲，见我如此感兴趣，带我过江，来到坝洲村2组覃老太家。覃老太正在给金蓉熬中药，浓烈的中药味在风中沁人心脾。

我开宗明义，说自己想写写覃老太家里的事情，就是关于精准扶贫方面的，并保证，涉及隐私的，从人名到地名我会做一些处理，完稿后再请覃老太批评。

覃老太没拒绝，我们开始对谈，也是我对她的唯一一次的采访，我再次为覃老太震惊。

我：您家的事情我都知道一些，很佩服您的，当然您不需要我的佩服，正如我也不需要您认可我的佩服，不过都是出自内心自发的情感，都是在做自己分内的事情。

覃老太：扯远了，你具体想了解什么？

我：您说说最近在忙什么事情——或者说，您现在最关心又最棘手的事情。

覃老太：估计你已经听说了，我与坝洲村村委会甚至孤岛镇政府较上了劲儿了。

我：是的，我听说了，您又在告状。

覃老太伸出右手摇摆，纠正我的表述："什么告状？用词太不恰当。我是如实反映情况，精准扶贫不就是解决我们的实际问题吗？那我反映实情，对坝洲村村民都有好处，就是情理之中的，我有分寸。"

我：请您具体谈谈。

覃老太：我现在每天都要去村委会和镇政府，没别的事情，就是督促他们尽快治理水资源和土壤，他们也认可我的想法。你知道，我们坝洲这地方，曾经是大小洲滩合在一块的，地下水尤其丰富，土壤松弛，渗透力强，还是棉花、蔬菜、梨树、柑橘、小麦和油菜的种植区。再加上，坝洲以前酿酒业发达，还有酒路酒堤，与外面贸易频繁，所以，产品外销量大。当地村民为了增加田地产量多挣钱，多年来一直用剧毒性的农药化肥，毒药渗透到土壤和地下水……我们都是深受其害，害处太大了。如果不及时治理，还会延误后代人。

我：这个我清楚，事实是，现在很多人事纠纷、刑事纠纷，追根溯源都会落脚到生态污染上面，比如您的……

覃老太：是这个意思，我儿子覃光明正是因为这个，患上了不育症，不育症下，他以前的老婆周昌凤与二流子金有福鬼混暗结珠胎。覃容出生后，覃光明觉得丢人，忍受不了，只能远走他乡，眼不见心不烦吧。覃容后来改名为金蓉，接着被父母抛弃，而后被侮辱……

我：人生就这样定局。

覃老太：谁规定人生就这样定局的？我不信，冤有头债有主，万事都有对应的，善恶各有主。要不，人心就不平，再怎么精准扶贫也没意思。

我：嗯，所以您想抓住并惩治坏人，还想从根本上解决问题，于是，您不断地跑村委会跑镇政府，提出治理水资源和土壤的强烈要求。可您快80岁了。

覃老太：明年我就80岁了，那又如何？80岁就只能想些吃喝拉撒的事情？就只能数着日子准备闭眼入土——谁规定的？

我：我从没有小瞧您覃老太，只是觉得就这样找来找去，就像没头苍蝇，显然，凭借个人的力量，力度不够，太不够。

覃老太：你还真是小瞧我这个老太婆了，也不是小瞧我，而是小瞧精准扶贫的力量。这事是有难度，咱不怕，就怕没那个心，上面也支持我，而且我也有办法号召大家重视。

我：什么办法？请您说说。

覃老太：酒方子，“覃家伙”酒方子，你听说过吗？

我点头。

覃老太：这可是咱们老覃家传下来的宝贝，一百多年了，想当年，覃家就是靠这个发家致富，成为坝洲村和孤岛乃至整个枝宜一带的名门望族的。后来，好多人，官方的、商家的、民间的都找我这里来，要买下“覃家伙”酒方子，都没成。

我：可谓办法使尽，却是“撼山易撼覃老太难”。您这诱饵好。

覃老太：我早有这个想法，我老了，儿子还在外面浪荡，金蓉也没能耐跟我学。我这宝贝能够物尽其用，也是功德圆满，对先人也有交代了。

我：很诱人的“功德圆满”，您展开说说，我记录下来，也算是为您的呼吁尽下小力了。

覃老太：这一招蛮不错，吸引了好多有身份有地位的……按你们时髦话语说，就是“达人”。开始，我觉得他们是为酒方子而来，后来，我体会到，他们更多的是受到感染，不是为我，而是为共同的心愿。有一个老总，宜昌龙泉镇开酒厂的人，他建了一个微信公众号，呼吁有识之士响应我的号召。还有武汉的一个大学女教授，她替我拟出了请愿书，那请愿书不简单，是女教授从法国一个著名的反农药活动中得到的启发，那个活动名称就叫“我们想要虞美人”。

我：虞美人——您家院子里到处都是虞美人啊，这真是冥冥之中有照应。

覃老太：这话好听。那女教授来到我家里，一看见院子里盛开的虞美人，就拿着手机到处拍，拍什么抖音，也说了你刚才的一番话。这说明，我那事做到了点子上，不是我的私事，也不是我们坝洲村的村事，而是整个乡村的人间的事情。

我：还是人类的事情。那女教授拟出请愿书后，得到不少呼应吧？

覃老太：女教授当时在院子里拍下视频，放到网上。有人就给她建议，请愿书干脆以“我们想要虞美人”为名，呼应国际上的反农药运动。女教授那请愿书在她的圈子里传播，已有60人签名。

我：您记得那请愿书的内容吗？

覃老太：写得很好的，我可以念一段你听听——我们的故乡正在生病，过去的30年中，鸟儿在消失，青蛙和蝴蝶正在停止鸣叫和舞蹈，野花变成稀有物种，癌症肆虐，不育不孕症正在终结生命……我们不想生活中没有鸟类、昆虫、虞美人和新生命……

此时，我已经用手机搜索出那请愿书。盯着手机屏幕上的文字，聆听覃老太用方言土语吟诵，脑海中满是随风摇曳的虞美人花朵和金蓉恬静的微笑。

没错，我们想要虞美人。

后　记

2019年5月26日，我一个人来到坝洲村覃如玉的家。

先说说坝洲村的环境情况。坝洲村村委会重视群众要求，多次引导群众“走出去换脑子”，寻找产业致富的路子，还通过算“对比账”帮助贫困户发展产业。同时，围绕“建强村级班子、强化基础设施、发展特色产业、提升公共服务”四个重点，争取到了上级投资国土资源整治项目，整理高产农田千余亩，建设了较完善的村级基础设施；进行了村庄环境整治和绿化，修建了村广场，建设了村文化阵地。

站在大堤上看去，坝洲村花红柳绿、绿树成荫，白墙红瓦的村舍掩映在修竹绿树中，非常养眼。田野种植了棉花和柑橘，生机盎然、广袤无垠。

我到了覃老太家。覃老太家的院墙和房屋都重新粉刷并加固了，给我眼前一亮的感觉。覃老太在房间里忙碌家事，金蓉静坐在她的房间刺绣。说来，这还得归功于坝洲村村委会，村干部见村里有许多女性擅长刺绣，从2018年下半年起，便多次组织活动，还邀请刺绣专家来辅导交流。金蓉参加了一次，深深地爱上了刺绣，回家便学习刺绣。她有这方面的天赋，初次上手便完成佳作。目前，刺绣也是她唯一的爱好。

看见我，金蓉朝我一笑，站起来，喊覃老太。我摆手，要金蓉坐下，要覃老太忙自己的去。我站在金蓉身后，看她的作品。绣布上，竟然是别人绘好的一幅画。这幅画是他们家的院子，院子里虞美人五彩缤纷。刺绣已接近尾声。金蓉的手艺不错，五彩丝线绣得耐心细致，院子古朴又生机盎然。

金蓉腼腆，我问一句她答一句。得知，这幅刺绣是别人订下的。一位江苏的老板，她正是“我们想要虞美人”活动的中心人物，在自家院子里修建了专门的活动空间。那些空间里，摆满了有关虞美人的物件。金蓉的刺绣是准备挂到活动室的墙壁上去的。

我问能卖多少钱。

金蓉摇头。

我有些惭愧。有些事情是不能拿钱来衡量的，我竟然没有一个小女孩的这种境界。此际，覃老太走来，补充道，江苏的林老板是个爽快人，给这幅刺绣定价是5000元，但是金蓉说什么也不要，而且，这幅刺绣——

说着，覃老太弯腰在旁边的一个竹篓子里挑起两三块刺绣——是作废的刺绣——金蓉手上的是第三块了，总算还令她满意，快收工了。

金蓉不好意思地喊了奶奶，又伸手拉了拉覃老太的衣服，完全一个健康女孩的模样。我在心中感叹，刺绣正在挽救她，“我们想要虞美人”活动也正在挽救她。

2019年7月，我和月娇再次来到覃老太的家。覃老太意气风发，她关于乡村环境的整治意见被月娇所在的单位反映上去，得到高度重视，上级部门回复覃老太：目前，国家正把环境整治作为一项重点工作在抓，而农村也正在开展“美丽乡村”振兴活动，整治土壤和水资源，拿出了实际行动，成效也在眼前。

覃老太被坝洲村聘为“乡村振兴”行动督导员。

我还是忍不住问道：“您儿子——”覃老太挥手打断我的话：“没事的，他还活在世上，我正是因为这个念想在，才精神抖擞地活着。”

我重重地点头。

后遗症

天灾人祸带来的困顿，似乎更能诠释命运的不确定性，而命运可能是人性人心的最佳检测器——那一刻的挣扎，一再擦亮生存的颜色，此刻成为永恒。

扶贫对象：熊贵生

扶贫干部：罗明辉

地理位置：百里洲路飞霄村

1

天灾人祸带来的困顿，似乎更能诠释命运的不确定性，而命运可能是人性人心的最佳检测器——那一刻的挣扎，一再擦亮生存的颜色，此刻成为永恒。采访中，我遇到若干“灾祸”下的贫困，既有心理上的障碍，也有身体残缺下的窘困。他们该如何翻过“命运”的沟坎，而不留下后遗症？

这个扶贫故事大半部分是我在饭桌上听来的，或者说，就在饭桌上，外加一次到户经历，我完成了该篇的实录。

扶贫干部是我同学韩月娇的老公，叫罗明辉，我们称呼辉哥，他在市人大上班。今年，我与辉哥一起吃了四次饭，其中一次是在他的扶贫对象——他称为亲姐的家里，三次听辉哥讲述他自己的扶贫故事，一次亲眼见证。

辉哥的扶贫对象是孤岛路飞霄村4组的熊贵生，他的家庭情况和扶贫情况如下。

基本情况：户主，熊贵生，47岁，2014年在松滋彩穴街跑运输，发生车祸，被撞，脑部神经严重损伤，身体从腰部以下瘫痪，毫无知觉，躺在床上四年。现在，在老婆的帮助下能够勉强站起来。妻子，李桂香，46岁，从小患有严重的小儿麻痹症，右脚严重萎缩，无法正常行走。儿子，熊大林，24岁，在海南打工。现有耕地五亩，但无人耕种，家有一个堰塘，闲置。住房为普通的砖瓦结构，年代已久，有坍塌危险。养有一头年猪（2019年受非洲猪瘟的影响，年猪死掉，养了一只小羊）和十来只鸡，基本没有经济收入。2016年被列入低保户。

扶贫措施：两人参加健康扶贫，包括财政代缴城乡居民医保360元和免费健康体检；兜底保障每月500元低保补助；享受自来水免费安装1000元，危房改造补助1万元，大病治疗报销7700元。

概念性的东西冰冷机械，如同公式，哪怕化成具体的数字，也只有刻板生硬，难以在热气腾腾、酒兴正酣的饭桌上入耳入心。倒是那些故事中的细节，趁着酒兴从辉哥嘴巴中滚滚而出，如石子一般砸向聆听者的面颊，令人为之一怔。

那场该死的车祸。

熊贵生在家种有薄田，其余时间跑运输，主要是跑孤岛至荆州这条线，运输蔬菜、农产品和猪、鸭等，也运输一些机械，比如人家建造房屋需要的砖瓦钢筋木材和家具等，凡是他的运输车能够装下的他都跑。车不大，中型货车，从一个老表那里买来的二手车。所以，对于货车而言，他是新手熊师傅，而对于他而言，货车是老的了。

2014年冬天的一个上午，有薄雾，却不大影响出行。在松滋彩穴街上，熊师傅装好一车的过年物资，准备跑到荆州去。薄雾轻纱一般，在凛冽的风中游荡，如果眼睛专注一些，也不大影响视线。

但……拐角处，一辆更小的货车失控一般撞来，那速度，绝对是酒后驾驶。熊师傅来不及反应，只是下意识地朝右边打方向盘，却偏离重心，车身倾斜。酒兴下的小货车疯狂地撞来。熊师傅的货车没有气囊，挡风玻璃不堪一击，连安全带都是水货。

两辆货车相撞，完成了同归于尽。命运还是开了玩笑，撞人的司机，被甩出货车倒在地上，除了皮外伤和轻度骨折，其他好好的。而被撞者熊师傅当场昏厥，身体多处损伤。腰部以下的筋骨断了，骨架散了。要命的是脑部神经严重损伤，意识混沌处于昏睡状态。日后，昏厥成为日常。

熊贵生马上被送到镇上医院，接着转到市中心医院。三天过去了，五天过去了，一个星期……熊贵生像植物人一般。

李桂香被儿子用轮椅推到病房，哭倒在地上。她不知道哪里来的蛮力，竟然推走了儿子的拥抱和亲戚的尝试——想扶将起来，想把她重新安置到轮椅上。她哪有脸皮坐回轮椅上？

“老天，我桂香已经半瘫了，家里全靠贵生，老天爷捉弄人，又要贵生身体全瘫，这不是作死我们一家吗？我不起来。我这一辈子没有做过坏事，就拿这点祈祷老天爷，求求你了，就让我换下贵生吧，要我瘫死算了，要贵生站起来。”

李桂香在病房打滚儿哭，撕心裂肺，谁也劝不了。医生是个女的，才参加工作四年，小声劝道：“你还有儿子呢，别怕，我看你家男人的情况，不算特别坏，还是有希望的。”

这话如止哭药，李桂香愣住，坐起来。

医生没说假话，她的真话有前提：只要细心照料，及时用药，再跟上康复训练……啊，说白了，就是要花大笔大笔的钱。李桂香回过神来，又扯开哑破的喉咙哭天抢地。那个造孽该死的男人，桂香已经知道了情况。那个肇事货车司机的确是喝了酒开车的，拐弯时没减速，直接撞向熊师傅的车惹出大祸，他愿意负全责。“愿意”是什么意思？除了他寡人一个和那烂兮兮的家境，还有什么？

“耐心一点儿，您现在是一家之主，千万不能乱了方寸，您要冷静下来。”女医生轻声劝导，又朝熊大林努努嘴巴，示意他将李桂香扶到轮椅上。她继续说道：“要有耐心，会好起来的。”

后来，辉哥与熊贵生结成帮扶对子。辉哥没事就往他们家里跑，帮着做一些日常事情。

李桂香常年卧病在家，与外面缺乏交流，属于一个言辞冷淡的妇女。熟悉之后再闲聊，李桂香就敞开了心扉，讲了许多话。在讲述医院的细节时，她将女医生两次劝告的话一字不漏地重述，重述完又说道："多谢那女医生了，人善良，要是换成年纪大一些的，他们看惯了生老病死，遇见的悲痛惨烈的事情多得多——我那又算什么呢？是不会跟我说那些话的，那些话，也许就是她随口说的，但我真的信了。"说到这里，李桂香忍不住哭了。辉哥补充道，在农村人眼中，医生就是"上帝"，他们的话就是"圣经"。

我眼睛一热。是的，医院是比教堂更能听见真诚祈祷的地方，而圣徒们远远地遥望着堪比上帝的医生，日夜祈祷，盼望他们创造出幸运和奇迹。

多么难又多么容易，多么无厘头又多么靠谱。那个女医生，她知道她的两次劝导会给一名绝望的农妇带来什么吗？

李桂香带着丈夫熊贵生回到家里。注意——是带，辉哥强调。李桂香在医院里就丢掉了轮椅，扶着墙壁站起来，并能缓缓地走几步。走着走着，居然忘记了轮椅。但是，那痛苦——我以后去她家看见过，每走几步，额头都是汗水。问她，她也拒绝讲述她的身体情况。小儿麻痹症带来的严重缺钙和肌肉萎缩，我大致这样猜的。

"真的？李桂香站起来了？"我放下碗筷，叫道。

"这叫强撑。"辉哥感慨。不过，这倒说明，人的潜能真的是挺大的，有时候疾病和噩运真是可怕，说来就来，大手一挥，要人毫无防备。

人之所以为人，就在于他不仅有身体，还有信念，一个农妇的信念来自那个年轻的女医生的话，女医生三言两语的安慰激活了她的潜能。这些话，我们都没说出口，因为突然安静下来的人出现了沉默，而我分明接收到食友们心灵共振的信号。有时候——不，绝大多数时候，那些话太教条，从而流于浅薄庸俗，我们从不说，也羞于说出口，但它们固执若石头滚过我们的心灵，擦出闪电，在彼此身体内呼应振动。

“熊贵生呢，就这样躺在床上？”我打破沉默，问道。

“还能咋的？咳，他这运气就是飞来横祸啊，太背时了。”辉哥发起牢骚，“背时”咬在上下两排牙齿间，咬出了刺耳的调调。

辉哥是有感而发，怎么说？

接手熊贵生这个扶贫对象之前，他是单位的专职扶贫人员。2017年春天，省扶贫办来到宜昌检查工作，临时起意，没到宜昌，而是从高速公路拐到了荆州，再拐到孤岛来检查，过南河大桥即可。到了孤岛第一站就是路飞霄村。而那天辉哥人在城里，他是前一天晚上回家的，回家后本来想赶最后一班轮渡回孤岛路飞霄村，却喝多了酒，醉了，一头栽到床上去梦周公了。睡下就算了，第二天早上赶回也不迟。哪想第二天江上有雾，他起床再早也没用，只好守在江边等啊等。按照规定，除开周末，专职扶贫驻村人员必须住在村里，五天四夜不能离开。但是，辉哥的母亲病了，一些亲戚相约来看望母亲，作为主人，辉哥在晚上回家看一下，第二天再赶来，于情于理都不错。错就错在他贪杯，还有那该死的雾，弥漫在江面上长久不散。这就是运气。等到云开雾散，检查的领导刚好过江到城里来，辉哥是过江到孤岛路飞霄村去。

村委会已经给辉哥打电话告知了情况：“领导刚才来我们村抽查了，你刚好不在，就是缺岗，被逮了现行，咋办？”

“能咋办，都错过了。”

很快，处理结果下来。辉哥临时脱岗，成为扶贫工作不力的典型，受到行政处分，同时，不再安排他为专职扶贫人员。辉哥不再是专职了，转为临时，他的扶贫对象固定下来，就是熊贵生一家。

这可以说是运气，但想想熊贵生一家的遭遇，辉哥又大大地呼出一口气，摆手道："不能比，我这是小儿科，我要知足。"辉哥抿一口酒（月娇在一旁瞪眼示意他贪杯，辉哥置之不理），又说："熊贵生被撞成那样，脑部神经不正常，不能说话了，腰部以下全瘫痪，就是一个巨婴，嗨，四年过去了，1460天，35040个小时，吃喝拉撒都不会，不好挨啊，人家还在挨，一天天地挨下去，还挨出了希望。"

我们一起抬高眼睛，看向辉哥。

脸颊发红的辉哥，眼眶更红，猴子一般。他咧开了嘴巴，提高了声调："你们都想不到，李桂香把熊贵生扶将起来了，奇迹吧。"

站起来而已，不过，这已经很好了。辉哥正准备端酒杯，但酒杯不见了。月娇偷偷拿掉的吧。这可是在公众面前，老婆拿掉酒杯，不就是典型的妻管严嘛，丢人。辉哥拿眼瞟下四周，很快恢复了正常，右手一挥。

酒足饭饱，散。

下酒楼后，我问辉哥："熊贵生能走几步了吗？"

"不能，还是不能……你有机会可以去我那里看看，人情世故，够你为写小说积累素材。"

辉哥这不是虚情假意，也不是往自个儿脸上贴金。无论是自愿的，还是被逼的，还是当作任务的，一旦到了村里，一旦深入扶贫这个场系的核心，没有谁能够敷衍，也没有谁缺乏一两个经典故事。而辉哥从2016年以来就把全副身心交给了路飞霄村，他有经验。

辉哥还在殷勤邀请："到我那里去看看……"

有意思。我忍不住笑了，抓住月娇的手，说："月娇，啥时候咱俩约一下，一起去辉哥那里看看，那可是他精心经营的另一个家啊，也顺便找他取取扶贫的经。"

这是实话。

我的扶贫对象蒋传德家里也难，月娇的扶贫对象覃老太也难，如果简单，还要咱们去结啥对子扶啥子贫？难都难在世道人心上。光是物质上的补助，太单纯了，那只要大手一挥，来个共度时艰就可以一步到位，再说，国家在精准扶贫这项中心工作上的经济投入真是大手笔。眼下的农村，经济收入少带来的贫困的确存在，但这表象背后，都有深刻的原因，追根究底，离不了天灾人祸和纷繁复杂的人事关系。说白了，人情世故、世道人心，是一口大油锅，在时光的火焰上被烧烤得沸腾，煎熬着我们，无一人例外。而那些时运不济的弱势者率先经受，我们伸出一把手——别说我们帮了什么，只不过是建立一种关系去见证，见证一个事实：时间如何剥开真相，摊开了那些创伤疼痛给我们看，关于生存，关于人性，关于生命。无一例外的共同伤痛下，我们的伸手与其说是为了他人，不如说是为了我们自己。

厘清这些关系，我就明白了，这些扶贫的日子，我们这些所谓的帮扶人员聚在一块儿时的话题为何离不了“扶贫”。我们亲眼见证的事情，之所以让我们牵肠挂肚，为之悲喜交加，归根结底只是自求多福。

没有新闻中的高大上的词语，也不必归类。隔岸观火者莫衷一是的标签，假惺惺，充满了口水的腥臭味，不过是违背人伦常识后的自取其辱。

2

再一次参加饭局，辉哥端着酒杯又讲起了熊贵生。

我上次留下的疑问，这次毫无缝隙地对接上了。

“熊贵生到底能不能走几步？”我问道。

“能啊，但也是一个样子。”辉哥吞口酒，满脸绯红。

月娇侧过脑袋，好声劝道："就这杯酒啊，大家等会儿还去歌厅吼上两嗓子。"月娇这招好，我们纷纷响应，纷纷充当监督员。

辉哥没有退路了，拱手道："遵命，夫人。"刚放下双手，又认真地侧过脸庞："哎，那天我老妈生病的晚上，家里来客，你怎么不拦我喝酒？要不，还想处分我？没门儿。"

"不是'吃一堑，长一智'吗？"月娇笑吟吟地回答，"要说，现在也不错，人家桂香姐都当你亲弟弟了，你又多了一个心疼你的姐姐，这门亲也是缘分。"

月娇话匣子打开了，接着说："桂香重情，儿子端午节回孤岛老家过了节，返回海南时，还专门从家里捎了一只老母鸡到我们家来，说是他妈妈的心意。我那天有些感冒，口中寡淡无味，就将那只老母鸡熬了鸡汤喝，水到风行，精气神就提起来了。"

"只给我留了两只脚爪子，你们母女俩真行，简直风卷残云。"辉哥开玩笑作抗议状。月娇微微脸红，又解释："我反正只喝了鸡汤，哪像你说的吃货样——那天，小薇的两个同学在我们家吃饭，所以就……"辉哥大气地挥手："没说你们，你们尽管吃，原生态的当然好，想吃就到我那里去。"

又是他那里，还真把熊贵生的家当作他自己的家了。

熊贵生的身体究竟什么情况，辉哥没有仔细描绘，只是殷勤地邀请我们一起去他那里看看。

月娇拿手捅捅他的肩肘，人家桂香姐很内向的……说着，眼睛朝我睃下。"你别多心，桂香姐不大喜欢陌生人去她家。"这个我理解，家里两个残疾人，内心自是自尊，不喜欢他人看见那窘迫样。

"我姐那人我清楚，只要是我的客人，她肯定高兴。"辉哥的话，还是酒席上的话，我们能当真吗？哪想，辉哥看透了我们的心思，一口气喝光杯中酒，将酒杯倒扣在桌上，朗声大气地说道："明天就是我姐的生日，你们愿意去的就去，我能做这个主。"

"不能在帮扶对象家里吃饭，这是政策规定的。"在座的一位朋友插话。

"那是我姐，比亲姐还亲，什么政策什么帮扶对象——当然你这样认为，我也没意见，只能说我们不在一个话语系统内。"辉哥双目半闭，用慢悠的语调说完，又侧头对着月娇，右手食指敲起酒杯。"喏，你看我，我说话算数，酒就喝这样了。明天你必须跟我去桂香姐家里，备足礼品，好好帮衬家务事，去了别当撒手干部，咱自家我可以包揽所有家务，但明天你要给我面子。"

第二天，绝大多数单位都下乡，我单位所有人都下乡去了。我去我的帮扶对象蒋传德的家，忙完，已经是下午4点多钟了。返回经过路飞霄村时，我忍不住给月娇打电话，月娇竟然还在路飞霄村熊贵生的家里。

她和辉哥热情地邀请我去，说一起吃了晚饭再回城。

也好，实地了解，更可信。我去了熊贵生的家里。

6月的太阳很猛，威风凛凛地巡游人间，此时正在西斜。晒场旁的大榆树筛过红彤彤的夕阳，留下大片的树荫，树荫中斑驳的阳光中飘着大小不等的"铜钱"。几只鸡跳在"铜钱"上面，昂首阔步地将"铜钱"踩在脚下又踢开。阴凉逐渐扩大，鸡不知什么时候都跑掉了。一个瘸着腿的女人和辉哥正好左右架着一个瘦弱的男人跨出门槛。

右脚拖在地上，一步一停，那就是李桂香了。辉哥招呼我进屋去坐。李桂香抬头，朝我笑笑，很短暂，然后看脚下。我恍然，榆树下靠着树根的右边有一个单杠——训练用的。我慌忙去接李桂香的手。

"别添乱子，你不会的。"

李桂香果然"内向"，多年的"内向"，要么少言少语，一旦开口就是怵头。我讪讪地移步一边，看着他们三人一点点地跨出门槛，一点点地挪着脚步。难怪辉哥不描述熊贵生的训练状态。

不好描述，或者说，退回到婴孩蹒跚学步的状态，与老态龙钟寸步难行的混搭，语言失却了描述的功能。

不到10米的距离，他们走了10分钟以上。汗水，冒出来的汗水在他们三人身上涂抹黑油。反光一般，贼亮贼亮的。

“熊师傅受得了吗？”我担心地问道。

“哦，嗯。”熊贵生嘴巴发出的声音，令人疑心他嘴巴里塞了大块儿食物，真个就是动物的发音。

“没事的，一是要晒晒太阳，二是要坚持做康复训练。”辉哥搭话，一边搭话，一边揣足劲头去扶快要倒下来的熊贵生的身体。李桂香没站稳，打了一个趔趄，好歹有辉哥稳着，她才没摔倒。

真不适宜插话。我有些愧疚，慢慢退到后面去，站在屋檐下看他们。

终于挪到了单杠下面。辉哥和李桂香一人帮熊贵生举起一只手，放在了单杠上，单杠刚好吊起熊贵生的身体。辉哥和李桂香两人还不放心，分别用另一只手托住。

“抓好啊，我们要松手了，姐，你闪一边去。”辉哥一只手慢慢放下，另一只手还抓着熊贵生的右手。李桂香放下双手，“呼”地吐出一大口气，又撸起袖子擦了一把汗脸，才拖着右脚蹒跚到一边去。

抓牢。哎嚯呦——到位。辉哥放下右手，后退，再站定。

熊贵生双手抓钉一般抓住单杠。豆大的汗珠在他脸上渗出，在他脖子和后背上渗出，接着相互汇合成一股股小溪流。

“嗯。”熊贵生发出急促的声音。辉哥一个箭步上前，单膝跪地，双手举起，抱住了熊贵生的身体。李桂香也跟着扑来，下半身都在地上，右手伸出，搀扶住熊贵生的另一只手。

“还需要练一遍吗？”辉哥问道。

熊贵生又发出一声类似号叫的声音。辉哥和李桂香相互点头。

两人分别抓住熊贵生的一只手放在单杠上……下一轮的重复动作开始了，虽然毫无新意，毫无看点，但是——我无法找到词语表达，眼神无法移开。熊贵生汗水淋漓，这一次他吊了好一会儿。辉哥朝李桂香递来欣喜的笑容，李桂香张大嘴巴，朝我望来。

很快，熊贵生发出急促的“嗯”声，双手松懈。辉哥跑上前，抱住熊贵生歪斜的身体，李桂香跑急了，跌倒在地上。

“姐。”月娇从我后面跑上前（她一直在我后面看，我竟然一无所知），三步并作两步，却没赶上救急，李桂香自己爬起来。

李桂香指指我，交代月娇，招待客人去。“我行。”

她和辉哥一人一边，搀扶着熊贵生回屋。慢慢地挪动脚步，慢慢地走着，慢慢地在地上拉长影子，慢慢地靠近家门……

残阳如血，晚风如水，涤荡着我们。

晚饭时，天光倾斜，黑暗墨水似的涂抹并浸染空气，却被那晚风中的水分子分解颜色。黑夜来临，笼罩大地。端着饭碗的我一眼瞥见，月亮爬上了树梢，接着，清辉满地，月亮不见了身影。想必，它爬到了屋顶上面，又爬到了天际云层中间。

大地如洗。

回去的路上，我们两辆车一前一后，保持着匀速行进。到轮渡码头等船时，我下车，辉哥刚好下车吸烟。

“你明天又去？”

“是啊，我跟我姐保证了，一周至少要有两天时间待在他们家里。”

“熊贵生每天都要做康复训练？”

“必需的。”

“没有你帮忙，那怎么做啊？”

“我姐一个人搀扶他完成呗。”

“这怎么可能？”我不相信地惊叫道，眼前闪现辉哥单膝跪地托住熊贵生身体的情景，同时又闪现李桂香扑到地上，伸出右手搀扶的情景。一个词语及时定格这两个情景，玩命似的搀扶。但惊叫完后，又觉得自己少见多怪。想想，辉哥第一次讲述李桂香时，特别详细地讲到她在医院被女医生劝导的细节，那就是伏笔啊。李桂香的潜能，大有置之死地而后生的气概。她咬咬牙站起来了，站得不稳，走得辛苦，终究站起来，还成为熊贵生的依靠。我简直不敢想象，李桂香是如何扶起熊贵生的？又如何帮助熊贵生走出家门，帮他吊在单杠上做康复训练的？

这本身就是奇迹。而熊贵生在这个奇迹下一步步地跨出，慢慢地将自己吊在单杠上牵引身体——我亲眼看见的，其“艰难”的细节经过彼时见证的时刻，存放在我的记忆里，我想起时再回放，却无法恢复到那缓慢到几乎定格的速度。

我继续问：“李桂香从什么时候开始帮熊贵生做康复训练的？”

“前年10月份，开始是扶着他站起来，就这都花费她不少时间，可能半年的时间吧，不过这么长时间，熊贵生能靠着李桂香站起来，还能行走，还能吊在单杠上做牵引，进展已经不错。”

我点头。

轮渡汽笛响了，我们上车，再上船。但我的思绪还停留在李桂香那个农妇身上。今天可是李桂香的生日，她整整48岁了，还有两年——2020年，她就是年至半百的妇人了，她的康复计划能恢复到什么程度？

我无法想象。不是因为我没抱有乐观的心态，而是因为，我无法预见这个农妇的潜能将会回报她怎样的奇迹。

9月初，我们又聚在一块儿，辉哥跟我们“汇报”熊贵生的康复情况。

面对我们的询问，辉哥幽默地说："我喝口酒后，再来跟各位领导汇报哈。"我们哈哈地哄笑。其实，他的幽默里包含了心酸，也包含了得意。我听出来了。我们对他的扶贫对象很感兴趣，是因为，我们都想见证生命的奇迹——那些奇迹给我们这些俗世中为生计奔波的男女以勇气，或是安慰，成为我们面临生命脆弱时自我挽救的一个参照。以至于我们说话时，不免急躁了，直接了，大声嚷嚷似的，好像，辉哥与我们在一起，就非得说说熊贵生的情况不可。好歹，辉哥不是小心眼儿的人，幽默化解了可能的尴尬，酒兴也就酣畅起来。

老规矩，一杯酒。

这次月娇不在酒桌上，辉哥仍旧控制一杯酒的量。全靠自觉，大家还是履行监督员的职责。辉哥打着哈哈，开始讲起熊贵生。

"可不，又是三个月的时间过去了。这三个月进展快，熊贵生天天坚持不懈啊，他想偷懒都不行，我桂香姐监督着，一天也不落下。这就苦了我桂香姐，她右脚和腿就是在地上拖着的，根本使不了力气，脚底都磨出了血肉，后来结出厚茧子……嗨，好歹，功夫不负有心人，也叫老天有眼，熊贵生现在能独自站着，李桂香脱手好几分钟都没问题。"

这真是好消息。我们不由得鼓掌。

"能不能独自走几步？"我着急，插话问道。

"半步可以，要不，身体就会打晃，主要是他脑神经接收不了那信息……慢慢来吧，看他那情况，假以时日，独自走几步，哪怕走一步，还是没问题的。"

"单杠呢？可以做几次牵引？"

这可不是我着急问的，是另一个人，看来，他也去了辉哥的姐姐李桂香的家里。辉哥真把李桂香当成亲姐姐了。

辉哥双手一拍桌子："这才是重点，可以拉两三个了，实事求是地说，动作不标准，那不能强求，就是不拉，就吊着，也可以吊上分把钟，我还不行呢，我只能做个样子，要吊上一分钟……我非得摔下来搞成狗啃泥。"

所以，什么事情就怕认真，就怕日复一日的坚持。辉哥的总结太实在，他不说还好，一说，搞出了自我表扬的嫌疑。上次那个提醒辉哥注意政策的朋友，又说："辉哥，你坚持得好，这才叫扶贫，功夫扎实。"

"没有我，李桂香也是这么做的，跟老子没有屁关系，老子什么都没做，也做不好。"辉哥沉下脸，吞进最后一口酒，继续说道，"老子见不得那些表功的，二货……"他低下脑袋。

"我二货。"那朋友笑笑，"瞧你三句话又翻了脸，不就是这次通报表扬没有你吗？"——辉哥双眼瞪出，手中的酒杯飞出。好功夫，正好砸向那朋友的额头，"砰"的一声，在额头开花。血红的千瓣鲜花溢出腥甜的气味。朋友右手抹额头，左手抄起一只空碗——

"别，别，都是多年老朋友了，至于吗？"我们纷纷起身，拦住了已经冒出硝烟即将蔓延的一场战争。

辉哥倒稳重，坐下，双手抱胸前，脑袋下垂。接着，他脑袋抬起，嘘口气，右手朝那朋友招招。

"你坐下，我跟你道歉，刚才急躁手重了，你别在意。熊贵生家里的事，我跟你说实话，我什么都没做，主要是我做不好。去年我跑法院——不是那撞人的家伙被判赔偿60万元吗？法院是判了，可是执行不到位，我就去跑关系，督促法院强制执行，结果呢？那户人家也是农村的，爹妈都70岁了，两个孩子上学，妻子与他离了婚，他也是跑运输养家。当时关进去，现在刚出来，跑运输是不行了，就在家养猪，但……那样的人家拿60万元？拿6万块钱都成问题。"

“可以变卖房子为现金的。”有人插话。

“好，可以查封房子，可是，人家就那间破屋，那破屋如果被查封了，他们老小住哪里去？难啊。”

我们坐下来，沉默笼罩了我们。

辉哥打破沉默，继续说：“我想了想，还是觉得有问题，不是有救助机构吗？像熊贵生家的情况，是完全能够得到救助机构救助的，比如交通事故救助基金会。于是我又跑去申请，那救助的三个条件可是苛刻，求爹爹告奶奶的，总算有了眉目。”说到这里，辉哥又沉默了。

“那救助可是有时间性的，2014年的车祸都过去四年了，早过期了。”那个挨了杯砸的“二货”朋友补上一句。

啊，我们失声感叹。

“这个我放弃了，有些遗憾，耽搁不少时间。后来，又打听到一些渠道，按熊贵生的情况，可以去争取意外伤残救助基金和重度伤残护理补贴。”

“到底搞到多少？”我们纷纷问道。

那朋友又插话道：“熊贵生属于重度残疾，除了可以向残联申请残疾人救助和补贴——不过这都是小数目，止不了疼和痒，他还可以申请法律援助，他不是2014年被撞的吗？都四年了，赔偿到位了吗？”

我们面面相觑。

“冤有头债有主，撞人者赔偿，这才是正理。”那朋友又强调。

辉哥垂下脑袋，摆摆手：“那个……我就是没用的人，不过，感谢人家李桂香，帮我揭了一个面子。”辉哥抬起脑袋，耸耸鼻子，“看看，我姐和姐夫两人不正在恢复吗？”

晚餐结束，我们四散。

下酒楼告辞时，月娇开车来接辉哥回家，我搭他们的便车。车上，陷入低沉情绪的辉哥又透露了一个细节，着实要我大吃一惊。

辉哥说：“我有些猪头，还面子观恁强，反正已经开头，说了一些，还有……不说不舒服，今天我就说出来让你们听。”说到这里，辉哥又停顿了。

“别把话憋心里，要说就说。”月娇催促。

“那二货点了我的穴，按说应该要法院督促撞人者赔偿，可是这世界的道理哪是这么简单？”

“你们这次又吵架了？你不是一直跑法院申请强制执行吗？”月娇瞪起右眼。

“是的，从去年年底，我就在找关系督促法院再次强制执行。那撞人的家伙也出狱了，今年年初，他竟然办起了养猪场和养牛场——据说，是他的几个亲朋好友帮他凑的钱。我不管，就督促法院扣了那些猪和牛，准备卖掉后换成钱给熊贵生支付医药费。”

好长时间的沉默。

“到底发生了什么？”月娇问道。

“在，在牵走那些畜生时，那家的老人赶出来，一不小心，脑出血……”辉哥声喉哽咽，他说不下去了。

“死了？”我失口问道。

“没，醒过来了，但后半生也只能瘫在床上了，这是什么运气啊？老人她……”辉哥彻底崩溃，低声呜咽，“这还不算，那些畜生售卖时，正是6月份，那几天天气高温，关了三四天竟然……竟然死了不少。”辉哥放声大哭，“我真是造孽啊，这都是我的错。”

车停下来。月娇双肩在发抖，从背后看，她似乎在哭，默默地哭泣。她的右手打在方向盘上，不重，甚至有气无力。接着，她哑着喉咙说道：“这是心债（还是新债？），我们后面该怎么办啊？”

我也是心潮起伏。这……胸中蓦地飞来一块石头似的，撞得我胸口又疼又闷。

“后遗症，不怪你，辉哥……”我劝道。

我说的是实话。这是后遗症，哪里单单是那场该死的车祸留下的后遗症？是……我摇头，不知从何再说起。车到家门时，我下来。想起了什么——那老人瘫痪在床，不是也可以向残疾人救助机构申请救助吗？

辉哥点头。我联系上那家的帮扶人员，建议了这个。两人也合伙找了相关机构，跑上跑下，好歹有了眉目，正在办理中。

月光清淡，挂在天幕，脉脉挥洒它的清凉之光。今天是白露，我记起，关于白露最好的诗句是“白露垂珠滴秋月”，白露后，世界物事从此清明。月娇顺着我仰望的视线，也朝月亮看去。

辉哥叹息似的说道：“今天是白露。”

后　记

2019年9月13日，季节到了秋天，天气还是三伏天一般炎热。但是我们全部下乡到扶贫点，完成当月的扶贫任务。跑完我的扶贫对象的事情后，时间充足，我驱车来到了路飞霄村，直接去了熊贵生家。

正好，熊贵生吊在单杠上，李桂香在一旁站着，仰起脖子，双手半伸，时刻准备去接住什么。辉哥也在，不过不在单杠旁边，而是在屋后，全身臭烘烘的，帮他们淘猪粪。

此际，正是种蒜的时节。那些空下来的园田，一直闲置，泥土板结，荒草丛生。辉哥两口子趁着节假日，重新开荒犁田施肥，准备全部种上大蒜。这不，一袋子蒜种正在屋前的水泥晒场上暴晒，等待下田。而蒜种下田前，泥土需要营养，最靠谱的就是施猪粪肥。

写到这里，还要插一句：2019年年初，辉哥帮忙给熊贵生家喂养了一头肉猪，但是非洲猪瘟肆虐，肉猪养到6月份时，辉哥建议，将肉猪杀掉全部卖出去。当时肉猪不到一百斤，但是辉哥联系他的单位食堂，买下了全部猪肉，硬是帮熊贵生一家净赚了1500元。

戴着口罩的辉哥推着板车，隔老远就挥手要我走，意思是这里太臭。我退后几步，站在一块高地上看。辉哥放下板车，再次要我去照看他的哥姐。我只好走到房屋道场前。熊贵生已经从单杠上下来，独自站着，朝我“嗷”了声招呼我。李桂香朝我点点头，又把眼神落到熊贵生身上。

熊贵生迈开了脚步，是右脚。右脚刚迈出半步，他的身体晃了下，但左脚及时跟上，稳住了整个身子。再接着，又迈出半步，身体摇晃，双脚合拢，身体平稳……漫长的时间在担心和专注下，化成我额头的汗水和眼眶的发热。

奇迹。熊贵生不仅能站起来，还真能走两三步了。李桂香双腿瘸拐着紧跟其后。三步后，夫妻俩挨在一块儿，相互依靠，慢慢踱步回屋。

阳光白铁一般晃眼，烤疼肌肤。我没有动，定格一般站立在原地，看着那对夫妻。他们走出的路程何其短，然而，又何其长。

辉哥终于闲下来了。他兴致高，告诉我，他贵生哥家下半年有大喜事，儿子熊大林准备元旦结婚。更令人高兴的是，他贵生哥能够站起来走几步，生活自理也前景在望了，而且他们申请的康复器械由市里的残协上报到厂家，厂家免费赠送给他们。器械已经在运输途中，马上要送到家里来。

李桂香朝我点点头，脸上浮现出淡而甜蜜的微笑。

棉花之殇

田地里的棉花，在炎热的季节，实际是在阻止人的脚步。抑或是反向提示，那些穿过它的脚步，是带着铁定的决心去奔赴棉花之下的“江流”。

扶贫对象：田青山
扶贫干部：田满强
地理位置：百里洲冯口村

扶贫对象：熊洪英
扶贫干部：付德全
地理位置：百里洲凤梁村

孤独是刀子，剜在心口，刀刀见血。

这可不是文学语言，而是在扶贫中，村委会干部发出的感慨，屡次的感慨。这些年来，受打工潮的影响，青壮年纷纷背井离乡，到城市打工，乡村成为空巢，只剩下老人和孩子守着家园。孩子到一定年龄要去上学，老人独倚乡村一隅，要么茕茕孑立，要么帮儿女拉扯孩子。而且，无子女的老人也多，名副其实的五保户，他们要么分散供养，居住在自己家里，要么集中供养，居住在福利院里。无论何种情况，老人的日常生活大致处于一个模式：自己守住自己，日积月累，与外界交流甚少，心灵无法与外界沟通，日益紧闭，最终走向忧郁。一句话概括，他们是孤独的。而衰老、疾病（身体和心理双方面）、贫穷、抑郁、家事纠纷等原因，导致这些年老者产生轻生念头的也不少。孤岛41个行政村在近10年里，均存在这样的现象。那些老人——有儿女的、孤身一人的、身体健康的、身患疾病的……某一天，突然就走上了绝路。

我手头有一份资料。统计了一下，自2015年至2018年11月，百里洲自杀的老人在统计内的达到21人，年龄都是在60岁以上。现在百里洲镇共有41个行政村，这两年多以来，平均每两个村就有一个老人自杀，比例够高的。其中，最年轻的有两个，刚刚60岁，年纪最大的90岁。2018年以来，自杀的有4个。

而最近老人自杀的时间是在2018年7月和10月。

风又吹

2018年7月离开人世的老人名叫田青山。他的家庭情况和扶贫情况如下。

基本情况：田青山，冯口村4组人，76岁，身患糖尿病，因中风导致半边身体瘫痪。家有一个儿子和一个女儿，女儿是领养的，这个姑娘的亲生父亲曾经在20世纪60年代，因为政治方面的问题被下放到某边远地区的农场。当时为了读书求上进，姑娘被家长送给了田青山，田家为姑娘取名为田螺。田青山夫妇结婚多年一直没有孩子，认为先领养一个女孩子，就可以种下引子，引来孩子。事实也是如此，六年后，儿子田壮来到世上。不久，姑娘的父亲洗刷了冤情，恢复了职务，田螺被亲生父亲打官司要回抚养权。21世纪初，田青山的老伴去世。儿子田壮一家在武汉工作和生活。田青山守在家里，守着老房子。

2015年，田壮因为车祸被撞成植物人，家里再无赡养老人的能力。冯口村根据田青山家庭情况，确定田青山为低保对象。

扶贫措施：享受危房改造1.1万元，免费安装自来水，享受低保补助和家庭医生签约服务。

田青山的帮扶人是百里洲镇上的一名干部，也姓田，名叫田满强，年过四十，也是百里洲人，不过是外村的，与冯口村相隔甚远。

田满强2016年与田青山对接，开始了帮扶工作。

2018年7月14日，正是三伏天，早上就酷热，太阳明晃晃的，收容了孤岛大地上的阴影，人随便走动，就是一身汗水。田青山却拄着拐杖——那是田满强找残联给他申请的，田满强还给老人申请了一辆轮椅，已经完成手续，不日，其实在7月18日就送到了村委会，却成为闲置物品——老人来到南河，也许还坐了蹦蹦车。（但没有人能够证明，可是不坐车，他又如何能走到南河边？）最后，他走进了南河，溺水身亡。

没有人看见。

说说南河。它就是长江在岛南的支流，新中国成立前，南河河道宽阔，水流汹涌，是长江的主水道，大小船舶来往如梭。1939年以前，南河的一股支流，尚经冯口街边。南河那时一年有九个月可以通船，近自沙市、宜昌，远至四川、湖南的部分城市。水运便利，各种货物贸易频繁，冯口作为集镇，贸易发达商业繁荣，“冯口钱多”的美名在外。钱多到什么地步——冯口三大姓氏朱、李、黄，垄断了冯口的钱财。为防外来商户挣钱，朱、李、黄三家老板，依恃自己的物质力量，竟各自发行“货票”（相当于现在的购物券）。后来河道变化，南河逐渐瘦弱，长江主水道移到了岛北，交通不发达，冯口也衰败下来。但底气还在，瘦死的骆驼比马大。这也是田螺的亲生父母选择将女儿送给田青山的缘故。

田青山奔向大堤，再下大堤，然后奔向河流。而他要奔向的那段河流要经过成片的棉花田。

棉花种植在堤岸下，土壤全是肥沃的沙土腐质，而且接收阳光普照没有任何阻碍，可谓长势喜人。那里的棉花，比其他地方的棉花长势更好，秆儿壮而高，叶子蓬勃，花朵缤纷，也极容易挂果。此际棉花正在挂果，枝干、棉叶、花果挤挤挨挨地相连，成片成阵，筑起一堵密不透风的“城墙”。这面“城墙”如此厚实高峻，刚好隔绝了从公路上投来的视线。

正值酷暑，棉田里热浪蒸腾，夏蝉叫得声嘶力竭，除了田青山，再无第二人穿过棉花林到南河去。换而言之，这块田地的棉花，在炎热的季节，实际是在阻止人的脚步。抑或是反向提示，那些穿过它的脚步，是带着铁定的决心去奔赴棉花之下的“江流”。

这是棉花之殇。

76岁的老人，拖着半瘫的身体来到南河边，即使坐车，也要花费一个钟头……什么该做什么不该做，他怎能不知？他将生命交给南河水，指定一个事实，绝命于水流。

下午4点钟，田青山的尸体被人发现。据发现者说，他骑摩托车跑在对面的公路上，一眼瞥见河上漂着人的尸体，正是这第一眼，才使他停下来仔细察看。他是排灌站的工作人员，平时有防护水流的义务。走近河面一看，发现是溺水者，赶紧捞起来，通知了冯口村村委会。村委会派人赶到，确认尸体正是冯口村4组的老人田青山，于是马上打电话通知帮扶人田满强，又将尸体抬回了田青山的家里。

田满强正在县城开会，接到电话后，提前结束会议，过河赶到冯口村，直接奔赴田青山的家。村委会正在张罗人给田青山收殓。

田满强一下瘫坐在地上。田青山自溺南河，他有些心虚，前几天，他和田青山发生了矛盾。

田青山的身体不是一般的差，生活自理都是问题。半边身体瘫痪，一日三餐吃得不顺当，但也保证肚子没饿着，关键是上厕所困难。2017年年底，村委会给田青山安装自来水时，顺便修建了一间简易的室内卫生间。2018年，田满强又给老人安装了坐式马桶。白天，老人还能自己解决大小便，但晚上不行，一旦躺下，就很难爬起来，或许是意识处于松懈阶段，恍惚且松软，晚上大小便时有失禁。

这就是怪事，白天老人能忍住，晚上却不行。床上和衣服上沾上屎尿，脏兮兮的。弄脏了就必须清洗，否则，那气味……半瘫的老人啊，清洗衣服的确是勉为其难了。

从2018年4月开始，田满强就做田青山的工作，不如到福利院去住。田满强列举福利院的好处：有专人护理，有独立的房间，老人多可以相互闲聊排遣寂寞，生病时医生护理及时，一日三餐不用操心而且营养搭配合理，洗澡这样的事情也交给他们，可以定期检查身体，时间过得快而充实，节日还有送温暖活动……列举一大箩筐的好处，都是随口说来。田满强就是没说一个最为重要的点，那就是：一切情况都在掌握之中。

他没说，是因为他已经发现了端倪，担心说出——就好似点穿一样，伤害了老人。这端倪……老人经常陷入沉默中，那种沉默是个人情绪的沉浸，类似小孩的自闭。田满强喊老人，大声地喊，老人皆无动于衷。田满强故意端水递水果给老人，老人也视而不见。甚至，田满强恼火，发脾气，老人也置若罔闻。老人沉浸在自我的世界里，无论说什么、做什么都无动于衷。

这很危险。

田满强界定为：浸入骨髓的孤独症。田满强不是医生，他的界定不专业，说不上准确，又带有强烈的个人情绪，但他坚信自己的界定没错。这源自他的经常性接触和某种担忧。他无法说出口，只能提出建议，还很强烈，建议老人去福利院。

建议好多次，老人不理。终于，他采取措施，拉老人上车，老人才如梦初醒一般，明白了事情。

“不去。”老人摇头，再也没有了话。老人难得说一句话，能清楚地给出答案，已经表明了他的坚决态度。田满强再担忧也没有办法了，老人从内心否定这个事情，总不能真的架着老人去吧。

田青山之所以很坚定地拒绝去福利院，是因为他去那里住过。

2015年儿子发生车祸，被撞成植物人，田青山听说了，一着急，身患中风，半边身体瘫痪。不久，人被村委会送到了孤岛福利院。田青山住了一个星期左右，就偷着跑了出来。怎么偷跑的呢？趁人不注意，搭梯子爬院墙跑出来的。走到路上，求人送回了家。

为何不想住福利院？

田青山没有解释，跟任何人都没有解释。田满强心细，专门跑到福利院，问那里的院长。院长也说不清楚原因，想了想，以猜测的口气说道，田青山老人一个人过惯了，喜欢清静吧，对于集体生活，可能适应不了。

这不是理由，但也是最大的理由。田青山的确排斥人多的地方，比如村委会，哪怕抬着他去，他也拒绝。对此，田青山给出了理由，吵人，吵得人胸口发闷、血压上升，再待在那里，就会死人的。是的，孤独症患者接受不了群体生活，哪怕一两个人在身边也受不了，他认为那样的生活是活受罪。在福利院，吃饭、晒太阳等一些活动，是避免不了与他人一起参与的。就是整日守在自己的单间里，还有护工，他们每天要来检查、护理，这构成了日常生活。

田青山如何避免？

故而，他逃出了福利院。用“逃”字，丝毫没夸张。那天，刚好有梯子在院墙那里，那是工人检查电线没来得及搬走的。正是中午，他吃过午饭，看见那架梯子还在那里，就假装去晒太阳，靠近梯子，然后拖着不利索的身体爬梯子再爬院墙离开。那身体——肯定走不了几步，就会倒在地上，所以只能慢慢地爬出。而福利院前后都是公路，来往车辆也多。老人可能就找了一辆面包车，讲好了价钱，被面包车送回了冯口村。

村委会去做工作，遭到老人的辱骂和驱赶。其实，也就摆明一个事实，除非要老人死去，否则今生别再打这个算盘。村委会也理解老人——愿意去福利院的，他们会送老人去，这叫集中供养；不愿意去的，留在家里也可以，这叫分散供养。

田满强当然了解这个事情。但是，鉴于田青山的身体状况——从福利院逃回来以后，身体更加不利索了，真正半边瘫了，行动不便，生活也不便。他还是觉得，送老人去福利院是明智的选择。建议遭到老人拒绝后，他暂时收回心思，打算再找机会与老人沟通，做做工作。

沟通就是频繁来往，加强交流。田满强的想法简单也朴素。首先，他向自己单位和镇扶贫办汇报了老人的情况。单位和扶贫办工作人员分别来看望过老人，之后专门送老人去市里医院检查，准备做康复训练，但老人很不配合，康复训练难以开展，只好带老人回家。接着，镇扶贫办又请了市里的心理医生来老人家里，为老人做了几次疏导工作。田满强坚持每周来田青山家至少三次，每次待在田青山家里，保证在两个小时以上。如果没事，就待上半天甚至大半天。说是拉家常，多半是他田满强自问自答、自说自话，田青山很少搭理他。

好了，不说话，干脆做事。家务事很多，收拾房屋，洗洗涮涮，晾晒被褥、衣服，还改一些用具——比如，将椅子都锯掉一部分，但又不能太矮，保证老人方便就座；仿照医院的床铺，将床铺从中截断再拼接，改成升降式；买来成人纸尿裤，放在床头……

老人不说谢谢，只是看，然后沉默。有时，也笑一下，笑容却如一朵老昙花，开放就凋谢。

田满强还讲起老人的儿子田壮，说去武汉专门看望了田壮。田壮虽然躺在床上，可是每天都还在吃喝，他媳妇照顾着，一切都好，孙女田田刚刚考上了大学，也在武汉，忙着学业。孙女虽然忙，却很孝顺，每到周末就守在爸爸身边，真是一个好女孩。听到这里，老人嘴唇嗫嚅下，吐出“田田”两个字。

有效果。田满强拿出手机，翻出田田的照片给田青山看。那是田满强去武汉专门找田田拍下的照片。田田上大学，为了挣钱交学费，课余时间都在打工。找到田田不简单，她在推销保险，也没多少时间与田满强闲聊。田满强拍下田田的一张照片，并要求田田有空回孤岛老家看看爷爷。田田答应爽快，但事实是另一回事——的确，2015年在田壮被撞成植物人后，田田和母亲轮换着护理，后来再也没回来过，没回来的原因也在情理之中。

盯着照片上的女孩，老人又陷入了沉思。田满强拿开手机，老人嘴唇嗫嚅，又吐出“田田”两个字。田满强忍不住许诺，说等哪一天他有空，会带老人去武汉看看儿子和孙女。说完，田满强胃部就冒酸水，心中隐隐后悔。老人却仰起脸庞，浑浊的眼珠晶亮，眼眶漫出一层水液，老人重重地点头。于是，田满强顺口溜出一句话：“7月上旬我公休，可能有时间。”说完，后悔之意潮水一般漫漶全身，他忍不住伸出右手轻轻拍了右脸一巴掌：嘴贱，空口许诺，忽悠老人。

老人这样的身体，他如何带去？田壮那样的家庭，他再带去一个半瘫的老人，如何收场？

老人拒绝穿纸尿裤，晚上的大小便失禁也没有办法解决。

天气越来越炎热，老人的房间和身上都是臭味，臭到恶心不可闻，闻到就呕吐的地步。田满强忙死了，隔三岔五就来帮助老人，清理房间，清洗他的身体。老人自尊心强，拒绝田满强给他洗澡，但有了田满强搭把手，困难的事情也简单了。田满强在这样的小事上耗费的时间太多，就忍不住嘟哝那被强压下去的心思——建议老人去福利院。

7月12日，老人不小心摔倒在地上，爬不起来，就一直躺在地上。第二天，田满强来到田青山的家里，才发现老人在地上躺了一天一夜。他将老人抱起来，放在床上，然后给老人弄了点儿吃的，才郑重而严肃地提出建议——不是建议，是命令，他用了“必须”一词。

现在，必须去福利院住下，他来联系，顶多明后天就去。田满强的原话，不容商量。

老人还是两个字：不去。

田满强回复两个字：必须。

老人抬起脑袋，浑浊的眼睛发亮，晃了下田满强的眼睛。老人问道，已经7月上旬了？

田满强想也没想就点头，还“嗯嗯”两声。他以为，老人就是问问时间而已，根本就没想起以前他的承诺——那不过是随口说下的，他早已经忘记。

老人耷拉下脑袋。

田满强开始打电话，托关系联系福利院。福利院现在生意好，几乎家家爆满，可不是随便就能住进去的，孤岛福利院更是走廊都利用上了。天气热，难免要人发躁。田满强忍不住骂人，当然骂的是福利院。

老人也忍不住了，伸手晃下，吐出一个字“别”。

田满强只当没看见，给市扶贫办打电话，请组织出面联系。市扶贫办很重视，马上联系到一家，是江口镇，带有康复性质，又刚好空出一个房间，后天就可以去住下。田满强就口头预订下了。

“别啊。”老人再次发出抵抗的声音，声音柔弱又坚定。

“已经预订了，后天就去。”田满强态度强硬。过了一会儿，他觉得自己过分了些，又安慰道：“您老放心，我会经常看您去的，就像来您家一样，每周在三次以上，每次待的时间绝不少于两个小时。”

田青山没有作声，垂下了脑袋。

田满强请来村里的医生，医生简单检查了下老人的身体，保证身体没有大碍。于是，田满强和医生一起离开了田青山的家。

哪想……

田满强的泪水和鼻涕交汇在一块儿，接着，顺着鼻尖和下巴滴答出直线。钻心的疼痛中，他回忆起老人昨天问他“已经7月上旬了”时的表情，那时老人浑浊的眼睛发亮。发亮……他又忆起4月份他的许诺，许诺带老人去武汉看望儿子和孙女，那空头支票出口容易，却成为老人的遗憾和致命打击。

都是因为自己。其实，严重的孤独症导致田青山拒绝一切。然而……也许老人在等待他的亲人们回家看看，一直在等，生怕彼此错过，故而拒绝离家。田满强说给我听，简直泣不成声。

他的话固然有道理。然而，这样一个长期被孤独吞噬、被抑郁包围的老人，除了他自己，谁又能走进他的心灵？

我不知如何安慰田满强。真的，说什么都是多余的，任何话都不配——关于安慰，关于老人田青山的辞别，关于这件事情本身。孤独是多么经常的存在啊，普通如草芥，谁又没被蒺藜刺伤过？

而孤独，谁又能真正懂得？

伟大的心理学家荣格给孤独做出如下断言："孤独并不是来自身边无人，感到孤独的真正原因是一个人无法与他人交流对其最要紧的感受。"如此，我们这些旁人，又怎能轻易地踏进那被岁月包裹的灵魂？灵魂的事情，一旦说出口，就令人感觉装模作样，可是，谁又能忽略呢？忽略不了，却也透析不了。我相信赫拉克利特说的，灵魂的边界你是找不出来的，就是你走尽了每一条大路也找不出，灵魂的根源是那么深。

这沉默的人世，唯有泪水才有资格在空洞的沉默中滴答着反抗。可是，泪水又显然不够。

所以，饱含泪水的沉默，风又吹……

我们告辞时，田满强又告诉我一件事情。他曾经在今年年初联系上田青山曾经的养女田螺。

田螺5岁时被过继给了田青山，小名也叫"田田"。啊，田田，我的心顿时一阵抽搐，眼前莫名闪现出老人嗫嚅"田田"的场景，老人总归忘不了。田螺16岁时，父母通过法院要回抚养权。她现在就职于北京某所高校，快退休了。田满强一开始闲扯，只说是找她了解她供职的那所高校的情况，儿子今年高考，可能填报这个高校。这样放松下来，接着，他们讲起湖北宜昌，讲起孤岛冯口村。她很有印象，说，冯口村的棉花全中国第一，冯口村的锅盖（当地一种食物名称）脆口不粘牙，小笼牛肉包子一咬满嘴花椒油，麻麻的，用青鱼打的肉糕香得直打喷嚏。

她的确很有印象。我打断田满强的述说，问道，她知道田青山的情况吗？尤其是老人自杀前好几次念叨“田田”？

“跟她说了，都说了。”

“她回到孤岛了吗？”

“从不。”

“老人过世她知道吗？”

“也跟她说了，但那又怎样？”

我忍不住落泪，为了掩饰那份失态，我慌忙上车离开。泪水漫溢眼眶，热辣辣的。啊，泪液，恰如那又在四野吹响的风声，隐忍又汹涌：

许多朝代都趴下了
尘世太脏，还得使劲吹
把众多纸做的泥做的冠冕吹皱
送鳏夫寡妇入洞房
让不朽与永恒统统作废……

我含着这缕风
是专门留给箫和埙的
天低云暗时替一些人和事
唏嘘、流泪

后 记

2019年6月，我到百里洲镇政府办事，遇见了田满强。

田满强除了田青山这个扶贫户，还负责另外的扶贫户。户主姓阙，56岁，正值壮年，家有六口人——老人、夫妻俩、儿子和媳妇，外加一个孙子。老阙也住在冯口村。相对于田青山老人，老阙一家的情况要简单一些，主要是因为老阙曾经运送柑橘时遭遇车祸而导致家庭贫困。现在，被撞的身体恢复了，田满强又给他们联系了产业扶贫资金，主要是用来大面积种植柚子和柑橘，收入年年增加，2019年下半年已经脱贫。收入增加了，劲头也足了，估计到今年年底，可以纯赚三四万元。而2020年，老阙一家还准备发展反季节蔬菜种植。

说到这里，田满强放低声音，嘴巴凑近我耳朵："小朱啊，告诉你一个秘密：我的一个老表在市里的一所高中管理食堂，那高中有七八千人。我跟他说了，以后，学校食堂里的蔬菜就找我的帮扶对象老阙买，呵呵，这不是徇私舞弊吧。"说完，田满强还在呵呵发笑，笑完又说："这下，老阙一家啊，可是直接奔小康的节奏，明年啊，我真是很期待。"

这样典型的脱贫事例，帮扶人员田满强当然很有成就感。

但是，无法避免，我们还是说到了田青山老人。

田满强顿时蔫茄子一般，苦皱着脸，嘴唇张了又张，想说什么，却不知从何说起。我想，他作为扶贫人员，已经尽力了，只不过事与愿违，他也伤心遗憾，又何必再揭伤疤呢？

我准备告辞。

他却"哎"一声，吐口唾液，说道："田爷爷的孙女田田在老人出殡那天赶回来了，后来老人五七时，她和她的妈妈一起回来了。"

这好，我重重地点头。在孤岛，死有尊严，指的就是出殡时，有后人为亡者送殡，五七时亲人能烧包袱。那意味着，亡者真正丢下了人世的所有负累，一身轻松地上路，好有幸福的来生。

我再次作别。

他又“哎”了一声。我停下脚步，拿眼看他。他吞吞吐吐地“嗨”了几下，才下定决心说出那些话：

“那个田田……哦，就是老人的养女……她啊……我有次喝了酒，心里就烦，烦啊，故意借着酒劲在QQ上联系了她……”到这里，田满强又不说了。

我充满期待地看他的嘴巴。终于，那嘴唇上下翕动。

“我骂了她，狠狠地骂她狼心狗肺，不懂得报恩。老人养她一出，这么多年不闻不问，好意思当教授吗？我骂完，就下线了。下线后，又怕，毕竟，在网络上骂人是不对的。酒醒后，我就又上线，想删除那段话。”

我接口道：“不可能了，时限已过。”

田满强笑了。

“后来呢？她回复了吗？”

“没有，但是今年清明节，她回到了孤岛，还找到了我，原来她也是有病在身啊，还是坐在轮椅上。她说，多年前她就不上班了，请假在家养病。”

“回来干什么？”我追问。

“还用问吗？一行来了三个人，她，她的父亲，还有她的女儿，一起来给田青山插青祭奠的。”

我重重地点头，笑着问：“这是好事啊，你干吗吞吞吐吐的？”

田满强摇头叹息：“唉，我什么人啊，那样去骂人家，真够恶心的，而人家那身体，你是没看见，要是真的看见就理解人家了……我惭愧自责，但是我又矛盾，如果不那么痛骂几句，他们会来吗？可是……”田满强左右手交搓，一张脸因为自责而皱成一团。他嘴唇哆嗦，最后又挤出一句话："人世间的苦啊，不轮到自己，谁都明白不了，可是什么时候，都不能小瞧人心。"

我很赞同。与他分别后，去扶贫的路上，一直念着这句话。

棉花之殇

2018年10月23日，太阳火辣辣的，三伏天的余威不减，正是"秋老虎"盛行之时。我驱车带父母去宜昌检查了身体，回家已是晚上。晚上，天气仍然燥热。我们做好晚餐准备就餐时，我父亲接到一个陌生人打来的电话，说是我姨婆婆过世了。

那个陌生人是我姨婆婆的帮扶人，姓付，名德全。我父亲感到陌生，我见过他几次，并不陌生。付德全的声带有些问题，平常说话语速较慢，语调低。这次，可能姨婆婆的过世让他着急了，他陈述事件的声音急躁，穿过父亲开了免提的手机炸响了我们的耳朵。

"熊婆婆今天下午又跑到福利院旁边的棉花田里去捡棉花，捡了大半包袱，被福利院门房的人发现了，就把她拖回来。哪晓得，熊婆婆惦记那个包袱，又哭又闹，要拖回那包棉花。门房的人就帮她到田里去找，哪里能找到？这下，熊婆婆百般不依了，要撞墙。门房的人只好带她出来，一起找包袱。那块棉花田，是福利院暂时空闲的一块地，不大，却也有一亩半。熊婆婆是小脚，平常走路都是爬的，哪里能跟着门房的人到处去找？门房的人将她放在道路下面的田埂上，只身一人去棉花田里找。等他回来，熊婆婆却不见了。于是他又回到棉花田，发现，熊婆婆脖子在流血，血是从脖子上的一个血窟窿里流出来的，她的手里还捏着一根棉花秆子。"

急躁又详尽的陈述，似乎切断了电流，电话出现一阵沉默。约莫一分钟后，父亲惊醒一般，叫道：“我姨妈她——”付德全打断我父亲的话，说道：“是福利院的院长告诉我，说熊婆婆最信任您，她的后事已经跟您交代过了。”

我父亲嘴唇哆嗦，半天才吐出五个字：“我，马，上，赶，到。”

年届90岁的姨婆婆死了，的确死于自杀。

她为何自杀？因为找不到那包棉花了——那是她跪在棉田里，亲自摘下的棉花。然而，一个孤寡老太婆，她要棉花做什么？何况那包棉花卖出去也没几个钱。以前，她身体好些时，八九月份天天捡棉花，捡到的棉花全部卖掉换钱，也能挣下上千元。现在身体不便，却隔三岔五地跑出来捡，捡了都交给福利院，图什么？没人理解。

付德全与父亲一起操办了姨婆婆的丧事。难得的是，付德全还以儿子的身份守灵再送老人到长江那边的城里火化了，又接回来，将老人的骨灰放进一口棺材里下葬，还立了墓碑。丧事周全而体面。父亲紧紧握住付德全的手，哽咽着叫道：“难为你了，小老弟。”

付德全说道：“应该的，老人一生图的就是这个，我晓得她信任您，但是，我是她的帮扶人，也答应她‘人家老人有的她都有’，我说到做到。”

付德全，53岁，某局退居二线的干部，2016年年底，对口帮扶我姨婆婆这个孤寡老人。他中等个子，皮肤黑，也快秃顶，因为喉咙做过手术，声带有问题，说话时慢而轻。我姨婆婆性子急，身体好时做事风风火火，即便行动不便了，那股利索劲头也没改，自然见不得付干部那样，明明一副劳动人民的糙样，张口却是一派娘娘腔调。还有，娘娘腔下，行为却是死倔，他要想阻止的——比如阻止熊婆婆外出捡棉花，那可是万般通融不见成效。于是，姨婆婆不大顺着付德全，还对着干。

2016年年底，付德全来镇福利院首次找我姨婆婆就留下了笑话。

他找到熊婆婆，伸出双手，慢着声调说："熊婆婆，以后我与您老人家就结成对子了。"

熊婆婆愣怔下，随口问道："啥对子？我一个孤寡婆子，干吗结对子？"

熊婆婆年逾八十，牙齿也掉了不少，嘴唇都薄得变成两片黄树叶，语速还是快，但是不关风的嘴唇硬是将那些话说走了调调。何况那时是深冬，寒风呼啸，也不凑合老家人的话。付德全听歪了，以为老太婆要认他做干儿子，想做他的干妈，就叫道："干妈，您就是我的干妈。"熊婆婆顿时恼火了，嘟囔道："我干儿子比你有出息，你喊我干妈，稀妈啰，滚……"说着，抄起旁边的扫帚就朝付德全打过来。

我姨婆婆为何恼怒？付德全不明白，但我父母他们听说了这个事情后，都明白——姨婆婆一生勤俭，勤俭到了苛刻的地步，积攒了一些钱财，但是，她性格异常多疑，总是不放心，担心有人来抢她的积蓄。付德全的"对子说"和"干妈说"，让她误会了，认为付德全是为了想得到好处而在套近乎，老人出于防备心理，便恼羞成怒了。

付德全被我姨婆婆扫地出门。但是，那场面窘迫是窘迫，却充满了幽默感。福利院的人、送付德全来的乡镇干部，全都忍不住笑了。笑声加剧了付德全的窘迫，他退出房门，退到小道上，一转身走了。不一会儿他又返回，手里提了一网兜水果和营养品。一进屋，咳嗽一声，清清喉咙，慢着语调继续重复他的话：

"熊婆婆，您好，我是您的帮扶人，与您结成帮扶对子。那对子——具体说来，就是您有困难，我就伸手；您有什么想法，我就给您跑腿，满足您的想法。"

这下，我姨婆婆不作声了，却也没缓和脸色。付德全停顿一会儿后继续说："反正我跟您就是亲戚了，这是任务，要是您不满意我可以找到政府去反映，我有信心要您满意的。今天是认亲，以后我隔三岔五地跑您这里，陪您唠嗑听您的吩咐。”

这门亲就认下了。付德全基本像他说的，隔三岔五地就来福利院看望老人。也没啥事，陪老人唠嗑，给老人做一顿饭菜，帮老人洗洗头发、剪剪指甲，晒晒老人的被褥。我姨婆婆慢慢与他熟悉，慢慢适应这个帮扶人参与她的生活。她是适应了，但是，并非百分之百地顺着，而是有时顺着，有时恼火还对着干。

其中的原因在于，我姨婆婆不会像其他老人待在福利院不出门，她时不时就要找机会溜出去。做什么？去她信任的人家里，比如我父母家、我的小姑姑家、她的一个内侄家。再者就是溜到旁边的棉花田里，帮人家种植棉苗，秋天了就摘捡棉花。

付德全参与她的生活，大大限制了她的行动。走门串户，付德全不反对，而种植棉苗和摘捡棉花，付德全就反对了。老人从小被裹了双脚，那双小脚现在萎缩得厉害，走路都成问题，站着捡棉花真是折磨人。老人是怎样捡棉花的？跪在棉田里捡的。付德全担心老人的安全，当然不同意，无论老人的决心有多坚定，他不管，不断跟老人磨嘴皮劝说，再就是骑着摩托车到处找。老人就烦他多管闲事，态度还这样硬，两人时不时就拗着。付德全到棉花田里找老人，是经常的事情。

2017年9月11日，我与父母一起到孤岛。我本来是在参加扶贫工作，做一些采访，而父母想去福利院看看姨婆婆。姨婆婆是孤寡老人，刚好在我的采访纪实之列。我便驱车带着父母一起来到了福利院，正好碰上付德全和姨婆婆两人闹别扭。

姨婆婆一大早就跑出去摘捡棉花了。付德全骑着摩托车到处找，在一处棉花田里找到姨婆婆，便拽着姨婆婆回福利院。姨婆婆恼火得很，正在对付德全发火，骂付德全是坏人精，是她的克星，专门来坏她的事情，要付德全滚蛋。付德全也不作声，只是在一旁嘿嘿笑着，忙着给老人收拾床铺。

老人却生气得很，又拿起扫帚赶付德全走。正好我们进屋，“战事”结束。我从高中起就很少见姨婆婆了，成家后更是少见。现在有好些年不见她，姨婆婆眯着眼看我，确认她印象中我的形象。很快她就拉起我的手，两片薄嘴唇豁开，叫道：“二丫头，你来看我孤老婆子，我有福了。”

这话，似乎我是她的很陌生的人。

她不是陌生人，是我的亲戚。不过，这亲戚隔了几代，有些远了，而且没有血缘关系。但是，名头上，我还是喊她姨婆婆。姨婆婆——我一出口，她便放松敛起的脸颊和瞪着的枯黄豆一般的眼睛，干瘪的嘴唇荡漾起萧瑟而抖颤的笑容。是的，她早就看见了我，然后敛起身子骨，等待我的指认。那声回应“哎——”拖出了至少八个节拍。节拍水浪一般回旋，她的身体微微发抖，那干枯的灰白的头发在脑后绾成一个小髻，而戳出来的短硬头发毛刺猬似的抖颤。随即，她的眼眶红了。也只是发红，因为她的泪液早干了，那干涩的眼珠子越发灰白干硬。

很多时候，她会等在我家门口，等我们回家，再跟着我们进屋，然后瘫坐在沙发上，一声长叹，再哆嗦着嘴唇说道：“累死我了，幸亏我跑得快。”

看看，她又是偷跑出来的。从哪里？福利院。

近20年前，孤岛的福利院在新闸村，很简陋的一个福利院，是一个大仓库改成的。她当然不是走来的，而是找个理由（比如，侄子过生日，侄孙子结婚，侄孙女生孩子等）偷跑出来，再看中一辆三轮车搭上，或者请福利院的人送到镇上。

大多数情况下，从福利院偷跑出来的她，会跑到镇上卫生院来找我父亲。

好多年都是如此。找我父亲也有事情。什么事情？把她的存折（多年来积攒的钱，主要是捡棉花挣来的）交给我父亲保管，却又不放心，隔三岔五地查看存折要回存折，再要我父亲带她去银行验证存折上的钱数，然后再返回我家把存折交给我父亲。过不了多久，她又来到我家，再看存折要回存折……无休止地做“西绪福斯推石头运动”。

我父亲也不恼怒，一一顺着她的要求。除了存折的事情，再就是提醒我父亲，她的生日到了，过世的姨老爹的纪念日到了。然后吃饭，我母亲帮她洗澡洗头，再美美地睡上一觉，似乎心满意足了。我父亲亲自送她回福利院——就在跨出我家的防盗门时，她会大声询问：“我的棺材你们准备了吗？我过世后你们会不会为我送终？会不会给我磕头守灵？会不会给我把七七都办了……”

但凡没有大声答复，甚至她觉得敷衍了，就会坐到门槛上作呜咽状。夹杂了痰和唾液的呜咽，浑浊却令人心痛。我们便安慰她，大声地安慰并承诺她。她满意了，跟随我父亲回到福利院，然后再找机会溜出来……

这是我的姨婆婆，生于1927年，1947年与我姨老爹结婚，居住在孤岛凤梁村3组。之后一直不能生育，无子嗣。1989年，姨老爹去世后，姨婆婆便开始孤苦无依的孤寡生活。

她名叫熊洪英，是我祖母的一个干姐妹。20世纪四五十年代时，她们两家曾经是邻居，因关系要好结成姐妹。姨老爹姓侯，是凤梁村的大户，既种田又发展养殖，家底好，生活充裕。我姨老爹还有一段光辉历史。20世纪40年代末期，他曾经接纳并掩护过一名受伤的共产党员，在那名地下党员康复后，又亲自将他送出孤岛。而在解放战争时期，我姨老爹主动捐粮捐棉花给共产党。这些历史，给姨老爹一家带来运气。唯一遗憾的是，他们无法生育。我祖母曾经生育多个子女，在贫穷和疾病的威胁下，仅存活四个，两个儿子两个女儿。而姨婆婆夫妻俩在寻遍偏方问尽良医也不得的情况下，领养了我祖母的小儿子，即我的叔叔。

叔叔是个聪明人，脑袋瓜子灵光，写得一手好毛笔字，读书还在行。姨婆婆夫妻俩虽是农民，却脑筋开通，知晓教育的重要性。叔叔8岁时过继给他们，便上了孤岛的学校。我叔叔也不负众望，因为学业优秀，当时在孤岛的学校里很有名气。这名气体现在，每个学期期末，学校就会敲锣打鼓地将奖状送到家里来，真是无上的荣耀。那阵势响当当的，要多热闹就有多热闹。但是，天妒英才，我叔叔15岁时，为了收栎树上的栎子（栎子可以榨油，是煤油灯的燃料之一，叔叔要捡栎子拿到镇上去卖，好换学费，而那天我叔叔感冒了，还发着高烧），爬上树木枝丫，伸出长竹竿打栎子，却从树上摔下来。那根竹竿正好斜插进他的脖子里，插穿气管，使他当场毕命。

姨婆婆姨老爹很内疚，在内疚心理下，总想弥补什么。我祖母家贫困，三个儿女活命都困难，读书就是天方夜谭了。但是，他们却劝说我祖父母，送我父亲去学堂读书，学费不足的话，他们表示可以援助，算是赎罪。

这样，我父亲从孤岛读书出来，还考进了医学院，多多少少是拜姨婆婆姨老爹所赐。故而，虽没有血脉，父亲却念这份恩情，把姨婆婆姨老爹认得很真，比亲姨妈姨爹还要真。姨婆婆他们呢，盼望有个儿女简直到了疯狂的地步。在我叔叔夭折后不久，他们夫妻俩又领养了姨老爹的一个侄子，但总不和谐，养子成家后，双方就解除了领养关系。到了姨老爹六十大寿后，二老还是不死心，又领养了以前那个侄子的小儿子做孙子。但是，缘分还是不到，小孩子不领情，读书也不行。二老很失望，主动解除了领养关系。

我们姐妹几个听说后，都说，姨婆婆姨老爹他们二老积攒了一些钱，在当地算是富裕人家，固然了不起，可是他们终究没有生养过孩子，性格还是有问题，尤其是姨婆婆的性格，节俭有加，悭吝到了不可思议的地步，而且狐疑成性，自然，领养谁都不成。

父亲却为姨婆婆辩白，理由充分——“只怪他们一开始领养的我弟弟太优秀了，在二老的心里种下了根，以后，他们领养谁就会拿人家跟我的小弟弟对比。”

至于姨婆婆的悭吝，父亲只是叹气，表示默认我们的看法，因为他无法反驳。看看姨婆婆的家当吧，全是老古董。床上被褥都是补丁摞补丁，活脱脱的百衲被褥。都20世纪90年代了，枕头还是塞了谷糠的长条枕头，蚊帐不知用了多少年，光补丁不说，还发黄发黑。吃饭的家当是旧方桌和旧条凳。热水瓶还是20世纪五六十年代的那种藤缠瓶身的热水瓶。家里的电灯统统只有30瓦。饲养的鸡鸭一大群，屋里却始终不见一个鸡蛋、鸭蛋。园田里的蔬菜丰富，也难得见它们上桌。他们养母猪和肉猪，除了过年可见到猪肉，其余时节别想看见一点点肉影。都去哪里了？全都卖掉，换成了钱。他们的日常饭菜，就是腌菜和饭团。来了客，可以炒一盘新鲜蔬菜，可以煮一海碗红薯或者南瓜汤，炒盘豌豆，外加一盘清蒸的从河里捞起来的死鱼虾。

而老人的穿着，还都是旧时代的影子。连襟的粗布衣服、粗腿裤子，一律蓝黑颜色。布料都是姨婆婆用纺车纺出棉纱棉布，再请人裁剪加工而成的。所以，我在姨老爹六十大寿那年去他们家时，见到纺车，足足看了半个钟头。

这是活在过去时光中的人。

他们也明白老无所依，故而，基本生活能简就简，尽量降低成本甚至不用成本，一生都在攒钱防老。

后来，姨老爹过世了，留下姨婆婆一人在世。姨婆婆攥着“她的”钱财，存进银行，却又不放心，将存折交给我父亲保管，隔三岔五来个突然袭击，检查存折的数目明细。在她80岁那年，她终于找我父亲收回那两个存折。那两个存折，日夜放在她的贴身衣服里，与她相伴，直至她离世。

那些存折里的钱财最后的去向，当然全部用来给她办丧事了。

可以想到，那丧事很热闹，请了和尚念经，请了五个丧鼓班子，足足唱满念满三个夜晚，才送老人尸身出门。头七、二七、三七……七七，一件都不落下一件都不从简，硬是体面而隆重地走完。

我对姨婆婆的记忆有三次。

一次是姨老爹六十大寿。4月的某天，刚刚下过大雨，我跟着祖母、父亲去给姨老爹祝寿。他们住的凤梁村离镇上较远，道路泥泞，我们沿着棉花田走啊走啊，终于走到他们的村子，拐过一个池塘，再拐过一方棉花田，就到了姨婆婆的家。那时，他们的家在一个堰塘前面的高台子上，远看有些气派，走近一看，果然是高门大户。房屋的时间久了，外相破旧，框架却依旧大气，白墙青瓦，飞檐翘起，在一排排的村舍中很显眼。那种凋敝的富庶让人很容易想到过去——过去这户人家的日子。然而，时间总是向前走的，房屋裂开的缝隙、掉下的粉皮，还有屋顶上的衰草，无一不在提示，它过时了，精疲力竭了，无法跟上时间的步伐。

它已经老去。

就在那次寿宴中，我亲眼见识了姨婆婆的干练和泼辣。她是宴席的主厨，调度有条不紊。虽然饭菜简单，却也将宴席做出了热闹气氛。尤其是我父亲请来了楠管先生，拍唱楠管时，楠管先生让宾客与寿星互动，现场送祝福，唱说中，笑声一波赶着一波，气氛热闹有加，很让姨婆婆满意。姨婆婆讲究一些礼节，什么人吃第几桌宴席，宴席上的位置安排，她都有严格的安排。我当时还小，八九岁，因为走了不少泥泞路，再加上老是轮不上坐桌席，肚子饿得咕噜叫，便在房间里拆开饼干盒拿饼干吃。不想，姨婆婆颠着小脚走来，见我在吃饼干，满脸都是怒火，一把夺过那个盒子，打掉我手里的饼干，厉声警告我不要当小偷。接着，她麻利地收走所有的礼品和食物。而我被训斥成小偷，心中悲愤委屈，忍不住哭泣，又不敢放大声音，只能抽抽噎噎暗自垂泪。那股伤心劲儿快要憋断我的肠子，她看也不看，最后拉上房门，将我丢在那个房间里。

那是我唯一一次去姨婆婆的家。自此，我再也不去他们家了。

第二次是我成年了，带女儿回到父母家。父母那时还住在孤岛镇上的卫生院里。没想到，姨婆婆也来了，是从新闸村的福利院偷跑来的，来找父亲查看她的存折。父亲带她去银行看了存折回来，吃过午饭，她就脱了鞋子，人歪在沙发上打盹儿。我和女儿睡了午觉起床，姨婆婆也醒来，坐在沙发上瞪眼看我们。女儿两三岁，见我姨婆婆那个样子，很好奇，一个劲儿地盯着她看。姨婆婆逗我女儿，却不奏效，便颠着小脚去卫生间，也没关门。姨婆婆那时七十好几，年纪大了，身体僵硬，就佝偻腰身，站在蹲便器上小解。女儿看见，觉得奇怪，就问："太婆，你是男生还是女生啊？"

姨婆婆愣了愣，接着爆发一阵大笑。那笑声干瘪刺耳，还是断断续续的，却很响亮。再接着，姨婆婆提着裤子从卫生间走出来，笑容还僵持在她脸上，但是笑声已经接近了呜咽。那呜咽同样干瘪聒噪，犹如一颗锈钉子刮过耳膜。我看见，还在哭笑的姨婆婆全身哆嗦，两片合不拢的薄嘴唇也在哆嗦，而眼眶发红，浑浊的泪液漫出眼眶。那一刻，我和女儿都震惊了。

女儿的手紧紧地拽住我。我抱起女儿，就站在那里不动，看着那个失态的老人，心中莫名地有些难过。我知道，此刻，姨婆婆一定想起了她的养子，我那夭折的叔叔。

第三次是在我小姑家里。七年前，我的小表弟结婚，在家办喜事。我们这些亲戚都去给表弟送祝福。小姑的家住在孤岛路飞霄村，与新闸村的福利院相隔不远。姨婆婆也来了，那时，姨婆婆已经84岁。她在小姑家吃了中饭也吃了晚饭，却没有离开的意思。她似乎很累，一直在床上昏睡，睡醒了，就坐在门檐阶下发怔。对于老人的年龄，农村有句俗话，“七十三、八十四，阎王不接自己去”，所以这两个年龄，农村很忌讳。尤其是这样的老人在别人家留宿，何况这户人家正在办喜事。我小姑爹的三个姑妹依次去请老人回福利院，但是姨婆婆拒绝了，很顽固。她的手抓着大门，大声说：“我不走不走，今晚在这里过夜，热闹热闹。”

我父亲看不过眼，就过去请姨婆婆，说是他送老人家回去，晚上会守在福利院陪老人家过夜。

这一说，姨婆婆干脆歪下身体，坐在门槛上，双手拍打大腿，边哭边说：“我不是都上了人情钱吗？就在这里凑热闹过一夜，你们都赶我走，怕我死在这里，我偏不走，我偏还要……”她的话被剧烈的咳嗽堵住了，那个不吉利的字眼也被咳嗽堵住。剧烈的咳嗽下，姨婆婆的身体从门槛上滚下来。

父亲见老人真的是身体状况不妙，马上扶住老人，又抱起她，吩咐我的老公，说赶快送医院。

然而就在抱上车的刹那，老人又来了精神，犟着爬下来，坐在地上哭号，边哭边说：“万琴（我小姑的名字），你听着，你家今年的棉花必须请我捡，不许请别人。”我小姑答应了，并做了保证。姨婆婆才收住哭声，跟我父亲上车。

我小姑家种了16亩棉花，每年到了秋收季节，为了抢天气，就会请人帮忙捡棉花，工钱是一天100元。姨婆婆听说了，就惦记这份劳动和工钱了，终于找到机会强迫我小姑请她。

至于那年小姑请她捡棉花没有，我不知道。但我知道，姨婆婆那年秋天肯定没有闲着，肯定从福利院偷跑出来去捡棉花了。年年秋天如此，又有哪一年能够例外呢？

这是她活着的方式，亦是证明。

为了写这篇纪实文字，2018年3月14日，我又去福利院我姨婆婆的寄身之所。

她已经不在新闸村的福利院了。新闸村的福利院已经被撤掉，孤岛现在只有一家福利院，即百里洲福利院。福利院空间宽敞，建筑分为住宿区、活动区、餐饮区，规划工整。院里绿树成荫，花红柳绿，倒也适合老人养老。

付德全也在。

他在替老人洗脚剪脚指甲。姨婆婆的小脚萎缩得严重，仿佛一把瘦骨伶仃的鸡爪子。付德全剪完指甲，又涂上药，才给我姨婆婆穿上袜子，再套上布鞋。

但这都是一种仪式，没有多大用处了。因为姨婆婆已经年至90岁了，站立没问题，走几步也没问题，但是长时间的站立和走路，真的是妄谈。

天气渐暖，姨婆婆还穿着棉衣。她有些痴呆，也许是忘记了，反正不认识我了。我提到我父亲的名字，她马上反应过来，"啊哦"应答。接着站起来，拉住我的手，要跟我回我父亲的家去。现在父母都不住在孤岛，住在长江那边的城区里。我正在寻思如何应付。付德全按住老人的臂膀，哄道："您别去，说不准，人家就在来看望您的路上，要不，就走岔了。"

姨婆婆这才坐下来。付德全转身去房间里端来一碗粥，要喂给老人吃。姨婆婆一把夺过，瘪着嘴唇道："哪个要你喂，我自己能吃。"说着，端过粥碗，拿调羹吃粥。

付德全和我在一旁闲聊。

老人家虽然年纪大了，但是身体还可以，没有什么毛病，就是有心病。付德全指指他的胸口，仿佛那也是他的心病。老人在福利院住一段时间，就要溜出去，去找她信任的亲戚家住着，再就是到了秋天，一定要出去捡棉花。即使是雨天也不在乎，也要溜出去。付德全担心老人，自然阻拦。

我问："拦住没有？"

付德全答道："拦不住，不过，也好，我见到一次拦一次，起码要老人晓得，有人不允许她这样做，她就注意一些，这是好事。"

我点点头。

付德全又问："也是奇怪啊，她咋那么迷恋捡棉花呢？真的是劳动惯了，不劳动就要她命似的。"

我答道："不光是一种行为习惯，还是心理疾病。长期的孤寡生活中，唯一能够证明她还活着，还有能力生存的，就是捡棉花了。事实是，在我姨老爹过世后，她养活自己，就是靠给别人捡棉花，捡棉花给她带来积蓄，而积蓄是她认为养老防老的依靠。这样，她会获得一种安全感。"

付德全同意我的看法，叹息着点头。然后，他掏出一支烟点燃，吧嗒嘴唇抽了一口，又掐灭，拍拍双手，说道："要我说，就是老人孤独病，这些年来，我一直帮扶她，看着她挣扎在这世上，觉得怪可怜的。"说到这里，付德全停顿下来，沉默了。好一会儿，他才接上话头，继续说："真是惭愧啊，这世上的人谁不孤零零的？我有何资格去可怜老人家？说这话真是恬不知耻。我这个帮扶人，也就是照看下老人，哪里懂得老人的心呢？我不是跟你表功，去年过春节，我带老人去我家过年，老人家死活不愿意。我犟着带她去了我家，一餐中饭后，老人就吵着要回去，边说边走，我只好送她回来。后来，我再也不敢带老人去我家过年了。"

我奇怪了，赶忙问道："可是，她老是希望去我们家和我小姑家，还有她的侄儿家里去的。"

付德全没作声，拿眼看了看我。瞬间，我们不由得相互点点头。

我们都知道了答案。那是因为，老人的心里，只有过去，她把自己关在过去的时光里了。去亲戚家，因为是熟悉的人，她可以发发牢骚，甚至做一些出格的事情，反正对方都晓得她的性格，完全不会计较，相反还会极力地安慰。是的，她得到安慰，犹如一个流浪许久的人得到了人世的回音，那颗心便会生出几许慰藉。但是到了陌生的家里，什么都不自由，说话自然也不能放肆，何为？然而，她明白，归根结底，她还是要自己守住自己，而她老了，身体开始腐朽，她能守住多久？于是，担心、恓惶、无助、恐惧，犹如蜘蛛盘丝一样盘在心上，随着时间推移，长年累月后，那方空间已黑暗而空洞。说到底，还是孤独病，深入骨髓的孤独病，那心理疾病已经在心灵里落下老根。

我再次问道："以后，到了秋天，她肯定还会溜出去捡棉花的，你会阻拦吗？"

付德全毫不犹豫地答道："当然得阻拦，你可晓得？下雨天她也去捡棉花，这样多危险啊，人命关天，我不阻拦能行？"

2018年9月下旬，我在福利院外面的棉花田里见到了我姨婆婆和付德全。

那天正是小雨天。一场秋雨一场寒。孤岛湿淋淋的，放眼看去，秋收后的原野荒芜而坦荡，雨水在无垠的天际升腾起缥缈的烟雾，而寒烟更生凉寒。田野黑湿，犹如匍匐在地上的乌鸦阵。临近10月的棉花田，基本完成了秋收，只剩下光秃秃的棉秆了，棉花早就被人捡完。姨婆婆却犯了强迫症，从福利院溜出来，钻进棉花田，趴在地里，依次找漏捡的棉花。付德全冒雨找来，撑着伞，一边阻拦，一边劝说，他身上的衣服都被棉秆划出一条长口子，落下的布条条随着他弯下的身体举起蓝色的小旗。姨婆婆才不听他的，也不看他，只是抬起双臂，双手抓住一朵棉花，唠叨道："你看你看，多浪费啊，这么多棉花都没捡，要天打雷劈的。"

雨水淋漓，在空中织出凄迷的水网。付德全不管了，抱起姨婆婆就走，然后放在他的摩托车上。我帮忙按住姨婆婆的臂膀，专拣好话劝姨婆婆，好歹安抚了她的情绪，把她驮回了福利院。

10月初，姨婆婆病了一次，发高烧，一直不退。付德全把她送进镇卫生院，叫来我的父母。我跟着去看姨婆婆，姨婆婆在输液，人却昏睡了。

父亲和付德全低声说话。

突然，姨婆婆坐起来，叫道："万国，你来了？"

万国是她的养子我叔叔的名字。她在模糊中，把我父亲的声音听成了她养子的声音，或者是，她在昏睡中做梦，梦见了她的养子、我的叔叔。无论哪个，均是她的脑袋出现了幻觉。

虽然是幻觉，但是姨婆婆的感冒立马就好了。付德全说："这老人身体素质好，但是心病厉害，我这帮扶人真的是心有余而力不足啊。"我父亲很感谢他，感谢他的细致入微和耐心。回家后，父亲对我们感慨，说我姨妈好有福气，遇上了付德全这样的帮扶干部。

这却是我们与姨婆婆的最后一面。

10月23日，姨婆婆走上末路。父亲送丧回家后，与我母亲絮叨，说到我姨婆婆的自杀。我突然悟到什么，插嘴道："上个月月底，姨婆婆生病时发生幻觉，以为是我小叔叔回来了，后来，一直不退的高烧居然一天就退下，这就是一种警示。"

父亲问："什么警示？"

我答道："也许是回光返照。"

父母对对眼，却无话说。一时，我们陷入了沉默。

后　记

2019年9月12日，我在孤岛遇到了付德全。他骑摩托车正要出门到福利院去。今年，他继续帮扶贫困人员，这次接手的也是一位孤寡老人，老人也住在福利院里。

我是在镇上遇到他的，两人就在路上唠嗑。

他还在惋惜我姨婆婆的去世，责备自己虽然重视老人的心理问题，却没有拿出实际行动。我们相互叹息。叹息完，他接着说，他和镇上的扶贫办很重视农村孤寡老人的心理问题，福利院也很重视。在多方面力量参与下，针对孤寡老人的孤独症，镇扶贫办和福利院拿出了许多措施，主要表现在两方面。一方面就是多开展活动，发动更多的社会力量参与进来，与老人互动，让老人在活动中转移注意力，放松心理，开阔心胸。其中值得一提的是，去年元旦和今年端午节、中秋节，镇里扶贫办联系孤岛的中小学，将庆祝活动放在了福利院。福利院的老人除了当观众，还表演了节目，拉二胡的、拍打楠管的、唱老歌的都有，老少互动，欢歌笑语，效果较好。今年5月，市里的扶贫办和书画协会联合举行了送书画活动，在福利院开展了现场书画表演，表演的不仅有书画爱好者，福利院的不少老人也参与进来——因为不少老人读过书，以前都写毛笔字，有一定功底。而付德全帮扶的老人就是其中之一。付德全感慨，这样好，有了兴趣爱好，心灵有了寄托，心理疾病暂时可以缓解了。

“另一方面呢？”我着急地问道。

“另一方面，就是以前我们也意识到心理疏导对心理疾病患者的重要性，拿出了一些应对措施，但都是临时抱佛脚。今年年初，我们准备聘请心理专家开展帮扶活动，从下半年开始有规律地开展心理辅导和治疗活动，比如给老人们讲讲课，普及下心理知识，比如面对面地开展心理疏导和心理治疗活动。”

“具体什么时候？”我问道。

付德全语调慢悠悠的，责备我着急了，打断他的话。他说：“这些心理活动，不仅是针对孤寡老人的，还针对我们帮扶人员，我们到时候还会参与培训。总之，这不是一个小活动，也不是单独一次，是系列，不能立竿见影，还在计划中，明确下来，我再通知你。”

“我期待这一天。”我说道。

付德全骑上摩托车，发动引擎。车身轰隆隆地作响，催促他快走。然而，他扭过脑袋，咳嗽一声，大声说道：“不远了，明年2020年是脱贫攻坚收官年，我们扶贫的不光是解决物质问题，还有精神问题，我们任重道远，但我们信心百倍。”

车尾冒出白烟，白烟在地上飘拂，接着划出一道弧线，然后，消失在我的眼帘里。

沉默的羊子

那一刻，我听见那隐秘的声音传来，轰响我耳膜。那是来自久远时代的密语，我儿时听见过，现在又听见了。全拜羊子所赐。

扶贫对象：杨凤英

扶贫干部：曾庆喜

地理位置：百里洲羊子庙村

我曾在一篇小说《闪灵》里写到了羊子庙，庙里供奉着羊子。小说里的羊子——得道的人被供奉在庙宇里，村人信奉它的指令，每每遇到难以启齿、难以决策的事情，就来询问羊子，向羊子讨教。有趣的是，那些难事终于等到了石化的羊子的回音。

事实是，羊子庙这座庙宇供奉的不是石化的人，而是石化的山羊。而且，石羊在20世纪60年代末70年代初被锯掉了脑袋，并推入长江里。但我认为自己没有虚构，因为石羊至今仍留在羊子庙人的心中。

庙宇早已毁，石羊沉没江水。而羊子庙村的一位信佛的老妪，竟然周游全国大小佛寺，终于在四川某寺院里请来一对小石羊和一对菩萨。老妪在以前羊子庙的遗址重新修建了一间很小的房子，供奉这对菩萨。而这对石羊，应村人的要求，矗立在路口两边。它们低调肃穆而满目悲悯，望着来往的村民和路人，迎接来村的客人，似乎告诉人们：再沿着公路走进去，就是羊子庙村了。

这个小村庄在精准扶贫的今天，与众不同吗？

这次，不是我主动联系的，而是别人主动联系上我。他是羊子庙村1组低保户杨凤英的帮扶人曾庆喜。他联系上我，正是因为那篇小说《闪灵》，他偶然读到，遇见我后谈起小说并纠正道：“羊子庙村村民敬奉的石像乃石羊非石人……不过，那也没什么关系，你可以再写写石羊，邀请你对我采访。”

曾庆喜与我同龄，说话幽默，一两句话后，喜欢发出“扑哧”的笑声，缓解还不太熟悉的关系，给人轻松感。再加上他细高个子，走路慢吞吞的，双手划桨一般前后摇摆，又给人喜感。这会加快我们之间的交流。

曾庆喜要求我多去几次他的扶贫对象杨凤英的家。自己多看看，眼睛比别人的嘴巴更可靠。

羊子庙村靠近镇上，全是村村通的公路，车子畅通无阻。我第一次跟着曾庆喜去他的扶贫对象家，坐在他的车上，下大堤，一弯一拐，再一弯一拐的，闭眼呼吸间就到达了目的地。

看见羊子没有？喏，那——他减速，停车，指着路口大柳树下面的石头，给我看。公路折向一条小路的拐弯处，两棵大柳树下，蹲着两块石头，模样矮小，左右相对，却看不出羊样。我探出上身，睁大了双眼。看是看见了，模样灰不溜秋的，要不是他提醒，我百分之百地错过。

错过不要紧，只要多来几回，肯定会看见的，那不只是石头。曾庆喜哈哈笑了，右手拍着方向盘。

杨凤英的家庭情况和扶贫情况如下。

基本情况：杨凤英，羊子庙村1组人，63岁，患有严重的风湿病。丈夫40岁因病去世。儿子胡子林39岁，单身，患有间歇性偏执型精神病，家里有一口池塘，四亩田，种植棉花。

扶贫措施：目前被列入低保户，2015年申请到危房改造资金，修建了砖混结构的大瓦房，购置了部分电器、家具和厨房用具。三四年来，自来水报装费减免，享受家庭医生签约服务，享受农村意外伤害保险。

杨凤英家就在公路边，家门背向路口。屋后的竹丛茂密修长，在7月的骄阳里笼出阴凉。屋前，有耸入云霄的银杏树和橘子树。右前方的堰塘周围有几棵杨柳，歪斜身体，快要栽进池塘里。堂屋前后门均打开，我们坐下。风儿贯通，那阴凉兀地钻来，犹如一个古老的物件包围了你，冷气贴上皮肤，笼罩全身。

杨凤英刚好从园田里打猪草回来，一身汗水。斗笠下，黧黑的脸庞晶晶亮。“稀客稀客。”她笑着招呼我们。我不由得多看了她几眼。她的皮肤紧实，脸颊骨突出，看不出一丝皱纹。眼睛却是难得地清亮，那清亮磁铁般吸引了我的目光。我在心中感叹，她年过六十了？这是农村老妇？看看那眼睛，没有60岁老人的浑浊，更没有农村老妪的委顿。

曾庆喜向她介绍了我。

我顺口接上询问她，是否介意将他们家的事情化成文字。杨凤英愣了下：“文字？就是印在书本上……然后就有人读到？”

“嗯，大致是这个意思，不过还要我叙述中肯，您也认可，关键是，我能反映一些大家关心的东西。”

“大家关心的……有哪些？”

“比如您的家事，过去和现在的家庭变化，比如当下农村最紧要的现状。”

“不就是关于精准扶贫的事情吗？”

“是的。”我点头，脑袋迅速做出判断，杨凤英不是一般的农妇，不如……我干脆递出询问，“您如何看待精准扶贫？”

“以前我家不差饭吃，现在也不差，房子嘛……”杨凤英侧过脑袋，左右看了下新修的大瓦房，继续说，“凭心讲，比以前的确强多了，可是人心里啊总缺点儿什么……”她摇头苦笑。

“您继续说。”

此时，她的儿子胡子林抱着床褥出屋。他身体虚胖，双腿呈外八字叉开，典型的罗圈腿。抱着被褥的他，鸭子一般的走姿一下吸引了我的视线。他走出堂屋，准备将被褥拿出去晒晒。看上去，他有些腼腆，白皙的脸庞竟然泛出潮红，一丝微笑挂在脸上。那微笑像小孩子的微笑一般，轻而脆弱，又心无旁骛。

“子林，你早上吃药没有？”杨凤英问道，“别骗我啊。”

“吃了。”胡子林挂好被褥，摇晃着身体经过我们面前，却目不斜视，微笑着，一直伴随他回到房间。

“唉，他老是不按时吃药，还偷偷地倒掉一些药丸，当我是傻子，不听我的话哦。”杨凤英愁容满面，脑袋轻晃。曾庆喜补充：“是啊，他就只听他叔叔的，叔叔的话是圣旨。”杨凤英微笑着咧开嘴巴，上下眼睑堆积出细长的皱纹。我心一动。

“叔叔是……”

曾庆喜解释：“在东头住，就是胡子林爸爸的弟弟，名叫胡昌祥。”

“您刚才说心里缺点儿什么，能详细说说吗？”我问道。

“你都看见了，家里就这样，想想就让人着急。”

“我懂，您的意思是，精准扶贫不是吃喝拉撒那么简单，还有精神方面的，嗯，简单地说，就是心里要舒服。”

“是这样，不过我思来想去的，我儿子这个样子，就是命，有什么法子。我可以不想，但不行啊，我风湿病本来就伤脑筋，行动不方便，也不晓得还能活几年，子林都快40岁了，以后的日子……你说怎么能不想？由不了自己。”杨凤英站起来，左甩下腿子右甩下腿子。“扶贫，脱贫，要精准，像我家的情况，我真不知该说什么。”

“大姐，还是有变化的，您愁是愁，可心里大致还是有定准的。”曾庆喜摇晃着细长身体，嘻嘻地笑着说，说完，抱起双臂，笑看杨凤英，似乎在问：“大姐，我说的对吗？”

杨凤英笑而不答。

我不大明白他们的对话，但又听见内心里有个声音在提醒自己，他们的话宣而不告，有些哑语性质，似乎不愿说破什么——因为我是外人？

杨凤英站起来，要去剁猪草。我跟着站起来，追问：“您介意我写出您家的情况吗？”

“没事，你不那么具体就行了。”

“行的，我会在地名、人名，还有其他基本信息方面做一些处理，而且，完成后，会征求您意见的。”

“那行，我们继续聊吧。”

杨凤英家的情况要从他们的婚姻讲起。按照杨凤英的口吻，婚姻是他们家命运的定时炸弹。如何定时法？我心中猜测，大概，儿子胡子林的精神病发作，使一家人伤透脑筋又无能为力，是标准的炸弹爆炸。但事实呢？

杨凤英家的房子是用胡家的老房子改造的。丈夫胡昌吉是老大，叔子胡昌祥是老二，还有两个妹子，后来一个嫁到襄阳去了，还有一个18岁时患病死了。胡家家底薄，一直穷，穷得家里经常揭不开锅，红薯稀饭、南瓜稀饭等是日常主食。杨凤英记得，20世纪60年代末70年代初吃大锅饭时，凭票吃饭，而饭票曾给胡家惹出大事——公社发的三个月饭票，婆婆一时大意弄丢了。婆婆难过极了，感觉害了一大家人，想不开，竟然上吊自杀了。胡昌吉那时才十四五岁，为了不使家人饿坏身体，每天带着弟弟胡昌祥到处挖野菜，捡别人剩下的食物。寒冬腊月，田野都是空的，野菜什么的都被挖空了，怎么办？他一个人到池塘里挖藕，给家人充饥，以致落下了伤寒后遗症，肺部感染，时不时就咳嗽。

说到这里，杨凤英稍稍停顿了下，才补充细节：“我记得那年，刚好是1970年的春节，我受父母之命，给他们送来了一袋子谷糠和半桶白米，我姑父拉着我快哭晕过去了。”

“您姑父？”我吃惊地抬起脑袋。

杨凤英点头：“嗯，就是子林的爷爷，我们两家是亲戚。”

“亲戚？是带有血缘的近亲？”我嘴巴不受管，径直送出我心里的话。

杨凤英的头重重地点了一下。

沉默的风刮来，刮走外面闹哄哄的太阳和聒噪，朝我浸淫，我皮肤一下子冒出鸡皮疙瘩。

“怎么这样……近亲是不能结婚的。”我失声叫道，打破了那可怕的沉默。真的，近亲结婚的后果不能设想，我的诧异有些激愤，试图唤回那逝去的漫长岁月到眼前，然后郑重其事地劝诫，却是徒劳。现实的废墟就在眼前。杨凤英无奈地笑了笑，愣怔着眼睛。此时，眼珠呆滞泛黄。那清亮成为传说，浑浊委顿，一个63岁的农村老妪的真面目呈现在眼前。

“我们是家长之约，没办法。其实，那时候我明白，我们是亲戚，有血缘关系，不能结婚。可胡家太穷了，娶别人家的女孩子做老婆娶不起的，双方家长的意见……我们没有辩解的份儿。”杨凤英叹气，很长的气息，炊烟似的飘逝，最后缓缓地归于死寂。

“如果子林是个女孩子，情况就会好多了，据说，近亲结婚的夫妻，生育的女儿比儿子出现病患缺陷的概率要小——这也只是据说而已。”

曾庆喜插话，打断了死沉的寂静。他的插话，实际是缓解气氛——那死亡一般的气氛，经由30多年的分解，仍旧阴魂不散，一旦笼罩，谁也逃不脱，哪怕是我们这些外人。

“昌吉真不错，家里的大小事，他全都包揽，他是个好人，心疼我们，我真的是……可是，人的命啊，就那样定了局，我们哪有翻天的能力？”杨凤英摊开双手。汁液已经干涸的双手，干枯，裂纹清晰。她看着双手——似乎上面布满了命运的密码，她要瞅住，瞅出破解之道。

“昌吉大哥是怎么去世的？”我问道。

“农药中毒，那时我们还是一大家子人，就住在这里，老房子比这个新房稍微大一些。老二昌祥也成了家，一家大小就住这个老屋……”杨凤英扬起右手，朝新房子画了一圈，“那时，家里有九亩田，全都种植棉花，到了夏天，棉花开花挂果，虫子特别多。为了提高产量，非要打农药治理虫子，田多，自然选择剧毒性的农药。昌吉不要命啊，一连几天不歇，背着农药喷雾器在棉花田里打农药。打的正是‘保棉丰’，那毒性不得了，昌吉又不戴口罩，而且他的肺一直有问题，咳嗽不断，他不管，就那样背着农药喷雾器在棉花田里整天穿行，结果……”杨凤英闭上了嘴巴，很快，她抬起脑袋，眼睛眨巴下，继续说，“结果中毒了，抬到医院，还没上手术台就死了。”杨凤英垂下眼睑，再次沉默。

唉，这是以前某些孤岛农民的共同遭遇。我叹气，说道：“我母亲也是，多次中毒，好歹都救过来了。”

杨凤英偏过脑袋，嘴唇动了动，似乎想说啥却没出声。曾庆喜在一旁“哎哎”道：“就算像你说的，是命吧，但话说回来，你小叔子昌祥真是好人，人不错，所以，你别想七想八的。”

都是好人，就是命痞。杨凤英偏起脑袋，嘴巴紧闭，似乎在思考，似乎在发笑，那时的模样一点儿也不像农村里上年纪的老妇。我再次瞥见她眼睛里的清亮光芒。

曾庆喜接着又宽慰杨凤英，还说到了胡子林大病救助的申请。胡子林的房间门开了，胡子林走出来，仍旧微笑，仍旧是面色潮红。

“我叔叔来了。”

胡子林的话音刚落，一个中等个子的男人从晒场那边的小路走来，头戴一顶斗笠，手里提着竹篮子。篮子里有白瓜和葡萄，还有一坨瘦猪肉。

“嗨，老胡，你来了。”曾庆喜站起来招呼道。

这就是胡昌祥，胡子林的叔叔。

男人走进堂屋，摘下斗笠。居然是一个光头，脸上也是精光，一双眼睛特别有神。他把篮子递给杨凤英："去把葡萄洗了大家吃，这坨瘦肉刚买的，新鲜着，中午就做了吃。"

杨凤英接过竹篮子，先拎出瘦肉——一阵风吹过，带着肥膘的一坨瘦肉散发出诱人的香味。奇怪，平常闻到肉腥味就恶心的我，这次居然嗅到的是撩胃的香味。

"子林，今天吃药了吗？"胡昌祥问道。

"吃了。"胡子林给叔叔搬椅子，请叔叔坐。胡昌祥坐下，仰着脑袋看胡子林，小声说道："子林，我心里有数，你那药刚好今天吃完，咱们下午过江去医院再开药去。"

"要得，我是有几天忘记吃了，还剩十来颗，你不怪我吧。"胡子林张开嘴唇，双手搓来搓去，五官全都张开，露出孩子般的开怀笑容。

"不怪你，但以后要记得吃药，我每天都来看。"胡昌祥摆手，吩咐的语调郑重严肃。

"哎，妈，你快点儿做中饭，我和叔叔下午去城里拿药。"胡子林叫道，又拉过一把椅子，挨着胡昌祥坐下，又伸手在胡昌祥的右臂膀上摘下什么，枯草还是丝网？或者其他？杨凤英在厨房里"唉唉"应答，声音里全是笑意："你呀，心里头就只有叔叔，我这个老妈是靠边站哦。"

曾庆喜站起来，也嘻嘻笑了。"杨姐姐，你看看，你还说心里不舒服，子林好着咧。"说着，曾庆喜看我一眼。我懂他的意思，该离开了。

我跟着站起来，收拾东西准备离开。胡昌祥也站起来，询问曾庆喜为胡子林帮忙申请救助的事情，曾庆喜说："材料都按程序准备好了，也递上去了，在等批复，应该问题不大的。"

"哦，那好，嫂子……"胡昌祥扯起喉咙喊道，"你看，咱们的帮扶人多得力啊，你以后少操心，真是感谢曾哥了。"胡昌祥双手搓来搓去，脸庞泛出一层红色。他真诚地留我们吃中饭再走。

曾庆喜抱起双拳，边走边感谢、告辞，我跟着走出堂屋。此时，我才发现，胡昌祥走路也是外摆，双腿朝外，不很明显，但是靠近了，不难发现。我脑海里不失时机地跃入胡子林走路的画面。

似乎有故事。

我问曾庆喜，曾庆喜伸出右手，及时制止我的询问："你有眼睛，自己去观察，而且你是作家，你知道，一些事情的真相，在于个人的辨认，与他人甚至众人的言论都没有关系。"

"好吧，你介绍下胡昌祥的情况吧。"我退一步，想出一个折中的问题，说道，"他年龄似乎要比杨凤英小一些。"

"你对杨凤英印象如何？"曾庆喜不接我的话，倒问起我来。

"人很坦率，不过，63岁的农村妇女，又没刻意打扮，怎么来说，都应该是老态相，她却不，尤其是那一双眼睛，清亮清亮的，惹眼。"

"这样的人，活得明白。"曾庆喜感叹，"你既然问到了胡昌祥，我不妨讲讲，他是条汉子。"

"胡昌祥并不是胡家的亲生儿子。"曾庆喜的第一句话就让我脸颊拉长。我双眼愣怔，目光凝滞在他的嘴巴上，似乎那里是个魔洞。

"你别这个样子。"曾庆喜笑下，继续说。

胡昌祥是胡家老太君过河捡来的一个流浪儿。那时，胡昌祥两三岁，感冒发烧，没有吃东西，躺在堤上一堆垃圾边等死，约莫一口气吧，双脚简直踏进鬼门关。一群臭苍蝇拢来，几乎要抬走这个孩子。老太君本来走过很远了，但耳边老是不清净，似乎嘤嘤嗡嗡的苍蝇缠上了她，喝令老太君停住脚步。老太君被苍蝇弄得心烦，只好回到垃圾边看那孩子。老太君伸手摸孩子的鼻子和额头，感觉烫手，太烫手，感冒高烧到了危险地步。老太君缩回手，不住地叹气。她从小就在羊子庙里跟着大人拜羊子，慈悲为怀。慈悲下，心里却打鼓，家里本来穷得叮当响，再多一张嘴吃饭就更难了。可是，羊子的训诫，又怎能违背？老太君想了想，决定先抱回家再说。回家后，她只身先到羊子庙里拜祭石羊，并许诺，孩子能活下来，她就留下孩子。拜完羊子回到家，老太君将孩子洗干净了，又搭一条凉毛巾在额头上，给他灌了几口米汤。

谁晓得，一夜醒来，孩子不烧了。

老太君遵守诺言，留下了孩子，取名胡昌祥。虽然是捡来的孩子，却被胡家像亲人一般对待。

胡昌祥成家后，与哥哥胡昌吉两家住一块儿。一大家人生活艰难，却相处得和气。胡昌吉40岁那年打农药中毒死后，两家人还是住一块儿，两三年后，胡昌祥的老婆要求分家，态度强烈，并主动要求老人由他们夫妻俩赡养。

“他老婆要求分家……是不是发生了什么事情？”我插话问道。

“不清楚，他们夫妻俩有两个儿女了，要求分家过，还带着老人在一边，而且老屋留给了杨凤英母子俩，要求也正常。”

“是正常，不过，我总觉得，还是有其他故事。”我语气坚定地肯定自己的猜想，曾庆喜没搭话。

我忍不住了，继续说：“我刚才看见，胡昌祥来到杨凤英的家，他们真是开心啊，那气氛堪称其乐融融——我是说，真像一家人。”

“像不像不是我们外人说的，好多表面上的一家人，心隔得比太平洋还远，真不如人家。”

我心里重复了一遍曾庆喜的话。他那看似直白的话，其实有话外音，或许，是我自己想多了——想多了吗？直觉告诉我，应该有我没有理解的地方，之所以没理解，还在于一些事情我不知晓。

“胡昌祥现在的家庭情况，你介绍一下。”

“胡昌祥夫妻两人真是模范。种有六亩棉花田，上有82岁的父亲，下有两个孩子。老大是女儿，在恩施一个民族学校教书；老二是儿子，冒着超生的危险生下的，当时被罚了5000元，20世纪80年代的5000元……啧啧，不简单啊。现在他的儿子在外面打工，很求上进，也有能力，如今在一个上市公司做到白领了。”

“幸福的一家人。”我感慨。

“多亏了羊子啊，老太君才留下他，没想到，留出好家运。你看看，老太君的儿子，就是胡子林的爷爷，82岁了，要是没有胡昌祥，就只有胡昌吉——唉，不堪设想，杨凤英一个精神病儿子就忙得够呛，再加上82岁的老人……”曾庆喜摇脑袋，哧地笑了一下，接着说，“杨凤英本人风湿病严重，下不了田，家里四亩农田全靠胡昌祥，一年四季，胡昌祥没息慢过。儿子胡子林的精神病有好多年了，能控制成这样，也是胡昌祥的功劳。”

我突然想起什么，问道：“胡子林的间歇性精神病是什么时候开始的？”

“上初三那年，听杨凤英介绍，胡子林在物理考试时，突然口吐白沫，一头栽倒在地上。旁边同学扶他起来，他大喊大叫，见谁就打谁。杨凤英和胡昌祥把他带回家后，胡子林又犯病，看见杨凤英也打，还是朝死里打，疯狂劲儿很吓人。那次胡昌祥也挨打了，却是护着杨凤英被误伤的。”

我插话：“这么说，胡子林犯病时只认识他的叔叔？”

“就是，也可见他与叔叔的感情超过了母子感情。”

“你继续说。”

“嗯，胡昌祥带胡子林看医生，确诊为间歇性精神病，偏执型的精神病，一旦发病就会丧失理智，暴力倾向异常严重，下手也狠毒。奇怪的是，胡子林发了这么多次病，每次都是见谁打谁，但是，他叔叔胡昌祥除外。”

“除了关系亲密……难道他与妈妈杨凤英的关系不亲密？为什么？”

“你问我，我问谁去？”

“对了，他只是患间歇性精神病，还是初中才发病，也就是说，并非天生的……我能否推测，胡子林的精神病与他父母近亲结婚没有关系？”

曾庆喜朝我递来深邃的眼神，过了一会儿，仰起脸庞，看向天空：“这是命运之谜，他自己都不能解答，何况我们外人？”

“他妈妈杨凤英呢？”

“你究竟要问的是什么？我有些糊涂。”

“你不糊涂，你懂我询问的。”

曾庆喜哧地笑了，右手捂在鼻子上，“嗯”了声，才说：“我想，我明白你的意思——但我觉得这没必要。怎么说呢？这是我们性别的差异，我跟我老婆讲过杨凤英的家事，她与你一样，猜杨凤英与胡昌吉根本就没生孩子，为啥呢？我老婆说，杨凤英一再强调她知道近亲不能结婚，担心生下的孩子残疾甚至是个怪物，所以，她很可能拒绝与胡昌吉同房，但是，但是……”

曾庆喜没说下去了。

“我纠正，这并非性别差异导致——我们猜测，而你不猜测，因为你不用猜测，实际你心中更明白。”

“我明白啥？这真的是命运。”曾庆喜摇头，看向远方，“我和我老婆也一直没有孩子，一些事情不是没想过没假设过，但是，人都是孱弱的，所以才那么依靠亲人的力量支撑下去。我有时候真的羡慕，羊子庙村幸亏有羊子啊。”

我再次愣怔。曾庆喜在说什么呢？我不懂他话的意思，但对他提到的羊子，我很赞同。人世的凉薄，总是要人沮丧到绝望，我很早就领略了。然而，我们还在不断地憧憬着、期待着，就是因为羊子啊，他或它，实实在在地矗立在某个角落，看着我们，悲悯着我们，还点化我们的心灵。

我们的理解其实不是一条线上的。曾庆喜见我半天都愣怔着没动，强调道："你想知道的是事情的真相，而我无所谓真相不真相的，只是觉得，相对于真相，真实地活着，还能将命运的最低指数拉升一点儿，一切可以理解。"

我看着曾庆喜，心中顿生惋惜。这个银行职员，整天和数字打交道，真是可惜了，他要去写小说，说不准大有成绩。或许我的表情出卖了我的心思，曾庆喜看出了什么，哧地笑道："别以为我说了什么正经话，在这个世上混几年，谁都会晓得，能活着，都不容易，不容易啊。"

我第二次去杨凤英的家，还是跟着曾庆喜去的。

9月的一天，天气阴沉沉的，雨没下，闷热难耐。那天，曾庆喜主动约我去杨凤英的家，他为胡子林办妥了救助申请，拿着文件去道喜。

"来啦。"杨凤英招呼道，清亮的眼色扫我一眼，似乎她与我约好了。对曾庆喜的道喜，她没表现太多的喜悦，还是一副云淡风轻的样子。

曾庆喜搬椅子，我和他靠门口坐下。杨凤英正在晒场上洗床单，儿子胡子林不在家，说是跟着叔叔胡昌祥去宜昌看病了。

"为啥去宜昌看病？"我问。

"昌祥说，有个熟人跟他介绍，宜昌有位看精神病的老医生，很有经验。以前在上海某精神病院上班，现在刚退下来，住在宜昌，慕名去找他的有许多，生意打抢。老人干脆接受一个私立医院的聘请，挂起专家门诊。我们约了有段时间了，这次轮上子林，就去看看。"

"叔叔带他看过许多医生吧。"

"那是，总觉得还是有奇迹的，有希望就去试一下，他又不是天生的精神病，初三毕业那年才犯，是压力太大了。”

“什么压力？”我赶紧追问。

“升学压力啊，我的侄女侄儿，读书都是棒棒的，子林就喜欢跟他们比，结果比出压力来，得不偿失。”

“您侄女侄儿就是昌祥大哥的女儿和儿子？”

“对头，两个家伙可有出息了，不过，我儿子也不错，现在只要按时吃药，基本能控制。”

“那您还愁什么，放宽心，自有福气的。”

“话是这么说，但真不愁也是假话，有一天，我走路了——”我打断：“还有子林的叔叔啊，叔叔待他真好。”

“昌祥也老了，他有一天也会走路的，这是实情，那时候，子林……”杨凤英声音逐渐变小，眼睛又透出浑浊和委顿。我再次感受到，杨凤英是个老太婆了，她的精神支撑力量虽然强大，却还是有限的。

“别想太远啦，谁都不晓得以后自己会怎么样，所以能把握的还是眼前，快快乐乐地过好每一天才重要。”我的劝慰不假思索，透出一股夹杂了浓烈腥气的鸡汤味道，心中却为此辩解，鸡汤的作料少了，往往才有腥气，恰恰说明，鸡汤原汁原味。

杨凤英喝了我这碗鸡汤——也许，她也擅长给自己熬鸡汤吧。她点头说道：“是啊，人心总要知足，眼前过得去，将就过吧。”杨凤英微微半闭眼睛，眼角堆出明显的褶子。

我不知说什么了，一时出现了冷场。

前后打开的门，也不通风，风都被凝滞在空气里，形成压力，压迫我们的身体。我浑身都在淌汗。曾庆喜从房间搬出一个落地电风扇，风扇呼呼地吹着，吹出的都是热风。杨凤英仰起脑袋，看了看天空，说：“快了，要下暴雨了，那时就解凉了。”

洗晒好床单，杨凤英去烧开水，说要泡茶给我们喝，还强调，那茶是胡昌祥的女儿最近从恩施寄回的，上好的恩施玉露茶，味道好，也解凉。

曾庆喜哧哧地笑了："哈，大姐，胡昌祥把这么好的绿茶拿到你家里来，真是把你们当成自家人啊。"

"就是自家人啊。"杨凤英纠正。

"要我说，比自家人还亲，我羡慕啊。"曾庆喜补充，顺口出来的话，丝毫没有油嘴滑舌。

"那是，我弟妹都说，我们这里才是昌祥的家。"

杨凤英果然坦率，说话毫无遮掩。一点儿也看不出什么心机，倒是一派纯真。我的嘴里滚出一些话："大姐，您真是性格率真，我有话想问您，您若是觉得我的问话不合适，就当我是白问了，可以不回答，行吗？"

"你来我这里不就是问事情的吗？问呗。"

"嗯，大姐，子林的叔叔几乎就当您家为自家了，您的弟妹介意吗？她真的没一点儿意见？"

厨房的炊壶发出尖锐的哨子响声。杨凤英洗好了三个玻璃茶杯，又拿勺子舀玉露绿茶，接着，抬起脑袋朝我笑笑。我似乎捕捉到那笑意——我问的话，对她根本就不是问题。她的笑容短暂，很快侧过了脸，再转身去厨房，提出热气滚滚的炊壶。

三个玻璃杯，玉露茶叶缓缓沉落，茶水冒着袅袅热气，清香，碧绿。而屋外，紧绷的空气终于松懈，豆大的雨点落下，一个雨点呼应另一个雨点，再呼应更多的雨点，阵雨倾泻，在地上洗刷灰尘，鼓出水泡。风从前后打开的门贯通，来来回回地播撒清凉。

一口茶水下肚，顿时神清气爽。雨水敲打屋顶的声音，错错落落，铿锵有致。心思便漫游到往昔，更远的日子。古意浮现，苦夏，瓦屋，听雨。

我们三人端着茶杯，各自沉浸在雨水敲打的心情世界里。

还是杨凤英打破了这寂静。她喃喃自语道："也不知他们现在在哪里，这么大的雨，该不会在外面吧？"

我们都没答话，各自喝茶。一杯茶水见底时，杨凤英站起来，又给我们加开水，然后坐下，捧着热茶，捡起我刚才的问话："你刚才说到我弟妹——怎么会呢？我们这么多年，就是一家人啊。"

"她真的……比如，女人总是气量小，爱吃醋什么的，她真的没——"

杨凤英笑了，左右手交替捶打双腿。"我明白你的意思，女人的醋意，谁开始都有，我总觉得，那是幸福的表现。我弟妹人好，模样也俊，这么一大家子，靠的就是她的贤惠。"说到这里，杨凤英眯起眼睛，看向某处，仿佛那里有什么东西吸引了她。

我耐心地等待，她有话说。

倾泻的雨点收住性子，开始流露绵绵深情，在我们眼前编织细密的雨帘，雨水在地面铺出溪流，泛出小波纹，犹如小僧人在云雾中模糊的脸。

回去的路上，我在想杨凤英讲述的她弟妹要求分家的事情。

杨凤英说得简洁："我弟妹性情温和，不过，也有脾气，一旦下了决心，就无法更改。开始，我烦她的吵闹，她一个劲儿地要求分家，跟老人吵，跟昌祥吵，还跟亲戚们吵，唉，一颗心吃了秤砣，谁也扳不回。昌祥那次也不对，竟然出手打我弟妹，还出手恁重。我弟妹……呵呵，不躲也不让，就躺在地上承受。"

"结果，她赢了。"

"她要求没错……虽然那时我不理解，烦她吵闹分家，但后来……她不容易啊，这么多年来，一大家人，老的小的，操不完的心。她比我承受的更多。现在我时不时就想，换作我，我会怎么样？心中就不免犯愁。"

"就这一次，你们再没发生冲突了？"

"都忙，她上有老下有小，比我忙得多，我呢，又穷又困，一颗心啊，就爱愁这愁那的。”

“您到底愁什么，能具体说说吗？”问话一出口，我发现，做了近两个月的实地采访，自己又被绕到了开始。杨凤英这次没作声，脸上也看不出表情。她失望了，是对我，还是……

路上，我问曾庆喜，杨凤英老是说她愁来愁去，表面上看是为她的儿子胡子林，但两次近距离的接触，我倒觉得，不全是这方面的缘故。

曾庆喜哧哧发笑：“杨大姐啊，她曾跟我说过她的一个想法，犹豫了好久才跟我说的，当时听了她的想法，我也蒙了半天。”

“她的想法——难道是要……”

曾庆喜侧脸看我。

“是要……与胡昌祥组合成……”我实在说不下去了。

曾庆喜放声大笑，笑完，又瞪起眼睛盯着我看，仿佛我是一个怪人。“你是作家，写了不少小说，不过……我真不知如何表达。”

我有些羞愧，为那些猜测。为了惩罚我这低智商的猜测，我耐着性子，央求曾庆喜把他的意思表达完整。他长期下乡，定点扶贫羊子庙村，基层生活肯定锻炼了他，并馈赠他切合实际的人生经验。准确地说，是对当下农村的深切体验。他却摆手，否认经验。

“那是什么？请你说说。”

他想了想，才开口：“人性人心。即使在最底层，咱们也不要低估，低估他们，也是低估我们自己，何况他们深受羊子的感染。”

曾庆喜讲道：“还是今年春节的事情，杨凤英跟我逡巡过几次，才把她的想法说完整，说能不能把石化的羊子请到她自己的家里来。”

“什么意思？”

“她只说了自己的想法，说完就批评她自己，一个低保户，得了不少帮扶好处，还得寸进尺要起公家的东西来，自己这个穷困家，哪有资格请得道的羊子呢？真是人心不足蛇吞象啊。”

“你懂她的意思吗？”

“也不难懂，石化的羊子，被她请进家门几天，无非想供奉在家里，好生祭拜。也许，她可以在路口祭拜……那样，不大合适。”

“请到家里来？怎么请？都放在路口好些年了。”

“所以我就蒙了，问题实质还是，羊子在村里有威望。不过，威望局限在老一辈，我就想，建一座庙宇供奉羊子也有必要，然而，那又是我能办得了的事情吗？”

9月下旬，我在羊子庙村村委会里，遇见一个村委会干部，再次了解到一些情况。

杨凤英其实经常在晚上去拜祭羊子。“拜祭什么呢？为她的儿子胡子林吧。”遇见杨凤英几次的一个村委会干部猜测说。村委会干部又补充：“也许还为了他们胡家一大家子人吧，杨凤英他们都是很有家族观念的。”

听到这里，我想起曾庆喜告诉我的，胡家与羊子的渊源较深，老太君因为羊子的感召收留了胡昌祥，胡昌祥在大哥去世后，成为胡家的顶梁柱，这是何等的恩泽？只有他们自己知道。

这些细节的浮现，我一时有醍醐灌顶之感，羞愧感顿生。

这是我第三次去杨凤英的家，没有预约，独自一人闯去。从村委会出来，就奔向杨凤英的家。竹林森森，古意盎然。新房子在其中，有些逍遥味道，事实上，我这个词语用得大错特错。杨凤英一家的困窘，我不能因为他们一家人的某些从容而淡化。

杨凤英正在堂屋里接听电话。不知发生了什么事情，她有些失态，眼眶发红，声喉哽咽，一连说了两个“怎么办啊”。接着，又呜咽了声，说道：“我对不起她（或者他）……”

我想退出去，来不及了。她看见了我，稍微露出笑脸，右手指着椅子，要我坐下。我坐下，她闪身到后面的厨房继续接听电话，声音小了弱了，但呜咽还是清晰。约莫半杯茶水的工夫，杨凤英从厨房出来，又恢复了云淡风轻的神情，依旧是那句话：“来了？”

似乎，我们约定好了。

我没问，杨凤英主动说起她刚才的电话。是胡昌祥打来的，他在医院里，正带着老婆看病。老婆上午在棉花田里摘棉花，突然昏倒，幸亏被邻居发现，告诉了胡昌祥。而那时，胡昌祥正在杨凤英的棉花田里摘棉花。

“情况呢？”

“人是醒过来了，具体情况……”杨凤英眼眶红了，一层水液漫溢，眼角的皱纹又重重地堆积，“我弟妹，这是太累了，她也是57岁的人了，都是因为我啊。”杨凤英声喉哽咽，偏过脑袋，右手抹了下眼睛。

“您别难过，情况不会差的，现在医疗条件好……再说，”我脑海灵光一闪，脱口而出，“再说，还有羊子保佑你们胡家的。”

“羊子，你也知道啊。”杨凤英低垂脑袋，抽了下鼻子，很快又把脑袋抬起，任由泪水在脸上奔流，“我一直愧对他们，心里难受，真难受……”她仰起脑袋，吐出一口气，而半侧的脸庞一片湿润。

羞愧顿生并肆意漫延，像雨水一样濡湿我的全身。我真的误读了她，曾庆喜说得丝毫没错，我低估了人性人心。

“不晓得我弟妹怎样，羊子保佑她好起来啊。”杨凤英站起来，双手不自觉地放到胸前。她的急躁和无奈一目了然。我劝她别急，羊子一直关照胡家的，这次也不会例外。

“你知道一些事情？”杨凤英惊讶地问我。

我点头。

“那么，你知道，羊子是可以显灵的……可他从不说话……我家的老太君以前教我们，遇事别着急，先要问问羊子，要懂得羊子最喜欢的德行就是，凡事要将心比心。”

我站起来，耳朵像兔子耳朵似的竖起来。这是朴素的民间认知，也是来自田野的道德戒律，羊子岂止是一尊石头雕塑？

杨凤英坐下来，继续说：“我真的是愧疚，多年来……只恨自个儿能耐有限，今生无力回报。”杨凤英垂下脑袋，泪液模糊双目。我从包里翻出一包纸巾，递给了杨凤英。杨凤英抽出纸巾，再抽出一张。

“咳，我这个遭业（当地俗语，穷困、命运不好的意思）的人，得益太多，却没有能力回报，老是给别人增添麻烦，还伤人家的心，我愁啊……”杨凤英摇头，牙齿咬紧了嘴唇。

她再次站起来，朝外看：“子林应该快回家了，不行，我必须去医院看看她，我等不来了。”

“子林去哪里了？”

“在棉花田里摘棉花。”

“上次他叔叔带他去宜昌找专家看，还真有效果。”

“嗯，是有效果。”说着，杨凤英转脸看我，抱歉地说道，“我要去田里找子林回来，你在家等我下，然后我行下方便，坐你的车去医院看看。”

等了一会儿，杨凤英母子俩推着一辆木板车回家了。木板车上是一个纯白色的大包袱，鼓鼓囊囊的。我们称呼为大花包，我熟悉，因为这大白包袱主要是塞棉花的，故而称呼为花包。

“都是子林摘下来的棉花？”我吃惊地问道。子林的脸上笑出红晕：“我叔叔摘了一大半。”

杨凤英简单交代了下胡子林，坐我的车出发了。

在镇医院，我们见到了胡昌祥。他老婆正在输液。没有大碍，是因为劳累过度引起的突然昏厥，多加休息便可。杨凤英一听，紧张的脸色放松下来，露出了微笑，那样子有些惊喜。她偏转脑袋，朝我递来她清亮若露水的眼神。接着，她双手合拢，竖立胸前，微微低下脑袋，侧脸挤压出的笑容从褶子中逸出。

那一刻，我听见那隐秘的声音传来，轰响我耳膜。那是来自久远时代的密语，我儿时听见过，现在又听见了。全拜羊子所赐。

沉默的羊子，你始终在啊。

而路口的那对小石头，曾庆喜戏称为“羊子”的，我没有理由不信。

后　记

2019年8月14日，天气闷热，白花花的阳光铺满了大地，而空气拉紧了弦，紧绷绷的，一场暴风雨似乎在酝酿中。

我来到了羊子庙村再次采访。杨凤英屋前的晒场上堆满了物件，全部是农产品：玉米、辣椒、花生。刚从田里收上来，正在赶太阳晒着。还有，竹帘子也撑开放在两条长凳子上，上面晒有棉花。

真是令人眼花缭乱。

我恭喜她农田丰收了。她满脸喜滋滋地跟我絮叨她这年的收成。此际，一个妇女风一般地走来，脚步嗒嗒作响。妇女取下了斗笠，人还在晒场那边，声音就先到。

“凤英，二妮子回家，给你捎了风湿膏药贴，是他们去越南旅游专门给你买的，效果好得很，还有什么军膏，也是专治……咦，来客人了。”

妇女——不，是一个老妇，与杨凤英年纪不相上下，却比杨凤英看起来粗壮、精神。她取下了斗笠，朝我看来，笑了笑。我明白了她是谁，杨凤英的妯娌，胡昌祥的老婆。

头发花白的妇女，行动处两腋生风，好一个快人快语。生活屡次告诉我们，这样性格的女人，直爽，真诚，说话不拐弯抹角，很好相处。妇女走进堂屋，边走边喊："凤英，你进来下，我告诉你怎么使用这些膏药。"

杨凤英放下手里的活，走进屋里去。我坐在屋檐下。屋檐下，一棵大樟树带来一大片阴凉。

"凤英啊，这贴片是蛇骨风湿片，睡觉时贴在膝盖上。这军膏呢，我给你仔细说下，听二妮子说，在越南的军事博物馆才能买到，以前是专门给军人用的。为啥呢？因为越南山多雾多瘴气浓，军人在林子里穿来穿去，不免就会得风湿，骨头疼啊、神经错位啊，怎么办呢？越南的医生就研究出一款专门用于治疗军人风湿的膏药，效果是立竿见影。后来不打仗了，膏药不只军人能用，老百姓也能用了。你试试看，每天坚持擦，边擦边按摩，肯定有效果的……"

"二妮子他们呢？回家也不来我这里，忘记我这大娘了。"

"怎么会？外孙子有些拉肚子，估计是水土不服，一家人赶早就回去了。"

两个妯娌拉着家常，比亲姐妹还亲。我几乎能看见她们俩的日常，相互帮衬，相互疼爱。生活啊，哪怕再千疮百孔，只要坚持下去，还是会春风吹拂阳光普照的。然而，你接受了春风，还须送出春风。你沐浴了暖阳，还须分出你内心的光照。

杨凤英正是如此想，才生出遗憾。

杨凤英的弟妹戴上斗笠，朝我挥挥手，走了。

天空陡然收走了阳光。杨凤英顿时着急了，赶紧收拾晒场，一边收拾，一边咕哝。她在担心——胡昌祥带着儿子胡子林去棉花田里忙去了，眼下似有大雨来。她看看天，说道："千万别淋雨弄感冒了。"

我帮着她收拾，把辣椒捧进袋子，再拖进堂屋里。杨凤英收拾棉花。她的弟妹又回来了。"凤英，要下雨了，我帮你先收了玉米，前些天，昌祥已经联系好买家了，价钱不错，说是明后两天就来家里收。”说着，她挥舞双臂，收拾起玉米来。

天空耍了个心眼，敛起脸色，还沉下光芒，却始终没送出雨水。

杨凤英的弟妹再次离开。我和杨凤英坐下来，唠嗑，关于收成和她儿子胡子林的病情。

玉米马上要卖出去，辣椒也要卖出去，一亩三分地的红辣椒啊，全堆家里了，赶急。幸运的是，即将售出，买家是曾庆喜约的人。可不是三五个人，而是七八个人，他们买了准备自己做豆瓣酱的。

至于棉花，杨凤英说：“今年太阳大，晴天多，棉花肯定是好收成。”

而胡子林的病——杨凤英高兴起来，自从胡昌祥带胡子林到宜昌找专家看了几次，到现在还没发病过，这是她最大的收成。“明年啊，我和昌祥商量了，子林的病情再巩固下，就出去打工。曾庆喜介绍的，就在孤岛的一家虾菌生产基地，跟着去学点儿技术。”

从前的暴风雪

是从前的暴风雪，朝着裸露于大地的人们倾轧，倾轧，穿透一个又一个时代，覆盖无情到冷酷的沉寂。荒芜而开阔的荒原，风雪还会再来，那一刻，房屋倒塌的声音清晰，这是弱者的唯一声音。

扶贫对象： 杨春天

扶贫干部： 乔先森

地理位置： 百里洲李家坑村

1

9月末，秋雨淋漓，带来了深秋的凉意。雨声缠绕耳际，母亲却要回孤岛。母亲已是75岁的老人了，而且腿关节一直疏松。我极力阻止。她在电话里说："我要马上赶回去，我大姐过世了。你别管我，我包了一辆的士马上走。"

通话终止。我盯看手机，直至黑屏。我知道，母亲已经决定的事情，谁也阻拦不了。她的大姐，是她曾经的大嫂，我大舅舅孩提时定下的娃娃亲。我应该喊她大舅妈，但那似乎没有说出口。她的名字……我还是用化名——杨春天，这是个富有纪念意义的名字。

许多年前——80年了吧，那个春天，我三外公三外婆从江口坐船回孤岛，在船上遇见一个女孩，瘦骨伶仃的，她快要饿死了，瘫坐在甲板上，朝上船下船的行人乞讨。"饿……救我。"三外婆从包袱里抽出一根油条递给女孩，女孩一手捏着油条一手抓住我三外婆的衣服不放。三外婆试着松开女孩肮脏的小手，却无效。女孩三两口吃完油条，另一只手也一起使劲抓住三外婆的衣服，喊道："姆妈，带我回家。"三外公皱眉，驱赶女孩，但赶不掉。

几乎是死缠烂打，她跟在我三外公三外婆后面回家，成为他们的养女。三外公三外婆多年没有生育，也希望这个捡来的女孩能带来弟弟或妹妹。这做法在农村很普遍，也比较灵验，说不清楚缘由。两年后，三外公三外婆有了自己的亲生女儿。那个春天，改变了我大舅舅和这个捡来的女孩的命运。故而，我将她化名为杨春天。

我大舅舅排行老大，下面有六个弟妹，外公外婆面临的生存压力可想而知。但我外婆出生在读书人家，知晓读书的重要性，七个子女，都上过学堂。我大舅舅更是读到高中再上大学，这还要归功于我三外公的援助。我三外公年纪轻轻就掌控了长江沱江段的水运，是沱江段有名的杨老板。三外公是将我大舅舅当半个儿子养的，而现在有了养女，三外公与外公两弟兄为了亲上加亲，便将杨春天和我大舅舅定下了娃娃亲。那年，我大舅舅十岁，而杨春天六七岁光景。孩提时不明白，初中、高中时，大舅舅在外读书，已经接受了新思想，因此坚决反对，死犟着要求解除这门娃娃亲。可惜都没作用，大舅舅于是越发拼命读书，期望离孤岛越远越好。

我大舅舅大学毕业那年，正值抗美援朝战争爆发，三外公担心事情有变化，催促外公叫大舅舅回来成亲。我大舅舅是被外公骗回来的。外公说他生病严重，担心不久于人世，想念儿子。大舅舅只好马上回家，一踏进堂屋，就被命令明日成婚。大舅舅不同意，与我外公和三外公闹翻了。最后，大舅舅被绑了起来，被迫与杨春天拜堂并送进了洞房。

那个晚上，大舅舅来了一个惊人的举动。他先是口头上服软，表示自己认定了这门亲事，让家人解除了戒心。接着，配合闹洞房的亲朋好友直至深夜。万籁俱寂时，他借口上厕所，转身逃掉。从新房里逃出，一直向南，经过长江的南边支流南河，到达荆州区的松滋，然后从松滋绕到宜都再绕到江北，然后参军直奔鸭绿江去了。

抗美援朝战争中，大舅舅立下了赫赫战功。

抗美援朝战争结束了，大舅舅南归。他被派去云南昆明工作，在昆明某军工厂担任工程师。从此，大舅舅在云南昆明生活了。孤岛只是他的故乡，一个遥望和想念的地方。探亲成为大舅舅归乡的一个替代词，也确定了客居身份。从云南到孤岛的探亲，每一次，大舅舅都带有固执到令人头痛的任务，那就是离婚。

“必须离掉，我们是包办婚姻，没有生活基础。”这是大舅舅的理由。杨春天就问：“生活基础是什么？”

“说话，你和我……”大舅舅耐心地伸出右手竖起食指，指指杨春天，又指指他自己的心口，“各是各的，不在一条线上，说不到一块儿去。还有，我们的思维也不一样，无法沟通交流。”大舅舅的右手拍拍他自己的脑袋和嘴巴。

杨春天沉默了。

大舅舅很有耐心，一遍遍地重复，不厌其烦地重复他的诉求：“我们还是离婚吧，彼此相差太远，早些离掉早些解脱。”

杨春天沉默。

这一沉默就是3年、5年、10年、20年、30年……她的沉默就是答案。自己给予的答案，恪守中，她消瘦枯萎，直至风化成一枚坚硬的果核。

大舅舅开始是商议：“我们离婚吧，早离早解脱。”她沉默。

然后是大舅舅写成协议书，递给她，要求她签字按手印，她沉默。

然后是大舅舅求她答应：“我求你了，放过我吧，请你在协议书上签字按手印。”她沉默。

再然后，舅舅也没有什么话了，只是固执地递上协议书。她沉默。

…………

沉默，沉默。沉默构成了他们两人相对的主要风景。

20岁，30岁，40岁，50岁，60岁。人生有几个10年啊？岁月若水流，滚滚东逝，竟真的没有留下一点儿痕迹。沉默的风，沉默的雨雪，沉默的时光，沉默的一块铁板。

青春，他们是什么样子呢？我们表兄妹聚在一块儿，就不免猜想那些年轻的时光。杨春天她是什么样子？青春，注意是青春，可以比喻成绿叶、鲜花、白云、朝阳……然而——那些皱纹蛛丝网一般爬上她的面容，一双大眼睛如晚烟般哀愁又默然，瘦弱细长的身板在很少穿鞋子的脚板支撑下晃来晃去……除此，我还能想起什么？

记忆中，她走来走去，戴着一顶大斗笠，在太阳下，在风雨中，在风雪中。风一般的速度，扫过我的眼帘，再风一般地消失。我们从不曾说过话，所以，我不曾喊过她什么。舅妈——不现实，婶子——难为情，哎——也不需要。她的沉默，构成了一面墙壁，一堵遭受了风霜雨雪侵蚀的墙壁，沧桑而坚硬，竖立在我们面前。我母亲叹息，这个哑巴，倒是说话啊，哭两声也好。她不哭，也没闹。但是，她不离婚。

然而……

大舅舅60岁生日会那天，回到了孤岛。我外公他们老一辈的人几乎都已不在世上，而我也是大学生了，19岁。我们亲人为他祝寿。他是专门返乡过他60岁的生日的，当然主要还是……

就在我外公的孙女家里，我们为大舅舅祝寿。杨春天来了。一跨进门槛，她的沉默瞬间渗透给我们每个人。空气凝结出默片，近似盲区的默片。说不出意味，比空白还空白。时间便衍生出许多绵软的小尾巴。3秒、10秒、20秒、半分钟……没想到，杨春天说话了，对着我舅舅："今天是你60岁的寿宴，我不请自来了，主要是我们那个事……我同意。"

杨春天坐下，一张皱纹密布的黑瘦脸看不出任何表情，她继续说："你那个协议，我现在就签字。"

我小舅舅小舅妈请杨春天上桌吃饭，杨春天很固执地摇头。我母亲喊了声"大姐"，又下桌子请她："大姐，我们一起吃个饭吧。"杨春天还是沉默。大舅舅也下桌子，请她上桌一起吃饭。

"我吃过了，赶在你吃寿面之前来祝贺。"

是的，我们孤岛风俗，一切真诚的祝福，都是在仪式开张前，祝福才会有效。杨春天顿了顿，又继续说："还是在你吃寿面之前签下协议书，那样好些，你等了那么多年。"

大舅舅与杨春天签下名字。杨春天走了，没说任何话，也没任何表情。我小舅妈和母亲在后面喊她大姐，送她出门，说着什么，她们的声音充满了歉意，夹杂了莫名的令人哽咽的歉意，却如此单调机械。

我10岁前，一直住在农村。那时，我们住在一个村里，村名叫李家坑，都是3组人。两家相隔两个堰塘，我家在一个高台子上，杨春天的家在堰塘边的一块平地上，很显眼。

她的家就是一个壁子屋，是用芦苇混合砖石黏土垒筑而成的简陋房屋，两部分，各自分有前后两间。第一部分，前间是堂屋，后间是厨房；第二部分，前间是卧室，后间是牲畜屋。站在我家高台上，若是秋冬，尤其是冬天，万木凋零，四野荒芜，她家的壁子屋尽收眼底。

我7岁那年冬天，鹅毛似的雪花漫天飞舞。大人们说，这是暴雪，暴雪落孤岛，从不孤行，会带走什么的。会带走什么呢？我们小孩家不管，心里是丝毫不打折扣的兴奋。这大棉被一般的雪还在加厚加长。整整三天两夜，一刻也没停。好大的雪，那么白，一统天下，天地茫茫真干净。厚厚的白填满我的眼睛，又飘进我的血液，凉寒的寂寞感，消弭了气味和声音。站在我家高大的青石门槛上，我静静地站着，呆愣出神。那个雪天，站着才是唯一，仿佛那是来自上天的旨意。

而我被唤醒，因为杨春天壁子屋里冒出了炊烟。弯曲的炊烟在白雪世界醒目，它呈现蛇形，淡蓝色，却使它们的心性执拗，袅袅地冲向天空。但炊烟变形了，蟒蛇变成了黑风暴，粗壮、浓厚，黑漆漆的，呛着鼻子和眼睛。接着，那哀恸的哭号声传来。

"我的屋……"

暴雪下，杨春天的壁子屋不堪重负，塌了半边，而火塘里的火遇到干燥的夹壁燃烧起来，又因暴雪的水分而烧得哽哽咽咽。

“大姐。”我母亲一阵风似的跑出去。

幸好，杨春天的夹壁子屋只塌了后面的部分。她拒绝我母亲请她来我家暂住的要求，窝在那个残垣断壁的房间里，守着雪化，守来天晴。她去河边挑来沙石，并用平时捡来的破砖瓦——已经堆积成山的破砖瓦，掺和了水泥，一点点地修葺蜗居。

她挑着两个大箩筐，在打着哨子的冷风中来来去去。寒风锻炼她的身子骨，贴画一般，贴在我的眼睛上。那个孤独者，那个沉默人。春天时，夹壁子屋修好了。阳光清新亮丽，夹壁子屋却看不出焕然一新，恰如她的面貌，陈旧沉默，却也是安妥稳固。

我10岁那年，我们家搬到镇上。杨春天离我更远了，我们仿若处于两个世界。

时不时，母亲会说起她——母亲到村里，总忘不了去看看她，母亲是在念着杨春天的恩情。母亲说：“我大姐是个讲情义的人。”

“你大舅舅老说，他与我大姐没有共同话题，不在一个思维上，但是，他不晓得，我大姐其实与他一样，只是……”母亲的概括，走在时间的后面，沦落为毫无用处的叹息。

杨春天对我母亲有恩情。母亲快20岁时，学了一门手艺，就是杨春天托人给母亲介绍了一个裁缝师傅。母亲学会了缝衣服，有了这门手艺，在农村能解决吃饭问题，还能养家。母亲的话，引发我的回忆。10岁前我们家在村里，每到秋收后，母亲就会被别家请去做衣服。孤岛秋收，主要是棉花丰收，而棉花是被褥、衣服的主要原材料，到了年前，每家每户多少会准备辞旧迎新。而逢到婚丧嫁娶的大事，母亲更是忙碌。这与母亲的手艺有关，还与母亲的人缘有关。母亲出工一天大致三元到五元钱，遇到贫寒的人家拿不出现钱，可以赊账，还可以用棉花和粮食替代，甚至什么也没有的，母亲也答应。那时，我们家有八口人，祖父母、母亲、小姑姑、我们三姐妹，父亲在镇上医院当外科医生，工资少，还不时到省里进修。一大家子的吃喝拉撒，基本依靠五亩棉花田和我母亲出工缝纫衣服挣的钱维持。

母亲的念叨，充斥在我们的饭桌上，耳提面命地提醒我们——即使与杨春天处于两个世界了，杨春天也不会从母亲的记忆里消失。

杨春天被列为五保户了。

杨春天自己养了一头猪，还常常被别家请去捡棉花挣点儿零用钱。

杨春天身体健康，很少去医院，更没有住过院。

杨春天那个老壁子屋已经破得不像样子，都歪斜了，村里准备推倒重新修个土墙屋。可杨春天不干，坚决不干，只要求在以前基础上修葺一下。

杨春天哭了，因为她养的一只名叫波尔的小羊死了。

母亲仔细讲述的是2008年的一件事。

2008年冬天，湖北大雪好多天，一场暴雪也袭击了孤岛，整整下了两天两夜。又是暴雪，暴雪落孤岛，从不孤行，会带走什么的。杨春天的夹壁子屋又塌了，这次不是塌了半边，而是“全军覆没”。幸好，杨春天听到噼啪声，就跑出了房屋，躲过了一劫，人好好的，毫发未损，这是幸运。母亲在饭桌上传达她春节回村里的见闻，说到了她的大姐杨春天。

我放下了筷子，有些难受——耳边和脑海里均是一个图景：白雪皑皑的大地上，她家的壁子屋在冒烟，开始是淡蓝色的蛇形炊烟，接着是浓黑的烟雾，再接着是她大声哭号：“我的屋……”

“后来呢？”

“夹壁子屋早就该换了，你不晓得，毕竟是壁子糊成的，不隔风，还潮湿，冬天那才叫冷，又冷又湿——她怎么挺过来的？想不得。唉，这下正好是机会，村里就给她修了一间砖瓦结构的房屋，不大，却安稳。”

“你一个人去看她的？”我问母亲。

“不是，我和你大舅舅，你大舅舅因为有病，身体不方便，难得那次去看我大姐，可大姐看也没看你大舅舅一眼。”

我垂下脑袋，“哦”了一声。

我上大学，参加工作，结婚成家，为人母，经历一些大小不等的世事。每次听见母亲的感叹，均是以轻轻的叹息作为回应。仿佛，这样的沉默才能呼应我记忆中的沉默。仿佛，沉默这一课，似乎始于杨春天；亦仿佛，沉默更贴近生活的本质，杨春天很早就给了我这一启示。

2

杨春天的家庭情况和扶贫情况如下。

基本情况：户主，杨春天，孤岛李家坑村3组人，孤寡多年；2018年84岁，于9月24日在家中去世。

扶贫措施：60岁后被村委会列入五保户；2008年，夹壁子屋被暴雪压塌后，村里帮她建造了一间土墙屋；2015年，配置了一些电器设备；2016年，免费安装了自来水；2017年8月，修建了简易的室内厕所。

精准扶贫活动开展以来，杨春天有专门对接的扶贫干部，名叫乔先森。我开始听成了“乔先生”，以为是村干部开玩笑，用网络语言“先森”来称呼这个扶贫干部的。或者，这人自身幽默细胞多，感染人，导致对方不免以幽默回应。待我看见白纸黑字，才明白，人家名字真的就叫乔先森。乔先森不是我们本地人，十堰人，大学毕业后，分配到枝江市某局工作，尔后在枝江安家，现在年过四十，也是半个枝江人了。

村干部介绍，人与名字刚好相反，乔先森为人严肃，不大爱说话，也不大爱笑，不过，还算尽力。我没见过乔先森，也不打算采访他。怎么说？因为扶贫对象杨春天的情况，我比他更清楚。

而且，杨春天已经去世了。

我还是要写写，记录下来，她的故事、她的命运、在生命大门缓缓关闭时她的心灵。我相信，我的回忆和某些辨认化成文字时，我不是在重温一些感受，而是在重新认识，认识那些身处命运低谷的所谓贫困者以及他们的困窘，那里有大片大片的长期被遮蔽的沉默地带。而这样的沉默地带，往往才有灵魂最真实的身影。我相信赫拉克利特的话，我也多次引用，不妨再次引用："灵魂的边界你是找不出来的，就是你走尽了每一条大路也找不出，灵魂的根源是那么深。"

然而，每个灵魂都渴望被解读。只有解读，灵魂才能彼此靠近。命运，从来就是我们共同的课题。

杨春天孤单单地离世了。

发现者是我的二舅妈，她家与杨春天的家相隔很近，隔一个菜园，都在一个堰塘边的平地上。但我二舅妈也是年过八旬的老妪，腿脚不方便，而且左眼失明，遇到阴雨天只能待在家里。24日正是暴雨天，雨连续下了两三天，到26日中午时，天空才收敛性子，减速变为绵绵细雨。我二舅妈出门到菜园摘青菜，发现杨春天家的大门紧闭。

杨春天家的大门从来都是随着天亮而洞开，天黑而关闭的，多年来都是如此。二舅妈就去敲杨春天家的门，没人回答。再拍打，再放声呼喊，也没人回答。随即，她明白了，杨春天走了。二舅妈喊来了她的儿子，接着喊来了村委会干部。

乔先森和我母亲是同时到的。乔先森急匆匆地跨进门，奔进杨春天的卧室，然后声喉哽咽地喊道：“婶子，你昨天上午还要我给你买罐头。”是的，母亲在床头柜上发现吃了一半的橘子罐头。这是杨春天最后的食物。

天气很冷了，暴雨后的村子，浸淫了早冬的寂寥清寒。送行的人穿着毛衣。杨春天的尸体已经被清洗干净，还穿上呢子衣服，戴上一顶绒线帽。呢子衣服和绒线帽崭新，是乔先森前些日子给她买的。呢子外套下的衬衣、裤子和皮鞋，是我母亲请人到镇上现买的。棺材也是现成的，杨春天60岁那年就给自己准备了棺材，她84岁躺进去，按我母亲的话说——“迎来了落心瞌睡”。

我母亲烧掉了她大姐的所有衣服和被褥，还有那快要成古董的雕花木床和雕花衣柜，那是她的养父母——我三外公三外婆送给她的嫁妆，花纹繁缛，做工精雕细琢，材质主要是楠木，现在几乎难见，也算是宝贝了。统统烧掉，现世不留，来世才有。母亲守了她大姐一个晚上，想必也哭了。第二天早上送她火化，母亲没有跟去，只是在村里等待她的骨灰回家。中午时，杨春天的骨灰送回来，埋进了村里的公墓。母亲烧纸燃香，还请阴阳先生写了码子，将杨春天的头七、二七和三七一并准备好，再烧掉，五七母亲再亲自去烧。我母亲说，别人走路后该有的程序，大姐一个都不少。

下午，我到渡口接母亲回家。母亲一身疲惫，双眼红肿，她一上车就倒在座椅上睡着了。我什么也问不成，只有等待，等待母亲休息好后再问。

其实，我没注意，那天在渡口，与母亲一起坐船回来的，还有杨春天的扶贫干部乔先森。但乔先森性格内向，与我母亲也不熟络，即使与母亲同时待在杨春天的家里，一起为走路人送行也没缩短那陌生的距离。下船时，两人没说话。故而，我也没注意到他。后来，我母亲说，就是那个骑摩托车的，脑袋有些秃顶了，看人愣愣的。

“他也熬了一夜，守到今天大姐火化葬进公墓。”母亲补充，就这点来看，这个扶贫干部不错。

“他太沉默了，应该多跟你大姐交流。”我不同意母亲的判断，以冷硬的语气回应，心中却又自知，我的“不同意”站不住脚跟，便“唉”了声。

“这两天下暴雨，人家乔先森头天还守在我大姐家里，难为他了。”母亲停顿了一下，又接着说，“我以前也遇到过姓乔的一次，就在大姐家里。那场面可难受了，他们俩都不说话，我一人在那里说来说去的，唱独角戏一般，好没意思，不晓得他们如何沟通。”母亲摇头。

我生气了：“那扶什么贫？对于孤寡老人，村委会都列入了五保户，吃穿不愁，愁什么？还不是没人唠嗑，一颗心都是冷的。”

“瞧你……”母亲瞥我一眼，不满地撇嘴巴，“你又没见过人家，又没跟人家打过交道，随便就批评，要不得。”

“但我说的是实话，我做了那么多采访，我也有扶贫对象——”

“扯那么远干什么？”母亲伸手摇摆，打断我的话，“我大姐啊，我还不晓得她的性格，能怪人家吗？其实，她自尊心强着呢，是不大会跟人家说她的事情的，说她的贫啊困的，哪能不说到她身世……你看看，从小是捡来的，连父母是哪个也不晓得，跟着我三爹三妈他们，实际上也是使唤的丫头。”母亲摇头。“成人后，娃娃亲害惨了她，没有丈夫，没有儿女，没有亲人，生来就是孤孤单单的，特别是你大舅舅大婚日子跑掉，后来几十年闹着离婚……她哪一天不是在油锅里煎熬……”母亲别过了脸，右手抹了下眼睛。

我无语。不是乔先森，就是我吧——我与她好歹沾亲带故，若我去做她的帮扶人，我能有本事打开她的心扉与她交流吗？我没一点儿把握。何况，还谈什么宽慰那颗寂寞清冷的心……

什么也做不了。沉默就是她的底色。

那里，幽暗的苔藓已经遮蔽了灵魂的本色。那里，灵魂的关卡已经封锁多年，开启意味着朽垮。然而，关于灵魂——谁又能充当能者？谁又能轻易地描绘出它的场系？甚至，谁又能说出它的一两处细节？哪怕自己的灵魂——正如，我们总是难以了解自己一样，我们也不了解自己的灵魂。

母亲遇见乔先森那次，是春节后不久。

母亲回到娘家，照例去杨春天家里坐坐，遇到了扶贫干部乔先森。乔先森坐在一边，屁股下的椅子朝后翘起，他手里端着茶杯喝茶。杨春天忙进忙出，一会儿给猪喂食，一会儿拾掇房屋。母亲坐下，主动招呼乔先森，两人简单介绍了下自己，又归于寂静。

杨春天终于坐下来，却拿起针线缝补一件外套。母亲问她，眼睛还能看？说着，伸手要去夺杨春天手里的活计，杨春天挪了下身体，母亲的手落空。

乔先森抬起脑袋看我母亲一眼，却代杨春天回答了，没有言辞，而是点脑袋，似乎还“嗯”了一声。一个绷线的小洞，很快，杨春天缝补完，折叠时才说话，不能看也要看。然后，杨春天拿烟锅烧起叶子烟，抽起来。乔先森也点起纸烟，一口一口地抽起来。母亲到处转，看了厨房和猪圈，再看了菜园子，一切照旧，没多出什么，也没少掉什么。母亲就回到二舅妈家了。

我差点儿忘记这个细节。杨春天唯一的嗜好就是抽旱烟。她有一个很长的烟袋，烟锅儿装进烟叶，星星点点的火星闪闪烁烁。她抽一口，鼻子里喷出烟雾，再抽一口，抽得啪啪响。辛辣的烟味在纹路混乱的烟雾中扩散，再蛮横地侵袭周围的空气。烟雾丝丝缕缕地缠绕，蛛丝网一般隔绝她的面目。天气不好时，她坐在屋子里烧旱烟抽；天气好时，她搬把椅子坐在外面，跷着二郎腿烧出呛鼻的辛辣烟雾。经过她家门前的堰塘时，小孩子全都涕泪泗横，连大人也是。

但有什么法子？那是她的嗜好，等同于她的一日三餐。她的菜园里，除了种蔬菜就是旱烟。换句话说，旱烟也是她的口粮。那辛辣刺鼻的口粮，在三餐饭之余沁入心脾，蛛丝网般的烟雾后面，她的面目模糊。

母亲又说："你二舅妈他们晓得，乔先森虽然话少，但来这里也勤勉，有一次还带了他家人一起来的，那次给我大姐带了一些礼物。"

接着，母亲说起杨春天住院的事情。

2012年秋天，杨春天被人家请去帮忙捡棉花，一大花包100元。杨春天连续捡了四五天，第六天飘起了小雨。杨春天担心炸开的棉花被秋雨淋湿，抢着收回家，就一直守在棉花田里。雨水不大却寒凉。杨春天也是78岁的老人了，一点儿都不退缩，冒着秋雨捡完那家的棉花田。下午，送大花包给那户人家，到人家家门口，她就晕倒在大花包上，吓死那户人家了。

感冒发烧，疲劳，全身作痛，还有心跳过速。母亲慢慢地列举那次杨春天的病状。那次，杨春天昏睡了一天一夜，母亲他们姊妹几个听说了，很担心，都赶来了医院。那户人家也在，生怕出现意外，一直守在杨春天的床前。

杨春天醒来了，一看是陌生地方，马上坐起来，就是哭号。

我很意外，插话："她哭号了？"

她哭号，喊了声："我的屋……"

我和母亲面面相觑，同时陷入沉默。彼时，沉默是最好的语言，唯有沉默才匹配杨春天那时的心境。而沉默拈出了同为生命的惺惺相惜，一瞬间，我有些理解乔先森的内向无言了。

过了一会儿，母亲继续说："'我告诉大姐，这是在医院里，你的屋好好的，你放心好了。'结果，她嘴唇一哆嗦，双脚就跳到地上，要回家。医生跑来，拦住她，强令她回到床铺上休息。她不干，还说道：‘我身体好好的，住院干什么，越住院越要我的命，不住不住。’她帮忙捡棉花的那家夫妻都劝说，住院费他们负责出，每天他们送饭菜来，只求大姐养好病。大姐才不管这些，也不说话了，只是坐着，干坐着。等医生走人，她猛然站起来，转身离开。”

“回家了？”

“回家。她说的没错，住院她会住出大病来，只有回家合适，反正也就是感冒加上疲劳的缘故，回去好，她会安顿好自己的。”

“难得，她了解自己。”

母亲半张着嘴巴看我，她也许不理解我的话意，也许我的话引发了她的一些思考，也许是我根本就无法知晓的原因。关于母亲，我作为女儿，又了解多少呢？

与母亲分别时，母亲突然说了句话：“我大姐嘛，其实，她习惯了只有她一个人的空间。”

这或许是最好的解读。要不，那大段大段的沉默，也就无解了——没有回音的隐蔽，多少会让同类悲哀。与其说母亲是在解读她大姐的灵魂，不如说是在安慰她自己。

这是我们共知的，杨春天每年到了秋天就没闲过，一直帮别人家捡棉花，她是捡棉花的好手。钱多钱少都没关系，她一般不拒绝，主要是与天老爷抢时间，哪怕是帮别人。

母亲说：“去年秋天，我大姐还帮人家断断续续捡了10天棉花，说是怕下雨，要把棉花抢回家。83岁的老人了，她也不需要那些钱，真是无法理解啊。”

抢着好天气，把棉花抢回家，我太熟悉了。我今天看来，“抢”恰如一次次的练习，练习抗争，与老天爷抗争。是这样吗？我眼前闪过杨春天一阵风似的背影。我脑海中又闪现出达尼·拉费里埃的诗句：

我们并不活在同一时间里，

即便当我们两个人

都在这个房间里的时候。

过去，决定了我们理解现在的方式，

对于每个人的密度却不一样。

前几年，我还见过杨春天一面。那一面是在我大舅舅的葬礼上，杨春天赶来了。

居住在昆明的大舅舅离婚那年也就退休了，退休后找了一个老伴儿。老伴比大舅舅小，有两个儿子和一个女儿。老大结婚后，在贵州安家；老二单身，一直在昆明闲逛；老三是个女儿，是昆明某区歌舞团的演员，收入低，消费高。舅舅很疼爱那个女儿，也接济不少。老二找大舅舅借过几次钱，再借钱时，大舅舅不干了，老二掏出了刀，“啪”地放在桌上。大舅舅没理，但晚上睡觉时，他就觉得枕头不平，挪开枕头，发现一把刀，大舅舅抽出，扔到垃圾桶。

64岁时，大舅舅又独身了，回到了湖北，在我这个小城居住。后来，我三外公的大孙子——我的大表哥给大舅舅介绍了一个老伴，我喊大舅妈。大舅妈两个女儿出嫁了，只有一个儿子，儿子没考上大学，在家门前摆摊做生意。大舅舅成为这个家庭一员后，就琢磨着如何帮这个儿子学会一项技能养家糊口。再三斟酌，他决定发挥自己的专长，拿出大半生的积蓄，办起一个简易的车辆修配厂，带领儿子修大货车。儿子跟着大舅舅学习修大货车，两三年后，基本能独立操作了。依靠这个修配厂，儿子结婚成家，建起三层新楼房，孙女读书考大学，修配厂扩大……

一晃，20年时间过去。但年逾八十的大舅舅身体每况愈下，患上严重的帕金森综合征，身体越来越不听大脑指挥，越来越笨拙沉滞，双脚在地上拖着，每移动一步，都会大口喘气。随后，语言中枢失灵，那些滚动的话语在他嘴巴里堆积，却找不到对应的出口。大舅舅看着我们，递出的手指颤抖，嘴唇哆嗦，然而，他忘记了我们的名字，忘记了他要表达的事物的名称。情急之下，他用双手捶打脑袋和胸口，眼泪滚滚，而后，跌坐在椅子上呜咽。

终于，大舅舅连上厕所也成为大问题，只能困卧床榻。他越活越小，从老年到中年到少年再到婴孩。哭泣成为他的日常，他在为那些失灵的器官而流泪，为走近的死亡阴影而流泪。我和母亲在他床边坐着，他偶尔会抬起右手，指指他的嘴巴和脑袋。是的，他心中明白，却无法与这个世界交流了。世界正在无情地启动一扇门，缓缓地将他与世界隔绝。

2014年深冬的一个凌晨，大舅舅过世了。刚好84岁，这是一道坎儿，农村有俗语，“七十三、八十四，阎王不接自己去”，大抵是命运这道坎儿难得过去的意思。舅舅撒手西归，灵堂设在城区的殡仪馆。可能是我母亲通知了杨春天，那天晚上，杨春天来了。

她刚好80岁，算得上高龄老人了。但是，她瘦弱的身板挺直，走路依旧是一阵风似的，花白的头发茂密，剪成运动头，用黑发夹别在两鬓。她的眼睛扫过我们，无视我们的招呼，点香、作揖、烧纸，而后坐在棺材的旁边，沉默下来。

沉默多么匹配这个老妪……仪表和参与的仪式。

而沉默又在她与我们之间竖起一道高大的墙，我们彼此不见，明明近在咫尺，却是远在天涯。墙壁那边的她安妥地回到她的心思构成的空气里。我闻到了陈腐的气味，那里有往昔，那里有无法言说的复杂心绪，那里还有被时间淋湿的人生况味。

扩散在空气里的她，多么虚无啊。

所以，我见到了她，哪怕与她近距离相处，她留给我的也只是一个轮廓，一个恍惚的存在。我无法描绘一些细节。

那天晚上的守灵，她坐了一会儿就离开了。去了哪里？也许是我大表哥家里，大表哥应该喊她大姨的，但她会去大表哥家里吗？似乎不大可能，究竟去了哪里？我们不知晓。但早上遗体告别仪式上和出殡火化时，她又出现在灵堂了，依旧沉默，依旧随身携带墙壁一般与我们隔绝。她的出现，带来岁月的沧桑霉味儿和厚重的沉郁感，向我们每个人告知，她来了，她在这里。

四年后，杨春天也过世了，也是84岁。这个数字外加“也”字，沉重了些，石头般堵在我心口，要我有些发慌，似乎提醒我说点儿什么。但说什么呢？这个令人恼火的数字，或者说，命运选中的一个结疤，你可以理解为碰巧，更多时候，可以阐发一些感慨，再由此提炼出一些类似人生真义的认识——天知道，这行为可笑至极。

还是沉默吧。

这里具备肥沃的土壤，自有生发的静物，会在某些特定的时刻，向我们揭示一些秘密。也许什么也没有，只有沉默本身。荒芜的沉默，浩瀚的沉默，寒冷的沉默，坚硬的沉默。我想到艾略特笔下的荒原，混沌开阔的荒原，以沉默包容了一切的荒原，要人无法忽略那样的存在。即使忽略，又有什么紧要？我们触摸的那一刻，心为之一动，长久积压不得解的心事兀地被点化，即可。

有时候，我会反复问母亲，杨春天就真的没有……我不知如何表达。半头不落的话，自然也没答案，没答案，我又问。次数问多了，母亲也揣摩出我问话的意思。

“你是说，她没重新找个伴——怎么可能呢？我大姐她那个性格，唉，一生都是孤零惯了，人又在农村，还那么大年纪了——当然她年轻过，可那时候是什么时代啊？怎么会呢？”

“可人的本能，都是排斥孤独的，都在有意无意地排遣孤独。杨春天算是高龄老人，84岁啊，这么长的时间……”我摇头，不是我不相信，而是我感慨不已时的习惯性动作。

“你这么一说，我倒想起……”母亲住口不说了，整张脸木然。她那样子似乎在想什么，也似乎是在考虑，告诉我合适不。

我被吊起胃口，催促母亲快讲。母亲被催着急，淡淡地说道：“也不是什么事情，还涉及她的帮扶干部乔先森。”

2016年下半年，乔先森见杨春天身体硬朗，又会攒钱，曾经提议她找一个老伴搭伙过日子。杨春天没理，但乔先森却上心了，在一个雪天，真给杨春天带来一个老头儿到家里来。

老头儿是李家坑村2组的，姓熊，年纪比杨春天还小五六岁，也是命不好，娶了两任老婆，都死了，也没有留下儿女，长期孤身一人。但身体硬朗，人也勤快，还会写毛笔字，尤其擅长书写对联。老头儿一进门，杨春天就站起来了，一张老脸拉得老长。老头儿与杨春天是熟人，但是杨春天的扶贫干部介绍他俩……于是，熊老头儿开宗明义，愿意倒插门到杨春天这里搭伴儿过活。杨春天摇摆脑袋，又举起右手打断熊老头儿的表白，然后出门找跑掉的乔先森。乔先森在堰塘边抽烟，杨春天上前摘掉乔先森的烟，丢下两个字：胡搞。

杨春天回家，赶走了熊老头儿，一直生闷气。她不晓得，究竟是乔先森调查了她一些过往，还是巧巧的妈生巧巧歪打正着了？把熊老头儿居然带来……

我的心提起来——这里有故事，还有些悬疑，不可能是母亲的讲述技巧，而是事件本身，或者说，生活曲折性的显影。

母亲笑了，双手交替拍打双腿："是有些故事的，但那又怎么样呢？不值一提啊，连插曲都算不上。"

"您千万别下结论。"我有些激动地反驳，并要求母亲讲讲那过往。

"不用讲，你猜都能猜到，我大姐没那心思的——不过，人心都是肉长的，谁都怕人家莫名其妙地对自己好，怕落下人情债心里有了负担。唉，熊老头儿老早就是孤身一人了。多年前，曾经时不时就来帮我大姐做些事情，包括她那壁子屋，起屋也好，修葺也好，熊老头儿帮了不少忙。"

"那时，杨春天还没离婚，自然避人闲，不仅不理熊老头儿，还一个劲儿地冷落和开赶。无论怎么冷落开赶，却怎么也赶不走。那熊老头儿倒深情……有年秋天，杨春天感冒了，一直打寒战，全身发冷，只好窝在床上躺着。熊老头儿晓得了，晚上，他端来了一钢精锅鸡汤。那天下雨，淅淅沥沥的秋雨，又凉又湿。熊老头儿一身都是雨水，湿答答的，站在家门前，浑身滴水。熊老头儿喊杨春天开门，杨春天不理，也不开门。熊老头儿喊了大半天，也不奏效。"

"眼看手里的鸡汤快要冷了，他连声叹息，告诉杨春天：'你不想理我，我晓得，但我这些年一片真心，你有眼睛看着，不会假吧，看在这情面上，还是把鸡汤收下，趁热喝掉，我走了。'说完，转身离开。"

"回去时，雨水已经收住手脚。但他出事了。"

"过堰塘时，路面又窄又滑。熊老头儿可能心情也不好，也可能是年纪大了，晚上又黑灯瞎火看不清楚，脚没落稳，人掉进了堰塘里。他在池塘里扑腾喊救命。路过的人看见了，将他救起。熊老头儿是一身雨水地赶来，现在又是浑身湿透了回家。一回家，人就栽倒在地上，发烧、咳嗽、浑身都疼，特别是脚踝处骨折了。那一次，熊老头儿差点儿把命丢了。"

我忍不住笑下，笑声短促，发出尴尬的嘁嚓声。母亲也跟着笑下，无声的笑，但她右手在眼睛上抹来抹去。

“后来，杨春天不是离婚了吗？是不是因为熊老头儿，她才答应离婚？”

“胡扯。两码子事情。不过你这么一扯，我倒是突然明白，我大姐为何死活不答应熊老头儿了。”母亲觑我一眼。

“死活不答应？您是说，熊老头儿还真的向杨春天那个——”“求婚”这两个字，我觉得不大适合杨春天，硬是把它憋回了肚子里。

“那一年，刚好杨春天答应离婚，她年龄也56岁了。熊老头儿知道了，喜滋滋地请你二舅妈帮忙说媒。你二舅妈觉得这事情有眉目，以前嘛，杨春天不同意，是因为那个婚姻的名义还在，有夫之妇，当然要守妇道，不能理睬熊老头儿，可以理解，要不就是大伤风俗了。现在她孤家寡人，一个人也过得清苦，而熊老头儿呢，这么多年来默默地帮衬杨春天，不求回报，任凭杨春天如何冷落也不计较。你二舅妈也看在眼里，答应了熊老头儿的请求，于是去找杨春天。没想到，杨春天一改平常的沉默态度，恶狠狠地骂了你二舅妈，还轰走了她。熊老头儿不死心，干脆不请媒婆了，自己跑来，还带了许多彩礼来说。话刚开口，杨春天就腾地站起来，二话不说，提起彩礼全扔到了门外，很不讲情面……她这是在警告熊老头儿，关于这事，想都别想。”

“可怜的熊老头儿。”我叹息，又补充猜测，“也许，杨春天就是死脑筋，认为熊老头儿比她年纪小，所以才拒绝。”母亲没听见我的话，也许我的关于年龄的猜测根本不值得她回答，她继续跟我说起杨春天的两个怪事。

“五年前，熊老头儿曾经送给杨春天一只小山羊。”

“杨春天叫那只山羊为波尔，每天都当宝贝女儿护着。早上送波尔去大堤边吃草，她就坐在一边看，等波尔吃饱玩够了，就带波尔回家。波尔也认人，跟屁虫一般跟在她后面，她走到哪里就跟到哪里。秋天时，杨春天帮别人捡棉花，波尔也跟去，在棉花田里等杨春天。要是看不见杨春天人影了，就会仰着脖子‘咩咩咩’地乱叫。收工时，她们回家，那模样可是整个村的笑谈。杨春天推着板车，板车上是一个塞满了棉花的大花包，大花包的前面是前腿蹲着的山羊波尔。下雨时，杨春天就脱下外套或者用一条围巾给波尔裹上。”

“去年8月，波尔生病了，一直病恹恹的。杨春天就把波尔放在她床前的踏板上看护，还带波尔去卫生室打针——”

“去卫生室？应该带波尔去看兽医才对。”我插话打断。

“唉，杨春天就是脑壳呆板，以为波尔真是她的女儿，这事让村卫生室的人一直当笑话讲。那个乔先森也是劝说她去看兽医，却奈何不了，就把兽医请到村卫生室来，冒充医护人员给波尔看病，波尔好了一些。”

“但是，三四个月后，波尔还是死了。”

“就是去年年底的事情，波尔死了，杨春天在床上躺了三四天，除了喝水，啥子也吃不进去。乔先森居然异想天开，带了一只小狗来杨春天的家，一进家门就喊道：‘波尔回家了。’那小狗汪汪叫着，跑进杨春天的房间摇尾撒欢儿。乔先森心好，准备以小狗冒充波尔安慰下我大姐，没想到弄巧成拙，惹恼了杨春天。她一骨碌爬起来，就晃着身子去村委会告状。村委会觉得这不是事情，安慰她几句了事。杨春天不满意，又坐船过江，找到乔先森的单位告状。”

“告乔先森什么呢？告他故意作弄孤寡老人，伤透了孤寡老人的心，他根本不懂得扶贫，要求单位收回这个对接她的扶贫干部。”

“杨春天这是彻底被激怒了。这告状……要说，乔先森的扶贫工作没什么不好，是真心对待我大姐的，我这个外人对他满意，大姐这次是在扯歪理……可从反方向想，她这歪理倒也道出了眼下精准扶贫工作的实质。归根结底，精准扶贫真不是仅针对吃穿住行，而是人心问题。而人心哪能三言两语就说清楚？杨春天状是告了，气也出了。返回时，乔先森就在码头等她，然后一起过江回家。再然后，乔先森还是杨春天的扶贫干部。”

听到这里，我脑海突然灵光一闪，波尔去年年底死了，而今年9月杨春天也离世，她的离世是不是因为波尔的离去？那个与她相依为命的小动物所带来的温暖和依靠，又哪是我们常人能理解的？总之，人世唯一的温暖没有了，孤独支撑的骨头也倒下，孤独碎成了碎片，却是更加荒芜的孤独。孤独终于收容了她的肉身。

啊，孤独。

“杨春天第二件怪事是，每年大年三十的中午，杨春天都会准备一大桌子的菜，请熊老头儿一起团聚。熊老头儿带来了写好的春联，在杨春天家的大门边贴上一副，再在厨房门两边贴上一副，还在杨春天的卧室门边贴上一副。吃团年饭，喝点儿小酒，再放放鞭炮。一番热闹后，熊老头儿就回家，背着双手，佝偻着腰背，神情却是陶陶然。那样子，任谁都清楚他的憧憬：在满心等着下一年吃团年饭。如此陆陆续续地，有十多年了。哪晓得，再没有了。”

母亲说完，“哎”一声，喝上一大口水。

“乔先森肯定听说了这些，就觉得，杨春天心里还是有熊老头儿这个人的，只是拉不下面子，或者没有中间人搭桥，平时才冷落熊老头儿。于是，他就冒头去拉郎配。这想法不错，而他那样内向的人，当起了媒婆，有趣。”说到这里，我忍不住笑了，笑完又说，“媒婆可是要技能的，起码嘴皮子功夫要好，他这是心有余而力不足。”

“嗯，外人看着，都觉得我大姐苦呗，乔先森的想法是不错，难得的是，他还抓准了问题，但是……”母亲的手机响了，有人在约牌。母亲“哦哦”答应，站起来，与我告辞，丢下一句话：“你写精准扶贫，好好写我大姐的事情。她真是苦了一辈子，这苦，主要是心苦，你看她那么勤劳，啥时候缺吃少穿的？可是心苦啊，谁能体会？你多琢磨下，也算是对她孤零一生的交代。”

母亲的话令我陷入沉思。

杨春天已经入土为安了，似乎脱贫一事也终结了。但是，这个刚去世不久的生命，在这个世界孤苦地走上一遭，不知来处，连死亡都是过期的——时间和原因均无法对接上印证，只留下猜想……孤零零的，疾走如风的身影。她的“贫困”穿行在岁月中，有时代留下的烙印，更有无法言说的命运之痛。

我不由得假设，要是我大舅舅服从老一辈的安排，安心与杨春天生活，然后夫唱妇随，然后生儿育女，然后子孙满堂，最后功德圆满地入土为安。

这表面的人生，看起来真不错。

可是，现实却不答应，连表面也不给。现实于他俩就是大旋涡，不停地旋转，转走他们的青春和盛年，转走他们健康的肉身，最后，遗留那双泅游于旋涡外面的双手。双手拍打，不过是练习抗争，练习自救，啪啪拍打出的大朵浪花，淋湿了观望者的眼睛。

那些浪花，旋涡周围的浪花，不断地盛开，在时间的隧道中滑行升腾，洁白，浩大，绵长，厚重。是从前的暴风雪，朝着裸露于大地的人们倾轧，倾轧，穿透一个又一个时代，覆盖无情到冷酷的沉寂。荒芜而开阔的荒原，风雪还会再来，那一刻，房屋倒塌的声音清晰，这是弱者的唯一声音。

“我的屋……”

我睁开眼，从梦中惊醒过来，大汗淋漓。我看见了那如铁的沉默，穿透我中年的人生，包围黑夜，要我愣怔，回到从前，回到我们终将踏进的一个共同的地方，但是，没有终结。我无话可说。

钟　声

普佑寺香火断断续续的，却也不绝。稀拉又节奏感颇强的木鱼声数着秒敲响时间。总在人心混沌时，钟声撞来，一下就撞到心头，撞出脆响，脑袋霎时清醒。

扶贫对象：蒋传德

扶贫干部：朱朝敏

地理位置：百里洲八亩滩村

1

2017年下半年，我与孤岛八亩滩村4组的蒋传德结成对子，成为帮扶者和被帮扶者。以后，我要隔三岔五地来八亩滩村了。在正式叙述扶贫事情之前，先说说我记忆中的八亩滩村的情景。

八亩滩村与我老家李家坑村毗邻，我幺姑婆婆以前就嫁在八亩滩村，她的儿孙辈现今还住在八亩滩村。毕竟多年没有来过了，记忆中的八亩滩村都是童年的村庄景象。

穿过望不到边际的棉花田，一直朝着东走，沿着公路笔直地走下去。大小堰塘、池子、沟渠镜片般亮闪眼睛时，村庄出现了。虽然是小村庄，但那里拥有大多数村庄缺乏的小集镇。集镇上的主街道路铺有青石板，青石板年代久远，磨光了轮廓，泛着青玉似的光芒，也消弭喧嚣，扩散寂静。街道两边开有铁匠铺、油坊、轧花铺、染坊、布庄，人口流动频繁。

八亩滩村名声在外，还在于一座寺庙，名叫普佑寺。普佑寺有300年的历史，是孤岛目前仅存的比较完整的寺庙。寺庙香火断断续续的，却也不绝。稀拉又节奏感颇强的木鱼声数着秒敲响时间。总在人心混沌时，钟声撞来，一下就撞到心头，撞出脆响，脑袋霎时清醒。那些散落在水塘和深潭边的古老树木，遮天蔽日，遮蔽出清凉无上的诗意。

哦，我记得的，那古老的洞庭树，俊逸轩朗，枝叶婆娑，要我们小孩子五个人才能合抱住。然而，树干有老刺，抗拒一切亲近。我们却无法抵制那诱惑，手牵手假装抱住的姿势，洞庭树就长在我们怀抱中了。

你能看出，20世纪七八十年代的八亩滩村古意尚存。那份无处不在的古意透露出这个小村庄曾经拥有的喧闹繁华和丰厚底蕴。

我印象中的八亩滩村的记忆应该是我八岁时看见的夏夜星空。那天，我去给幺姑婆婆祝寿。晚饭后回家，穿过一条小道，迎来一座深潭，那深潭名叫白龙潭——兴许出过白龙吧，我无法考证。那晚，星月当空，满地都是银光。夜风轻拂，黑绿色的潭水表面泛起缎子似的波纹，翻出潭水的内脏，交给那倒置的星河清洗，扯亮眼睛。青蛙鼓鸣，星光璀璨。母亲和两个舅妈的聊天声顿时消失，她们也抬起头。看，七颗亮星正在游移排阵，一把大勺子的形状形成了，是北斗七星。

小舅妈拱起双手，说，我们有福了。

我们都知道，看见北斗七星排出大阵的人是有好运的。回去的路上，我们绕过大小堰塘，走出村庄，穿过浩瀚无边的棉花田。星星在它们的八卦阵图中飘移，却始终闪烁于我们头顶，星光水银似的流泻，犹如舟楫推动我们，我们在夜航船上，有些恍惚出神。我们一路无语，沉默到家。

30多年后，我仍清晰地记得每个细节。30多年后的一个冬天的上午，我再次来到八亩滩村，去找我的扶贫对象蒋传德。

蒋传德的家庭情况和扶贫情况如下。

基本情况：蒋传德，68岁，百里洲镇八亩滩村4组人。老婆，路明月，46岁，在外打工，多年联系不上。女婿，邹国喜，38岁，在外打工，多年联系不上。孙女，蒋琴琴，14岁，初中二年级学生，在镇上初中住宿。现有耕地三亩，种植玉米、黄豆和梨树。蒋传德年老，并患有高血压和糖尿病，家里无劳动力，几乎无经济收入。

扶贫措施：纳入低保户，每月享受低保补助；享受养老金和医保代缴；享受产业扶贫资金；孙女获得贫困学生资助金。

再次踏上八亩滩村的土地，我竟然有小小的踌躇。土路大都被村村通的公路取代，那星座一般环绕的水塘大都干枯，一部分露出黑漆漆的泥土，泥土上堆积着一些垃圾，戳人眼睛。一部分堰塘改成了养鱼池，说不上什么滋味。令我万分遗憾的是，几乎难以捕捉到那些古树的身影。

转了个圈，去普佑寺。蒋传德在普佑寺那里开了一个小茶馆，人就守在小茶馆里。

门廊破旧，黑乎乎的，沧桑感扑面而来。门廊两边是木质结构的廊桥，两层，走上去，吱呀声不断，压在耳膜上，逼迫思维后退。那是历史的回声，紧随探询者的脚步，与时间勾连，向世人展示它的厚重感，也警示后人——不可小瞧这里的一切。

里面的院子却住了一些人家。两排的房屋相向而建，构成普佑寺的外围院墙。每排房屋紧挨着，均是砖瓦结构的平房。前面的寺院就是普佑寺了，白墙青瓦，却破旧，倒不失沧桑、厚重，历史斑驳的痕迹凸显。300年的时间洪流中，寺庙岿然不倒，自有奇妙在。它砖砌瓦盖木质结构，三间厅堂，分两殿四阁和正堂。寺庙西边百丈处有辅佐寺，规模是普佑寺的一半，形貌雷似，不过就是普佑寺的缩小版本，方位却相反。奇怪的是，当普佑寺的钟声敲响时，辅佐寺的钟声不撞而响，以声附和。我至今也没明白其中原因，仅仅以众人普遍认同的“回声”作为答案的一种。不过，钟声也好，回声也好，均是我童年的记忆了。

冬阳稀薄，却也给人暖意。

外面不断进人，看我几眼，走进东侧第一间屋子。那间屋子外面的烧煤筒子上，炊壶热气腾腾，沸水快要掀翻壶盖子了，发出欢快的呼啸声。接着，一个头发花白的老头儿搬出一张小方桌，在房屋阶檐下摆放好，两三个穿着臃肿的人搬出椅子，一对中年夫妇和两个男人围着桌子就座。老头儿手脚麻利，很快冲出热气腾腾的茶水，递给他们。

一声“开工啦”响起，打花牌开始了。接着，西侧房屋走来两三个男女，边走边吆喝：“蒋书记，我们仨老搭档外加新麻雀子（意思是新人），你来组合，自动麻将机不变。”

我凑过去看。里间是茶馆，抑或称为麻将馆。屋子不大，靠墙角的是折叠床，上面的铺盖卷起。另一墙角有一台饮水机、一张小方桌，桌子上摆放小电饭锅、几个暖水瓶和茶具。取暖器亮起红灯。空间有限，摆了两张麻将桌，一张是自动的，一张是手动的。

“蒋书记，来了稀客。”有个中年男人招呼道。

蒋书记——我突然明白，这个开麻将馆的头发花白的老人，正是我的扶贫对象蒋传德。蒋传德曾经是八亩滩村4组的老支书，怎么说也曾是一方头头儿，说好听点儿，应该是八亩滩村的表率带头人，现在却是扶贫对象。时光若烟，世事难料，其间有多少难言之隐啊。

我在院子里晃荡，看完普佑寺的正堂、西殿、藏经阁和讲经阁。没想到，讲经阁里，遇到一个头顶尼姑帽子的戴眼镜的老妇人。她右手执毛笔，正俯身于一张长方形的老书桌前抄写经书。旁边的香炉插有三炷香，袅袅烟雾背后，是半开的木格子窗户。由于光线暗淡，老妇人眼睛快要凑到纸页上了。我闪身上前，招呼老妇人，老妇人侧过脑袋，朝我看来。刀削般的脸颊上刻满了严肃和凌厉。

“您老忙，不搅扰了。”我不好意思退出时，老妇人扭过脑袋，张开嘴巴，“啊、啊”两声，手指着她的嘴巴。她是哑巴。

等我再次踱到麻将馆，村支书赶来了，姓张，是个清瘦的中年人。蒋传德迎上来。张书记清清喉咙，向蒋传德介绍我。

“我说咧，真是贵客，原来是我的帮扶人。”蒋传德哈哈笑着，递来双手，“欢迎欢迎，以后有劳了。”

我们就坐在外面闲谈。我拿出笔和笔记本，一边唠嗑一边记录。蒋传德“嗯啊”一声，侧过头问：“那个……你都要记下来，不光是为了工作吧。”

不愧是老支书，眼光毒。我笑着告诉蒋传德：“我有个计划，打算写下咱们孤岛上精准扶贫的一些事情。”蒋传德“哦”了一声，沉思一会儿，又说：“这么说，你这个作家写出来的，以后要成书，那可是人人都可能读到。”停顿下，蒋传德接着问：“你是我的扶贫干部，自然是你问啥我答啥，但是……我说的话你都要记下来吗？有些事情……看来我的嘴巴可要关紧一些。”

我忍不住笑了：“蒋书记您放心，关于您的篇章，我以后写成文字，会先给您看的，无论写谁，涉及隐私的，比如名字、地名什么的，我都会做一些处理，用化名，甚至打乱顺序。”

“那我放心了，咱们接着唠嗑。”

闲扯中，屋里面不时传来呼喊声。

“蒋书记，快来掺下热茶。”

“蒋书记，帮我们买几个包子来，还没吃早饭，饿肚必输。”

“喂，蒋书记，帮我顶几圈，我去拉肚子。”

“老蒋，你这回咋搞的，昨天就跟你说了要准备好旱烟的。”

“客人是你上帝，老蒋你别丢下我们不理啊。”

…………

大呼小叫不停。蒋传德应答不过来，干脆不理了，只是微笑着，带有尴尬的神情看向我们。“不得了，不晓得我们在忙正经事啊……”张书记忍不住了，拉长脸颊，迈脚走向屋里，准备压阵——蒋传德跟着站起来，拦住了张书记，哈哈笑道：“别，别冲动，我这不是好好跟小朱聊着……哎，莫冲动莫冲动……咋了？不给我老蒋面子。”

我拉住张书记：“没事，没事。”

“真的没事，这就是蒋书记的主要经济来源，人家来茶馆摸牌打麻将，图的不就是这个享受？”蒋传德在旁边强调：“我的衣食父母，得罪不得。”

“蒋老头子，你把打火机藏哪里去了？”屋子里有个女声喊道，我想起了“炮筒”，是个中年妇女吧。当然，孤岛人性子烈，尤其是女人，男人做的事情她们也做，男人会的她们没有不会的。不稀奇。指不准，那大大咧咧的女人，准备抽的烟还正是辛辣的旱烟呢。

“你这个老头子，喊你半天也不理睬，你茶馆还开不开啊？”那个女声扩大音量，接近粗犷。

“蒋书记，您干脆忙去，您的情况我大致也清楚，今天我们见个面，彼此留下印象，以后再有机会，去您的家坐坐。”（蒋传德真正的家还在村委会那里。）我站起来，解围道。

张书记在一旁解释：“是的，这当作茶馆的房子……一直空着，以前也是蒋书记租下开经销店的——”听到这里，我心里蓦然一动，却也没有作声。

“情况就是这么个情况，我说什么也多余，多来几回拉呱，以后交往不难。”蒋传德站起来。我们与他告辞。

我在蒋传德的家门前停车。

这是两层楼的房子，矗立在一个台子上——以前是高台子，现在随着孤岛下陷，台子顶多看上去也就是个坎坎。这方方正正的坎坎上，左右站立着两棵古老的洞庭树。隆冬季节，它们仍旧枝叶青翠，葳蕤婆娑。若是春夏，想必枝叶相连，华盖如伞。五十年，还是百年的古树？我拿眼上下瞧看，而它们静静地站立，含蓄而内敛，似在诉说这户人家昔日的富庶。

掉转目光，打量房屋。房屋刚刚粉刷过，门窗也是新换的铝合金结构。

这都是扶贫的崭新举措。“住得安心”，从外观看来，是落到实处了。

紧闭的大门只有等到周五傍晚才会打开。平常，孙女蒋琴琴在镇上的初中住宿，周五放学后，先回到茶馆处与蒋传德会合。天黑了，爷孙俩一起荡回家。第二天一早，蒋传德去开茶馆，蒋琴琴一般待在家里。除了周末，其他时间他几乎都守在茶馆里，天冷时，吃饭、洗澡将就一下，然后就躺在折叠床上度过一宿。天热时，晚上才回家洗澡、吃饭、睡觉。

张书记介绍蒋琴琴这个小女孩：“挺懂事的，就是性格内向腼腆，不爱讲话，见到谁都会垂下脑袋，哪怕是她的班主任，半路遇到，从来不会主动说话。人家喊她问她什么，她的回应就是简单的肢体语言，点头或者摇头或者‘嗯啊’。蒋书记倒当琴琴是心肝宝贝，心疼得不得了，却……”张书记说到这里停下来。

“却什么？”我追问。

“到时候你自然会明白，蒋书记就觉得，天下人都欠他孙女琴琴的，见不得琴琴受丁点儿委屈，否则，就会拿命拼，可没爹没娘的孩子，怎会没委屈？”

“没爹娘——她的父亲不是在外面打工吗？我知道常年联系不上，可总还是有亲生父亲。”我的回答类似感慨。

为啥感慨？源于蒋家的家事。

蒋琴琴四岁时，她妈妈患上了红斑狼疮，没有及时治疗，延误了时机死了。她爸爸邹国喜是招赘来的女婿，孤岛付家渡村人，家庭关系比较复杂。邹国喜下面还有一个弟弟，两弟兄没多少联系。父母离异后，两岁的弟弟跟随母亲生活，四岁的邹国喜跟随父亲。不久，父亲又另外成家，邹国喜被甩给爷爷奶奶。所以，等到他长大成人，好心的亲戚将他介绍给蒋传德的独生女儿并招赘上门。要说在孤岛，男人做上门女婿，是很丢人的一件事，但于邹国喜是好事。而世事难料，妻子病死，再加上蒋传德……

怎么说？囫囵介绍不行，还是仔细道来蒋家这本难念的经吧，不仔细念不能突出蒋传德的窘困状况。

蒋传德是20世纪90年代八亩滩村4组的党支部书记，脑袋灵光，办事也有魄力。那时，孤岛棉花名声在外，产量高，品质好，市场需求量也大，而农业税也在减少，卖价自然好。那个年代，正是产棉高峰期。八亩滩村还是岛上棉花的良种场地，广泛种植棉花带来的实惠更不用说了。蒋传德作为一方带头人，脑子里满是致富经。就地取材，不光种植棉花提高棉花产量，还组织村民办起轧花厂、弹花厂和织布厂。接着，又看中八亩滩村遍布堰塘、水池的地理环境，利用村里古树多、树木容易成活的特点，发展起绿植。再接着，依托八亩滩村靠近江堤交通便利的优势，带领村民种植反季节蔬菜。点子多，门路多，产业蓬勃发展，带来的收入相应增多。村民的生活有了奔头，劳动的兴致日益提高，一年四季都忙碌不停，以前聚众赌博的风气也大大收敛。村民的收入增加了，生活水平提高了，村风也好了，蒋书记的威望自然也高。

家运就难说了。他44岁那年的冬季，守店的老婆被人杀了，简直是晴天霹雳。

蹊跷无辜的事情。那时，蒋书记租下普佑寺前面的空屋子（就是现在的小茶馆）开了经销店，卖点儿日常用品。他老婆就一直守在那里。一个深冬的晚上，村里有老人过世了，全村大小都跑去“嚷丧”（岛上风俗，吃喝、磕头、守灵），老婆也去嚷丧，深夜才返回。哪知，就是那几个“脱岗”的时辰，被另一个村的小青年瞅准，爬上屋顶，揭瓦戳洞下梁，顺溜溜地落在店里。正准备行事，蒋书记的老婆回来了。一扯开电灯，发现屋顶亮堂堂的，冷风从天灌进。“抓强盗啊！”她破喉而出。这一喊，喊出小偷杀人灭口的恶意。小偷从背后抡来椅子，砸向她的后脑勺儿，她晕倒在地上。小偷怕她装样，还不走，蹲下来，双手掐住她的喉咙，死劲儿地掐，直至那乱动的身体慢慢被驯服，僵硬。小偷放手，拿走38元现金跑了。蒋书记的老婆死了，第二天早上才被人发现。

经销店开不成了，房子成了凶宅，也空了下来。

中年丧妻，蒋书记成为村里的“钻石王老五”。47岁时，凤梁村的一个年轻的70后女子看上了他。女子名叫路明月，小蒋传德22岁。两人认识后，一来二去，培养出感情，第二年，蒋传德将路明月迎进家门。老夫少妻多的是，但尴尬免不了，毕竟在农村。2001年，蒋书记与路明月已结婚三年，邹国喜上门做了女婿。两家人，也难调剂，时不时，蒋家就闹得鸡飞狗跳。

日子朝前过着，矛盾拧着，架也吵着，四个大人，四种心思。常常，蒋家传来路明月的哭号。

终于，一场架后，路明月卷起包裹跑掉了。原因是，除了路明月，蒋传德给自己和女儿女婿都买了保险，五年的保险。钱不多，但心思明显。这心思，从两个方面来说，一是蒋书记原配老婆之死带来的教训，生命太没准儿了，指不定什么时候就被老天爷收走，还是趁人活着给身体投个保。二是蒋书记那时正在位上，家庭也算完整，女儿刚怀上孩子，人丁兴旺的福气简直近在眼前，心里便珍惜着，趁着手头有几个活钱，就买下保险，四个人买了三份保险，恰恰漏掉了路明月。

蒋传德解释，手头的钱差不多都支出去了，要买也行，等明年再买。

路明月不依，撒泼咒骂，惹烦了蒋传德。蒋传德追着打路明月，追到外面的晒场上，扁担劈向路明月脑袋。路明月倒在地上，血流如注。蒋传德转身回屋，关上了大门，撒手不管了。女儿女婿一直冷眼旁观。许久，不再听见外面有动静，一对眼，担心发生意外，便打开大门。晒场上的血早已干，人却不见了。

顶多跑回了娘家。让她回娘家待两天，再不回来，蒋传德就去请吧。两天后，蒋传德打路明月的手机，关机。蒋传德到凤梁村负荆请罪，却扑空，路明月没有回娘家。

蒋传德给亲戚朋友打电话询问，都不知情。蒋传德再打路明月的手机，换成女婿的小灵通打，换成家里的座机打，均打不通。再用村委会的座机打，通了，却无人接听。路明月将蒋家人的电话都拉进了黑名单，这是断绝往来的信号。一个星期后，蒋传德到路明月交往频繁的几个朋友、同学打工的地方去找。人是找到了，在福田一个鞋厂打工，却视蒋传德为敌人。等到蒋传德再去劝她，人又不见了。蒋传德只有先回家，后来又出门找过几次，村里的工作也丢下来。

2001年10月，女儿去堰塘里淘猪草，不小心跌了一跤，大出血，肚子里的孩子，没了。

2001年11月中旬，八亩滩4组村“两委”换届改选，蒋传德不再担任村支书。2002年，百里洲镇出台村委会管理办法，其中一条涉及村干部待遇问题，规定2002年以前的村支书，由本人和镇政府各出一部分资金，可以购买养老保险。蒋传德手头没有现钱，也就放弃了那待遇。

2004年，蒋琴琴出生，新生命的到来，给家里带来不少喜悦，拂去一度笼罩在蒋家的沉重乌云。但这乌云似乎存心捣乱，记住了蒋家的位置，2008年，乌云再次笼罩在蒋家屋顶上。

蒋琴琴四岁时，她的妈妈患上红斑狼疮，当时没有在意，以为就是皮肤出疹子，忍忍就算了。哪想，这一大意，错过最佳的治疗时机，病情无法控制，毒素渗透到内脏，人断气死了。邹国喜处理好老婆的丧事后，便出门去打工，将蒋琴琴丢给了蒋传德。那一年春节，邹国喜回到家里团年，初二就离开了家。那次是邹国喜最后一次与丈人蒋传德、女儿蒋琴琴团年，也是他自己最后一次待在家里。从此，音信全无，死活不知。

“人啊，一脚踏出去，从此便是陌路，哪怕是血肉筋骨相连着。”蒋传德说起女婿，就忍不住哽咽。他在心疼孙女蒋琴琴。

“四岁时死了妈妈，接着被爸爸莫名其妙地抛弃，她这命……我老蒋造了啥子孽啊，就算我该死，就把报应都给我好了，千刀万剐也行，为啥子牵连孙女琴琴呢？怎么忍心？她这么小，太无辜了。你们看看，每次看见人家孩子和爸爸妈妈一家三口的画面，她就瞪大了眼睛，嘴唇被挑了筋一般抖个不停，我心里……难受，真的难受。”

这是我再一次来到八亩滩村在蒋传德的家里与他交流时他的原话。他双手抱住脑袋，上身朝前倾斜。刚才还精神抖擞的样子，瞬间就悲伤满怀，垮下来的身体，缩小了一半。

“您真是不简单，将琴琴拉扯大了，您看，她都读初二了，会好起来的。”我逡巡半天，一些话才从我嘴巴里爬出来。我不由得舒了一口气。这不是假话，日子一天天朝前过着，蒋琴琴也一天天长大了。

蒋传德抬起脑袋，恢复了正常神态。“我一个老头子，现在患有高血压，还有糖尿病，闹心，年纪也大了，种不了地干不了重活，只能借村里普佑寺那里的那房屋——反正也是空着，没人要的——开个茶馆混点儿口粮，加上扶贫的补助，日常生活没问题。只是，我家琴琴马上读高中了，不再是义务教育，以后还要上大学，我总要攒些钱……”

我点头，告之，蒋琴琴可以享受教育补助。她是初中生，现在每年有生活补助1250元；上高中后，每年可以补1500元到3000元的助学金；至于大学，也可以申请补助。蒋传德摇头：“这是好事，我也知道，但那孩子面子恁薄，你不晓得……”

"我怎么不知晓？她拒绝扶助。再说，您蒋书记这么能干的人，生活再无奈，也难不倒您的，是不是？"我的玩笑固然是在调节气氛，其实也是真心话。人家是村里的老书记，人情世故看多了，心中有底，至于一日三餐吃喝拉撒的日常生活，于他根本不在话下。

他的贫困——不，应该说是窘迫，就是孙女蒋琴琴带给他的。这是蒋传德无法释怀的地方，也无奈。妈妈早死，随即就被亲生爸爸抛弃，不知父爱母爱的滋味。孤独伴随她成长，如影随形。固然，爷爷在身边，保证了她的基本物质生活，多少也温暖了她缺少父母之爱的心灵。虽然，我们这些扶贫干部正在极力地帮她——也只限于物质，可就算把全世界的物质都拿来，又如何？仍旧不能帮她摆脱孤独。被抛弃后，缺乏至亲至爱的孤独，夹杂着屈辱和悲愤，滋生出超强的自尊（心理学上，过于敏感的自尊，就是自卑——被划出同类的一种异样感觉）。这样的心理下，蒋琴琴排斥救助——在她看来，所谓的救助不亚于充满同情的施舍，充满了屈辱。他人的"可怜"态度，恰如另一层面的否定，否定她的正常，否定她在生活和精神层面的能力。蒋琴琴不愿意接受，恰如不同意这种"否定"。孤独而自尊的心理，导致蒋琴琴不大会融入外围圈子，与人群、人世保持距离。对待熟人亲友，也总是保持一种警惕心，性格上表现出孤僻冷漠。

这永远的缺陷，可是她正在面临并将伴随她终生的课题。

"扶贫"二字，总共15笔画，却……

2

2018年初春一个周末的清晨，我来到八亩滩村。在蒋传德家里，遇到了他的孙女蒋琴琴。

我来得早，蒋传德还没来得及去茶馆。蒋琴琴在家休息，可能刚刚起床拾掇完，正站在门檐阶下梳头。我突然现身，提着大包小包，嗒嗒地径直爬坡跨过门槛走进大门，给爷孙俩一个“惊喜”。蒋琴琴转过来的眼睛似乎愣怔了下，脑袋却丝毫没有歪斜，她接着继续梳头，慢条斯理，但脸庞收紧拉长，仿若我的闯入就是虚设。我发现，她不是内向，而是冷漠。

“我认识你，你叫蒋琴琴，你好。”我笑着招呼。

蒋琴琴双眼扫过我，眼珠都没动一下，一脸木然，看不出任何表情。蒋传德和我坐下，蒋琴琴依旧那样站着，背对我们，她双手把住头发，用橡皮筋在脑袋正中左右环箍，扎起马尾辫。

“这是我们家的……问阿姨好。”

“喏，这是阿姨给你买的新书包，你拿去……”

“琴琴，那……帮阿姨掺点儿茶水。”

蒋传德三句话都未撼动蒋琴琴。她似乎是聋子，也似乎是瞎子，梳完头发，甩着马尾辫，转身进屋放好梳子，又倒掉水盆里的洗脸水，再到外面晾好毛巾。然后，她目不斜视，挺直修长瘦弱的身板，噔噔噔地上楼学习去了。

“这丫头……”蒋传德笑着摇头，目送的眼神许久都收不回来。

简单地问了下情况。年还没过完，所以不可避免地谈到过年的事情，仍旧是爷孙俩过年，邹国喜仍旧音信全无，不过……蒋传德眼睛朝楼梯口瞧瞧。我点头，然后催促他快去普佑寺，又低声申请，我跟着去，可否？

“琴琴，我去茶馆了，阿姨也走了，你不谢谢阿姨的关心？”蒋传德扯起喉咙，一边喊，一边朝楼梯走去。我当然知道，这是他故意喊话的，出于礼貌，还出于那无法掩饰的心疼……

约莫两分钟后，蒋传德就下来了，充满歉意地朝我笑笑：“小朱，你别计较小孩家啊，我家琴琴内向怕生人……我们走吧。”

我们一起上车，很快就来到了普佑寺。很快，冷清的茶馆热闹起来。

我依旧先在普佑寺附近转悠。我居然发现，在辅佐寺后面有一口大铜钟，一半埋进了土里。这就是我儿时听见的钟声来源了。我好奇地向前，右手伸出，用力地拍打，右手被震得发麻疼痛，却连闷响都没有。又伸出左右手，一起用力，仍旧是白费力气。

我站着喘气，但肩膀被人拍了一下。我吓了一跳，回头，发现是那个哑巴尼姑。她没戴眼镜，那刀削的脸庞在天光下泛出青色，而那双大眼睛清澈无比。上次见面，我错估了她的年龄，她不是老妇人，而是中年妇人，说不准与我年龄不相上下。她指指我的手和钟，又摇摆右手。

好吧，我接受她的制止。我笑着点头，心中竟有些惴惴和愧疚，毕竟这是佛门大器。尼姑离开，抄她的经书去了。

蒋传德已经安排妥当，在外面摆了一把椅子和一个马扎。他坐在马扎上等我，我只好跑过去，请他坐椅子。他也不推辞，我们开讲。

蒋传德问了我一个问题："分居多久就算自动离婚了？"我蒙了。他咳嗽两声，吐口涎水，讲道："春节时，路明月——哦，我老婆，你知道吗？知道就好，她居然回家了。"

"回家——她不是很久毫无音信吗？"

蒋传德点头，左右看下，压低声音："你慢慢听我说。路明月跑了快20年了，除开这个春节，也回来过两次。回来做啥子呢？就是拿着离婚协议书要我签字，嘿嘿，要跟我离婚。"说到这里，他住了口。

"你的意见……"

"没门儿。她说跑就跑，害得我名誉受损，人前人后都抬不起头来，这滋味……这还不算，还害得我家破人亡。"

"这么多年都过去了，我倒觉得，蒋书记可以……成全她的，反正您的家也不需要她，她跑掉这些年……您和琴琴不也活得好好的？"

蒋传德没作声，眼睛朝四处瞄。四五秒后，他接着说："也是，我想透了，刚好她春节跑回家了。”

“您这次同意她了？”

“这妮子鬼点子多，当初我就被她裹昏了头，才上了她的洋当，跟她走一块儿了。唉，满筲箕（岛上的物件，竹篾编织，盛装东西，留有无数缝隙）的鬼点子，我自作自受。”

“那她这次回来，甭管她怎么点子多法，就同意离婚呗。”

“小朱同志，我就说你还是年轻了，呵呵，请你包涵我的直率，我继续扯闲篇啊。她啊，春节回来，来了一个180度的大转弯。我本来同意跟她离婚了，就说‘离吧，离了好’，不想，她就逮住这话——你听听她的原话：‘离婚可以，你老蒋耽搁了我的大好青春，我20多岁跟你，却被你家暴打跑了，有家不能回，这个损失，要是我上诉法院，怎么说你都要赔偿我百把万。看在你老蒋年老无用的分儿上，我不起诉你，也不要你那么多的现金赔偿。我现在年纪大了，在外面挣不了钱，农村如今政策好，我打算回来发展农业。这样吧，你提出离婚，我成全，但你要答应我，把这个房屋给我，算作赔偿。’”

蒋传德学着路明月的声调转述完，“呸”的一声，朝地上吐出一口浓痰，又觉得不好意思，拿右脚蹍掉。“你说说，这是什么话，狗屁，啥子都不会，就会撒泼瞎踹，还真当我老蒋老年痴呆了。”

“您不同意不就得了。”

“要是她去告我呢？这妮子在外面混，肯定有高人给她指点。”

“告……诉讼吧。”我笑了，“蒋书记，刚才您问得好，您和路明月分居——等下，我上网给您查下。”我拿出手机上网搜索，念给他听：“2018年法律规定‘分居不管时间多久，都无法自动解除婚姻’，但根据《婚姻法》规定，分居满两年，感情破裂，在诉讼中进行调解，有下列条件，调解无效的，被准予离婚。那些条件，最符合您的就是‘一方被宣告失踪另一方提出离婚诉讼的，应准予离婚’。”

“没听懂。”蒋传德摇头。

“路明月要的是离婚，她只有与您协议离婚这条路，而您可以诉讼，因为她属于失踪人员……不行，她回来过，不算失踪人员了。这婚，你们俩只能通过协议方式解决。”

蒋传德“哦”了一声，点点脑袋，马上站起来回屋里忙去了。想必，这次，他先专门交代了客人，客人才没有吵他，而他作为老板，中途回屋招待客人，也是情理之中。四五分钟后，他坐回椅子上，继续说：“她就等我提出离婚，再摆谱讲条件，盘算我的屋，没门儿。就这样过着吧，除了心烦却也相安无事。我担心的还是我家琴琴，唉，那邹国喜这么多年，才真的是蒸发了，狠心啊。”

“他老家那边还有人吗？或许从那里可以找到切入口……”

蒋传德摆手，牙帮子瑟起，却忍不住讲起邹国喜复杂的童年。这个我已经知道，从小父母离异，兄弟俩一个跟了父亲一个跟了母亲，父母都重组了家庭。邹国喜被父亲抛弃，跟随爷爷奶奶生活，爷爷奶奶早已经去世。

“弟弟呢，您打听过没有——他们两弟兄毫无联系？”

“打听过，他弟弟住在赫家洼子，改名啦，以前叫邹国庆，现在名叫赫家辉，人家理都不理我，才不管我是那谁谁的岳丈。想想也有道理，邹国喜连亲生女儿都不认，还认谁？人家又凭啥去认他那边的人？”

“他也是从小就被父母抛弃。”我叹息。

蒋传德愣了下，半天没有出声。很快，他“嗯”了一声，骂道：“这么说是祖传了，都不是人，没半点儿责任心。”

我解释道：“从心理学讲，从小遭受抛弃的孩子，心理上都严重缺乏安全感，长大后也缺乏责任意识，遇到丁点儿困难，都会逃避，逃避成为习惯，成家后难免延误下一代。”蒋传德拉长了黑脸：“这么说，我家琴琴以后……”我补充：“有这种可能，但是，琴琴聪明，如果以后意识到这点，加以克服修正，说不准会有改观的。”

“怎么修正法？”蒋传德急切地问道。

我嘴巴被一个字顶开：“爱。”心中的句子在肚子里翻滚，这里的“爱”是双向的，不光是接收到他人的爱，还有自己输出的爱意。我还没出口。蒋传德从椅子上站了起来。蒋琴琴来了，甩着马尾辫轻飘的身影犹如一道亮丽的彩虹飘来。她走过了旧门廊，眼睛却直直地盯向普佑寺。

“琴琴，你来了。”蒋传德换了一个人似的，满脸堆笑，招呼道。

蒋琴琴经过我们，目不斜视，一张脸看不出任何表情。

“这孩子，唉，肯定又要批评我了。”蒋传德跌坐在椅子上，目送琴琴走进普佑寺的背影，一直看着。

“她去寺里干什么？”我好奇地问道。

“跟着那个哑巴尼姑抄经书，她喜欢这儿，由着她去吧。”蒋传德点点脑袋，表现出理解的样子。我由衷地感叹：“你们爷孙俩关系融洽，这很难得。”

“哎哟，我今天回家准被批评，心中七上八下。”

我惊讶得半张着嘴巴。

蒋传德站起来，搓起双手：“得得得，告诉你也无妨，我首先骗了她，刚才离开家时，不是跟她说你要离开我们八亩滩嘛，哪想撒谎被她抓了个现行。小朱啊，琴琴自尊心强，还不是一般地强，她不允许我跟外人说我们家的陈芝麻烂谷子的事情，她认为都很丢人。再者，你今天来我家，带了许多东西，唉，琴琴也不允许我接受人家的……她认为是施舍，是被可怜，她受不了。”说到这里，他喉头一紧，不由得哽咽。

我慌忙辩白：“我不是那个意思，我哪有资格去可怜谁啊？”

转眼，蒋传德恢复了正常，笑了："没事，我回家后认真做检查，深刻地剖析自己的错误。我家琴琴是有原则的人，好事，以后会给她带来福气的。"

我眼眶发热，急忙转过脑袋，右手指指普佑寺，然后迈开脚步。

我似乎听见蒋传德在背后的叹息。我也没转身，只是微微点点头。我知道自己该怎么做，走到寺庙门口就停下了。我只不过想看看这个寺庙，借着它沧桑的外形去回溯记忆中的钟声和木鱼声。

砰——轰——隆——

钟声在我心间撞响，四散，又在我心中回荡。童年时，我无数次听见它的声音，要我混沌的大脑为之一怔。后来，我又听见其他寺庙的钟声，这些钟声皆来自山间的寺庙。普佑寺的钟声与我在山间听见的钟声大有区别，它单纯，单纯到固执，又淳厚、原始，几乎到莽荒。我知道，这世界上独一无二的钟声，特别的缘由在于两口大铜钟的相互附和。当普佑寺的钟声敲响时，辅佐寺的钟声便会回荡附和，两口钟发出的声音，雄浑悠长，元气充沛。

5月中旬时，我又来到了蒋传德的家中。

那天，蒋琴琴在学校，蒋传德刚好有事在家，没去茶馆。人没去，茶馆照样开着，只不过，旁边的邻居今天帮忙照看。

什么事要他留在家里?

那天是蒋琴琴的生日，蒋传德要精心准备饭菜，再送到镇上学校去。我后悔自己的粗心，没有仔细阅览扶贫手册，那手册上面有蒋琴琴的身份证号码，错过了一份美好。

懊悔中，我一眼瞥见堂屋电视柜玻璃后面的书包。包着书包的塑料袋居然都没有拿掉，可见，我送给她的书包，她连看都没有看一眼。这女孩子的自尊心决定了她的处事原则，我这个陌生人，还被冠以"帮扶责任人”称号，就是赠送宝石，对她而言，不亚于羞辱。

我帮蒋传德做饭，两人正好闲聊。

他告诉我，蒋琴琴以后上大学，费用可就艰难了。我安慰道：“蒋琴琴这个情况，我到时候写成材料准备着，高中没问题。上大学后，也可以申请各种补助的，其实，我早看出来了，您都有准备……”说到这里，我看了眼蒋传德。他没反驳，只说：“她读书能读出大出息来，我就是卖血卖器官也要供她，只是……唉，什么资助不资助的，千万别要她晓得，要不，她会拒绝上学的。”

“她爸爸还是没……”我盯着蒋传德板成一块铁的脸，吞回了后面的话。

我们将饭菜装进两个保鲜盒，上车时，蒋传德才回答我：“就当他死了，我们过自己的。”

我“嗯嗯”地答应，又问：“蒋琴琴跟着那个哑巴尼姑抄经，多长时间了？”

“从我开茶馆起，她跟我到茶馆来，就跑到普佑寺，遇到那哑巴尼姑，然后跟着抄经，算来六七年了。”

“那她书法肯定好。”

“那是，在家没事就写书法。我小时候家里还不错，读过几天书，懂点儿毛笔字，琴琴写的书法是隶书，要我看，咱家琴琴的书法可真的好看啊。”

“在家里不抄经？”

“抄经书是抄经书，那只在普佑寺。写书法是写书法，在家里闲着没事做的。”

这好，我自己也喜欢临帖练习书法，遇到同道了，而同道还是一名初中生。我莫名地兴奋起来，加快车速，迅速赶到镇上，要蒋传德先给蒋琴琴送菜，然后在分开的地方等我。我在镇上逛了一圈，回到约定的地点，交给蒋传德一些纸墨，只说："这里都不怎么样，下次，我再带好一些的纸墨和帖子，由您转交给琴琴。"他欣然地接过并点头。

"蒋书记，琴琴这丫头真的不错，我看好她，您也放心吧，她心中有定准，会有好前程的。"我送蒋传德上了一辆蹦蹦车，由衷地说道。

11月初时，我在一次饭局中认识了一个人，姓赫。真是天涯何处不相逢啊，她竟然是邹国喜弟弟的同母异父的妹妹，现在是城里某家餐馆的老板。

怎么认识的？完全是闲聊的结果。从菜系讲到饮食习惯，从饮食习惯讲到了疾病，再从疾病讲到了肺癌。赫老板说她哥哥就是患肺癌死的，因为长期生活在赫家洼子，那里种棉花、种大棚蔬菜，长期打农药，农药渗透到土壤里，导致生态污染，得癌症的很多。

我心一动，问道："您哥哥名叫赫……"赫老板接口道："赫家辉。"

"他是不是以前名叫邹国庆——您知道吗？"

赫老板眉毛一动："我当然知道，是我亲哥哥。"

"那……邹国喜您知道吗？"

"邹国喜？"赫老板歪起脑袋，想了想，又摇脑袋。过了半晌，她才说："我好像听说过这个人，但没印象，我想想……"她偏起脑袋，看向空中某处。

"真的没接触过。"她摇头，抱歉地笑笑。

"您的母亲呢？"

"过世好几年了。"

我不好再说什么了，先前闲聊的兴趣突然寡淡下去。有时候，血真的比水还淡吗？所谓的"血浓于水"真的就是一句空话和谎言吗？

我想起了蒋琴琴——那么，赫老板还是蒋琴琴的姑姑，带有血缘的姑侄关系。但我能挑破这层关系吗？我眼前闪现出蒋琴琴冷漠的瘦脸和她的无动于衷。这层关系犹如坚冰，而坚冰下的寒水深幽冷酷，冰寒到冻死人的地步。

没到时候，谁挑破，谁就是罪人。

11月中旬，我开车来到了普佑寺。

“来啦，你的扶贫文字动笔没有？到时候记得先给我看看啊。”站在屋檐阶下的蒋传德朝我招手。

“记得，您放心好了。”说着，我指指寺庙，然后信步走去。

那个哑巴尼姑正在书桌前闭目休息。我站在门外，没有惊扰她，只是盯着她面前的书桌看。长条书桌的另一面，满满的，都是堆成一堆摆成一长条的经书和纸，纸上面娟秀的行草扑入我眼中。

纸墨氤氲的芬芳将我包围，我一时神清气爽。就在这样的瞬间，我又听见了那久违的钟声。

砰——轰——隆——它单纯到固执，又淳厚到荒芜。

这么多年，记忆也没要它走样，还是——我心中无来由地特别修饰？毕竟，在时间面前，没有一样东西真能维持全样。

后　记

2019年2月初，全市精准扶贫大走访，我再次来到了蒋传德的家，得知两个消息。

普佑寺太老太破了，它的老物件都被清理，然后被请送到长江对面的水府庙里。如今，普佑寺的正门已经被锁上，那个哑巴尼姑也不知去向。

这个春节，路明月又回来了，还是吵嚷着要离婚，蒋传德不答应。但是，孙女蒋琴琴居然果断做主，代表爷爷蒋传德答应了路明月的离婚要求，同时提出一个要求——路明月是她名义上的奶奶，有劳动能力，按照法律应该支付蒋琴琴的生活费和学费。路明月当时就愣住了。蒋琴琴又接着说，如果路明月拿不出来，他们蒋家也不会强人所难，但按照各自责任，路明月净身出户，蒋传德肯定会与她解除婚约。路明月权衡了一下，答应了。正月初六，路明月和蒋传德双方拟定了离婚协议书，并签上各自的姓名。

这正是蒋琴琴的性格，敢作敢为，有担当，会处事。一个初二的女孩子，真的够成熟的。

蒋传德得意地跟我说起这些，他的言辞充满了骄傲。

2019年端午节时，蒋传德给我打电话，告诉我一个消息。一个中年女人来他们家看望蒋琴琴了，自称蒋琴琴的姑姑，那女人在市里开餐馆，名叫滨江酒楼，听说生意好得不得了。蒋传德重重地感慨："她居然是我家琴琴的亲姑姑。"说到这里，电话里出现长久的沉默。

我知道那个女人，也见过她，但是我们没有机缘去说起蒋琴琴。终于，蒋传德打破了沉默，问道："小朱，你说说，这是谁告诉那个女人的？听说我女婿的弟弟都死了好几年了。"

我不知道。但是，我相信，血浓于水，无论分叉多远的血流，它们终究会嗅到彼此的气味，再汇合出浩瀚的水域。

2019年10月中旬，我在蒋传德家里采访，又听见一个好消息。中秋节时，蒋琴琴的爸爸邹国喜回家了，而且是与蒋琴琴的姑姑——那个滨江酒楼的老板一起回来的。我问蒋琴琴的态度，蒋传德喜形于色，说："还好，很淡然，既不愤怒，也不惊喜，跟平常没有两样。"

"她高兴吗？"我急切地问道。

蒋传德沉默了一会儿，许久，补上一句："应该是的。"

“您呢？”

“我当然高兴啊，那兴奋劲儿我找不到词儿形容，嘿嘿，我家琴琴有了亲人，心理上就有了依靠，这个好，我这个老头子可就放心了。不过，话说回来，就是以前那样——我是假设啊，我也相信我的琴琴是能渡过难关的。”

我由衷地点点头。

多雨的九月

刚刚停下的雨水，又淅淅沥沥地扯起雨线，织出针脚细密的朦胧清凉图，将我们笼罩并浸淫，哪怕我们坐在房屋内也无法逃脱。

扶贫对象：周琼花

扶贫干部：王晶晶

地理位置：百里洲宝月寺村

1

杜晓妩是我在去年9月的一次活动上认识的。活动中，杜晓妩朗诵了罗伯特·勃莱的诗歌《在多雨的九月》，很动情。尤其读到其中两句：我们将是两枚果核，不会被种植……我的心为之一动。

一年后的9月，她打来电话向我求助。

求助我去当说客，劝说我的同事王晶晶……王晶晶去年下半年在孤岛宝月寺村牵手了一个扶贫对象，名字叫周琼花，而周琼花是杜晓妩的姨婆婆，不带有血缘关系的姨婆婆。

杜晓妩的电话，要我手机几乎发热。她讲述的事情——在求证王晶晶之前，我几乎认定为故事。

我随手写下周琼花的名字。她的家庭情况和扶贫情况如下。

基本情况：周琼花，64岁，宝月寺村3组人。2016年6月，老伴在建新屋时，被机械砸伤，后来去世，周琼花成为孤家寡人。现有100平方米的砖瓦结构的新房子，彩电、冰箱、空调、热水器、卫生间等一应俱全。还有两亩棉花田、一口堰塘。

扶贫措施：2017年，周琼花被纳入五保户，享受五保供养金；享受自来水报装费减免；享受家庭医生签约服务；享受农村意外伤害保险。

周琼花符合五保户的五项条件，被纳入五保户，生活并不是特别困难。相反，从外观来看，有新房子，还有按照城市标准装备的家电设备。只不过，那些装备掏空了积蓄，导致家庭没有收入来源，也无养老积蓄。但是，她才64岁啊，无论是城市还是农村，这个年纪不算老。

看看周琼花的外形，身材富态，肤色白净细腻。再加上一直没有怀过孕，免除了生养孩子的操劳。而且田地少，平常也就做做家务活，繁重的体力活全甩给了老伴，避免了风吹日晒。另外，周琼花还注意打扮，喜欢穿一些颜色鲜亮的衣服。人靠衣装嘛，衣服颜色亮了，整个人也就精神了。或许，周琼花也注意保养——这是猜想，固然，这猜想放在一个农村婆婆身上有些不靠谱，却也不能说没有可能。再或许，周琼花的健康基因好。总之，这些因素都决定了一个公认的事实：64岁的周琼花从外貌上看，比实际年龄要年轻十来岁。

杜晓妩在电话里跟我描述她姨婆婆周琼花的“年轻”，王晶晶后来也跟我强调周琼花的“年轻”，而我也花费一些笔墨叙述周琼花“年轻”的事实，果真是为了铺垫？

严格来说，这铺垫是经不住考验的。除非，我们都承认，跨越巨大年龄差距的男女感情，从来都是合情合理的。

那么，他的出场，从一开始，“骗子”的色彩就会被忽略不计。骗子——我有些于心不忍，这“不忍”，不是王晶晶给我带来的影响，绝不是。尽管我也没有见过他本人，关于他的消息全部来自他人的讲述，但我总相信，总有一些虚妄，会超越了现实而存在。

他叫黄星波。宝月寺村2组人，45岁，妻子早年病故，女儿因为脑瘫在外地上学，上的是那种特殊教育学校，家里还有一个72岁的老妈，因为中过风，腿脚不大方便。黄星波以前种植棉花和柑橘，2017年承包了一个池塘，养鱼养虾，养殖业还处于摸索阶段。家庭情况差，也被列入贫困户。

没有人介绍。黄星波与周琼花熟悉起来，并亲密走动。他们的熟悉，源于村委会举办的广场舞大赛。

周琼花自是广场舞的重要角色。上舞台前，她随手将带来的一个包包放在更衣室外面的桌子上。包包里装有家门钥匙、手机，还有一个钱包——钱包里有市民卡、身份证和存折卡。跳完舞，她去拿包包，发现包包不见了，于是到处问啊找啊。焦急中，黄星波走上前，递来包包，说是他早看见这个包包，觉得不放心，就一直拿在手上看护着。接着，黄星波又用摩托车将周琼花送回家。那天，黄星波送回周琼花后，并未马上回去，而是在周琼花的家里喝茶，并吃了晚饭。

从2017年6月开始，黄星波天天往周琼花那里跑。周琼花家里的两亩棉花田被黄星波包了，除草、剪枝、打虫、去烂果……黄星波一点儿也不敷衍。既然帮忙种植棉花，那么在家吃饭也理所当然。从6月开始，黄星波的中饭都是在周琼花那里吃的。

晚餐呢？黄星波分成两半，自己家和周琼花的家各一半。这是黄星波自己的说法，黄星波的老妈却说："晚上都不管我这个老家伙，真是迷上那狐狸精了，造孽啊。"

狐狸精——一个年过60岁的农村老太太啊，扣上这顶花哨得近乎邪魅的帽子，怎么听来都是一个笑话。何况，周琼花几乎年长黄星波20岁。

两家的农活，分摊了日常，黄星波忙碌得恨不得分身。但再忙碌，也丝毫不怠慢那份感情。

2017年10月21日，是周琼花63岁生日。黄星波去县城味浓蛋糕店定做了一个蛋糕。蛋糕精致，奶白色的英文字母"love you"玉树琼枝一般铺满了蛋糕的表面。岂止蛋糕？还有一大捧玫瑰花。后来，王晶晶讲起这件事情，我马上明白，策划者可能是王晶晶。那天中午，王晶晶专门请假，在轮渡码头等来黄星波——他去取蛋糕和玫瑰花了。两人一起来到周琼花的家里，为周琼花庆祝生日。

王晶晶满腔热情没地方表达，竟然拍下照片，发在朋友圈里。文案是四个字：生日快乐。我早忘了她发的这照片，当她再次提到，我也忆起。只不过2017年10月21日的朋友圈，照片上的男女主角，我怎么也想不到是一对情人。周琼花是侧面照，黄星波是吹蜡烛的正面照，那嘟起嘴巴的样子，恰恰拉长了他的脸颊，拉出轮廓，拉紧了皮肤——45岁的男子，起码年轻了10岁。奶白色的英文字母“love you”在照片中亮丽显眼，却也恰到好处——我以为是母子。我当时还点了赞。

黄星波与周琼花的情事等于公开了，这在宝月寺村可是爆炸新闻。一个农村老妪，竟然与一个比自己年轻20岁的男人好上，还不管不顾的。外人的述说，不是用的“好上”，而是“勾搭”。这个词透露了世人对这桩情事的价值判断：伤风败俗。

世人——不仅是宝月寺村村民，还有，比如我欣赏的美女杜晓妩。杜晓妩正是在听说并亲眼见证后，在电话中托付我，要我劝说同事王晶晶——作为帮扶责任人，对于帮扶对象周琼花，最大的帮扶事情就是，要阻止他们的“勾搭”。她将重音落在最后两个字上，分外刺耳。

王晶晶一个外人，阻止不阻止的，能有多大作用？我有些奇怪杜晓妩的要求。

“她就是不识时务，一个人的反调调还唱出了海豚音。”杜晓妩说到这里，又自嘲地笑了，“我姨婆婆那事明显不合情理，有违伦常，王晶晶凭什么要那么……你帮我劝下她。”

“好吧，我试试。”头疼的事情，我有些无奈地应下。

我专门找了一个机会，委婉地转达了杜晓妩的请求，告诉王晶晶，杜晓妩是周琼花的亲戚，是真的为周琼花好。当初周琼花他们建造新房子，杜晓妩的父母和她自己还拿出了一部分钱财帮衬。

“朱姐啊，好心不好心的，是小事，关键是如何看待‘为他人着想’这个命题，搞不好就是……”王晶晶伶牙俐齿，说话也不拐弯儿。

我懂她后面吞进去的话，无非就是“毁人姻缘”之类。我提醒道：“杜晓妩与你同为80后，人在省城工作，她的亲奶奶与周琼花是结拜姐妹。曾经，杜晓妩的小姑姑被过继给了周琼花两口子，小姑姑13岁时，在堰塘里洗床单掉进堰塘里淹死。杜家并没因此与周琼花两口子生出龃龉，也没断绝往来，反而走成了亲戚关系。杜晓妩父亲考大学考到了武汉，后来在武汉成家立业，若干年后，便将杜晓妩的爷爷奶奶接到了武汉。两家才少了走动，情谊倒没减少。”

我详细地介绍杜晓妩和周琼花的关系，也只是客观地陈述事实。王晶晶点头，却毫不松口：“我没怀疑那个杜晓妩的真心啊，我只是说，观念问题，也许还有……”我盯着王晶晶的嘴巴，但王晶晶机灵地闭上了它。关于王晶晶对杜晓妩的心理猜想，我也暂时作罢。

一个阴雨天，王晶晶带我到孤岛宝月寺村，要我看后自己判断。

王晶晶一进周琼花的家门，就为我烧开水沏茶，活脱脱的主人。周琼花洗好了水果端来，我们边吃边拉呱。

王晶晶以前喊周琼花为周婆婆，现在喊琼花姐。这称呼的变化，临到我，都不知如何开口了。后来释然，还是喊大姐，我一个70后，喊50后的女人——看上去很年轻的女人为大姐，也不失礼貌。周琼花倒不在意称呼，人也爽朗，说到这份感情，丝毫不羞涩不遮掩，还大大方方地讲述。

她的讲述内容多是受到的阻挠，在外人眼中，这桩情事就是“伤风败俗”。阻挠来自各方面，黄星波的家庭和亲戚朋友、宝月寺村村民、周琼花那边的亲戚朋友。讥笑的、劝说的、辱骂的，不绝于耳。

周琼花有些忧郁：“要不，我们早拿到结婚证了。”

王晶晶鼓动周琼花："琼花姐，不要看他们的嘴巴行事，人长嘴巴都是议论他人的，从不议论自己，你不能称他们的心，凡事要以自己的感受为主，觉得幸福就好。"

"我没问题，一切随缘。"周琼花笑着说，声音轻，语速慢，双眼角堆积的皱纹明显，却因为白皙的皮肤和努力睁大的双眼而逸出一丝风情。可以窥见，她的心态极好。

"黄星波母亲还是反对？"

"嗯，老人家讲究多。"

"什么时代了，还三纲五常啊。琼花姐要有耐心，还要讲究方式方法。"王晶晶挺有信心。

周琼花仰起白皙的脸，嘴巴微微张开，没有说话，她的眼睛看向墙壁某处，视线就定格了，似乎那里有什么东西吸引了她。我们顺着她的视线看去，接着，我和王晶晶的眼神撞在一块儿了。

那处墙壁，未擦洗掉的血印比较醒目。

杜晓妩去周琼花的家有两次。

一次是2018年春节大年初四，跟随奶奶一起去周琼花家拜年。那天，黄星波也在，还以主人身份接待了客人。

黄星波下厨，手脚麻利，一会儿就准备好了宴席。一大桌子的菜，整整14盘，中间的肉糕——他殷勤地给客人奉上，笑着介绍："这肉糕是青鱼糕，青鱼是我养的，但是我没用饲料，是清水养的，你们放心吃。糕是我亲自打的，我比较擅长，你们尝尝味道。"

鱼糕颜色纯正，金黄的边子，纯白的糕身透出红辣椒、青葱、黄姜搭配后的璀璨色泽，清香扑鼻，入口即化。杜晓妩和奶奶一人吃了两大块，不时地啧啧赞叹。周琼花在旁边补上一句："姐，我知道你从小就好这一口。"杜晓妩的奶奶感慨，那时候穷，一年到头难得吃上一块儿，现在武汉多的是，看上去蛮养眼，却再不是那个味道了。此际，黄星波开心地咧开了嘴巴，偏过脑袋朝周琼花看去。恰好，周琼花也在含笑看他。两人的相视一笑，偶然而心有灵犀，都被客人尽收眼底。杜晓妩和奶奶吃完饭就告别。告别时，黄星波硬是递来一袋子青鱼肉糕。他很自信地摆功："回到武汉，就吃不到这好东西了。"

自信，有心计，还会察言观色，这是杜晓妩第一次接触黄星波后留下的印象。

第二次是6月的一个周末，杜晓妩独自驱车来的。周琼花一个人在家。吃完饭，两人在房间开聊。杜晓妩直截了当，批评周琼花和黄星波这段情事不现实，有许多漏洞。周琼花沉默下来，基本是杜晓妩一个人讲话。

杜晓妩摆出她知晓的事实，关于黄星波的家庭情况，特别指出，他的脑瘫女儿身体有许多疾病，埋伏在未来的某个时间段，将会引爆。周琼花扬了扬右眼。杜晓妩解释"引爆"的意思，就是爆炸，炸坏这个家庭，谁靠近谁倒霉。而他那72岁的老妈，年纪大暂且不说，还有多种病，特别是中风，极容易瘫痪在床上——"姨婆婆，您想过吗？瘫痪了，吃喝拉撒都是靠人伺候的。"

周琼花垂下脑袋。

杜晓妩以为有效果，乘胜追击："姨婆婆，您看看黄星波家的破屋，我没词形容，啧啧，破屋里的摆设都是旧社会的残件。再看看您的新房子，新房子里的现代化摆设，相差一个世纪，他当然羡慕啊，恨不得今天就住进来，然后占为己有。"说到这里，杜晓妩故意停顿，板起面孔观察周琼花的反应。

周琼花一动不动，木偶一般。杜晓妩清下嗓门儿，继续说："唉，可怜我姨爷爷啊，毕生心血都花费在这上面，都没来得及享受一天就撒手西归了。"说到这里，杜晓妩站起来，双手搂住周琼花的肩膀。

“姨婆婆，我们都心疼您啊。我奶奶专门交代我来这里，单独找您说说知心话，转告她的关心，她当您是亲妹妹，生怕您上当受骗……她的心，您比我更懂，要不，这房子，她哪里舍得出钱——当时还逼着我出了钱，说我小时候没少得到您的照顾。”

“你在襁褓里时，我去武汉照顾你半年。”周琼花慢吞吞地补上一句话。

“是啊，所以，我就特别响应奶奶的号召，也交给奶奶两万元钱，奶奶总共给您四万元钱吧。”

“不是，是六万元。”周琼花纠正，语气平静。

王晶晶后来分析，都是人精。杜晓妩故意说错，就是提醒周琼花的。而周琼花又怎能不明白？她才不上那小丫头片子的当。

还有两万元……是杜晓妩的父亲给的。

当年，杜晓妩的祖父母在农村，家底薄，生活窘困。杜晓妩的父亲，一个农家孩子，从小学到大学，花销较大，杜家根本没能力支付，多亏了周琼花两口子，一直帮衬杜晓妩的父亲读完大学。可以假设，如果没有周琼花两口子的援助，杜晓妩父亲的命运真不好说，那么杜晓妩呢，有无这个人也不好说了。

杜晓妩故意惊叹一声：“啊，是六万元啊，肯定是我爸爸拿出的，在他心目中，您比他亲姨妈还亲。”

周琼花站起来，问道：“晓妩啊，你爸爸可好？我好多年没看见他了。说真的，他结婚以前，就当我这里是他的家，有时候睡觉也睡我们这里，以后……我好长时间都不适应啊。”

“这话有水平，暗藏机锋。”杜晓妩转述给我听时，我不禁插话。杜晓妩说：“我懂她的意思，她不就是曲折表达，她有恩于我们，她家建造新房我们一家出钱，是理所当然。”

9月初的这个雨天，我在周琼花的家拉呱，周琼花讲了杜晓妩的第二次来访。周琼花刚讲完，王晶晶朝我眨眼，提醒我分析其中的真意。“杜晓妩是当您为自家人了……”王晶晶站起来，左右打量新房子，然后放低声音感叹，“她在强调，这房子有他们杜家的功劳。”

周琼花没作声，笑了笑。

我似乎明白了什么。这就是王晶晶揣摩出来的杜晓妩下狠劲儿阻拦周琼花和黄海波相好的心理？

或者换句大实话，杜晓妩认为，杜家也是新房子的投资人，他们拥有说话权。是这样吗？刚刚停下的雨水，又淅淅沥沥地扯起雨线，织出针脚细密的朦胧清凉图，将我们笼罩并浸淫，哪怕我们坐在房屋内也无法逃脱。

2

王晶晶那天带我去周琼花的家，还带我去了黄星波的家。

黄星波不在家，送女儿上学去了。女儿暑假结束，刚好这两天开学报名。我见到了黄星波的母亲。老人身体不错，但中过风，右腿行动不便，走路一瘸一拐的。天气不算冷，她脑袋上扣了一顶大帽子，帽檐快要遮住眼睛了。

王晶晶以前找老人做过工作，老人认识王晶晶，见到王晶晶来她的家，很生气，偏过脑袋不理睬我们。王晶晶却满脸堆笑，语气甜蜜，喊：“奶奶好。”

“你个丫头，不清白，喊我儿子黄星波哥哥，喊我奶奶，白读书了。”

我和王晶晶相视一笑。是的，王晶晶喊周琼花姐姐，自然喊黄星波哥哥了。但是，老人这个样子，她一个80后喊婶子——那不是一点儿礼貌都没有，伸出脸去挨人家扇来的巴掌？

乱了辈分，在我年轻时是要被掌嘴巴的。婆婆不依不饶地把话说穿，嘴角挂着唾沫星子，昏黄的眼珠瞪出，犹如被晒干水分的黄豆。

王晶晶有些尴尬，呆在那里，傻笑不语。我也不知如何对待，准备三十六计走为上策。婆婆还不依，继续教训王晶晶："你这丫头少管闲事，少捅娄子，多为自己积福。"

黄星波家的帮扶干部来了。那是个五十来岁的男人，在水利部门工作，姓何。王晶晶私下联系何同志多次，主要是劝说何同志多做老人工作，要老人同意黄星波和周琼花的事情。何同志比王晶晶有工作经验，做事稳重，既不答应也不反对，只是说，随他们的缘分了，这事外人掺和不合适。

这话听着顺耳，实际是撒手不管。王晶晶有意见，却奈何不了。她没少做黄星波母亲的工作，没有任何效果，反而被老人误认为是罪魁祸首。周琼花固然是"狐狸精"，可是击鼓传花的就是王晶晶啊。

"何同志来得好，你有手机，给周琼花的帮扶干部拍个照，年纪轻轻的，专门做坏事。这不，又招摇撞骗到我家门来，拍下来，现成的证据，这次还带了另一个女干部……"我慌忙拉起王晶晶的手，转身逃之夭夭。一边逃一边庆幸这个老人不会玩手机，要不，我们真是有嘴也说不清楚了。

我们的车停在公路上。到公路要穿过一条小道，我和王晶晶在小道上穿行。何同志骑摩托车在后面赶来，车和人斜停在我们面前。

"王晶晶啊，我今天多话了，黄星波和周琼花的事情，真的不大适合，这是农村，农村最大的规矩就是风俗，不能坏了。再说，这可是宝月寺村呢，知道它的来历吧，被拆除的宝月寺学校听说过吧，是孤岛有名的学校，前身就是古寺庙。这说明什么？时代在变，规矩没变，一代代人都得守，规矩大于天。"

"何同志今天说话有些冲。"王晶晶说道。

"听我说完——况且周琼花和黄星波还是一个村的，以后他们就只躲在屋里不出来见人？他们各自的家人亲戚又怎么做人？农村有句老话，‘树活一身皮，人活一张脸’，咱们扶贫，不就是帮他们图个好脸面、好心情？我牵手黄星波的家，本来不难的，现在他们母子俩水火不相容，老人整天都吵着要去告状……我的工作很难开展啊。”

王晶晶不理，迈开脚步快走。我着急地跟上。

“你听着，还有一句话，你少给周琼花灌迷魂药了，那是要害死人的。”何同志在摩托车上踮起脚，扯起脖子高声喊道。

我们回到车上。王晶晶说：“你看见了吧，黄星波和周琼花他俩无论出于什么目的，其实是有感情的，但是大家都不相信。”

“黄星波女儿黄紫薇什么态度？”我问王晶晶。

“我没接触过那女孩子，不过，听黄星波说，紫薇没意见，觉得她爸爸怎么做都好。换句话说，她理解爸爸，理解就是支持嘛。”

紫薇这个暑假也去了周琼花的家里。周琼花将紫薇接到她的家，没多久，就被紫薇的奶奶赶来叫回家了。说来说去，黄星波的主要压力，就是来自他母亲。

那老太太与周琼花闹了多次，有影响的有四次。

第一次，黄星波与周琼花好上刚不久，就带周琼花回家拜访他的母亲。这一关周琼花必须过，虽然她有预感，老人接受这桩事情可能很难。周琼花精心准备了一下，提着礼物跟黄星波去他的家。

对周琼花的来访，老人异常愤怒，将周琼花提来的礼物全部砸向周琼花，还砸破了家里的茶壶茶杯。满地都是碎碴儿，一片狼藉。黄星波担心碎碴儿伤到老人，就拿起扫帚清理。而周琼花见势不妙，赶紧出去。老人跟着跑出来，跑到屋外面，突然摔了一跤。周琼花转身回到老人身边去搀扶，老人一下拉住周琼花，半跪在地上，哭着求周琼花放过她的儿子，还说：“你都是当我儿子的娘老子的年纪，怎么能抱着睡觉呢？”

一哭一求，路上的行人围拢来，有的看稀奇，有的帮着老人劝说周琼花，更多的人是被激怒，纷纷指责周琼花歹毒不要脸，还有几个围住周琼花伸手踢脚。黄星波赶来，拼尽全力驱赶人群，却受到棍子和石头痛击，身体在淌血。老人见儿子挨打受伤，心疼儿子，爬起来，求围观的人群散开。人群散开后，黄星波搀扶老人回家。老人离开时，嘶哑着喉咙喊道："周琼花啊，我们都是女人，要明白，人活着不能只为自个儿，还要想想别人。"也不知周琼花听见没有，她正趁机跑掉。

第二次是老人晚上找到周琼花的家里来，好说歹说劝走了她儿子黄星波，她却留下来，用手里拄着的棍子将周琼花家的窗户敲破，又赶着周琼花的人打。周琼花只有跑，跑出家门。老人不追了，就坐在周琼花的家门前，放开声喉大声哭骂。这下，左右邻居都晓得了，还有一两个女人跑来劝。老人更来劲了，骂周琼花这么大的年纪，还勾引男人，真不知害臊，破坏风俗，宝月寺村就没出过这样的事，村里也没人管管。哭着哭着，老人歪倒在门槛上，没有了声音。那劝哭的女人吓坏了，也受到老人的提醒，马上打村委会妇女主任的电话。妇女主任来了，也跟来一大群看热闹的村民。

老人知道自己哭闹并不能施加多少压力——否则，她早压住黄星波了，就故意把事情闹大，闹到村委会那里，交给村委会处理。毕竟那是农村人心中的组织。组织出面要比个人力量大得多。

村委会妇女主任将周琼花喊去做工作。没想到，周琼花一句话就止住了妇女主任的嘴巴。她说："我们相爱了，不可以吗？"

王晶晶复述完周琼花的回答后，偏过脑袋问我："如果你是那个妇女主任，你怎么回答？"我笑笑，反问："换成你呢？"王晶晶认真地说："我会郑重地祝福她找到了人生知己，还会催促她把婚事办了。"我说："所以你当不成妇女主任，你最多只能当一个啦啦队队员。"

第三次老人闹事是在村委会。那天，村委会通知村民来领取重新更换的市民卡。村民一拨一拨地涌来。黄星波的母亲早就来到，领了卡却没走，守在那里等周琼花。周琼花刚走进村委会院子，老人快步上前，伸手就甩给周琼花一个巴掌。那声脆响一下就把人群的目光全吸引来了，还让整个村委会都消了声似的安静下来。老人盯着周琼花看，还等着周琼花还手。

周琼花捂脸站了一会儿，就进去拿卡了。拿完卡，经过老人时，她说了一句话，让老人当场气得跌脚，她说："我和星波一定会结婚的，他会来我家住。"

我"啊"出了声。周琼花也会玩花招，这招是釜底抽薪，比还手更让老人受不住。

"就吵成这样，我是她的帮扶责任人，她当我是朋友，什么话都对我讲。她说：'我的难处不是吃喝拉撒，而是个人感情，也就是养老问题，既然与你结成了对子，那么你就帮我处理好这个事情。'"王晶晶感叹。

"所以，你就这样豁出去帮她了？"

"我理解她，相信他俩有真感情，其实五保户涉及的就是养老问题，养老——找到一个心仪的伴侣不更好？"

可是……老太太第四次简直是拿命在拼。

第四次就是最近的事情。8月初，黄紫薇放暑假了，被周琼花接到她家里玩，老人赶去，逼着黄星波带紫薇回家。

老人本来跟着父女俩一起离开周琼花的家了，哪想，她中途返回去了。先折到了村委会，找了妇女主任，质问妇女主任："你给我们解决矛盾，怎么越解决越矛盾？"妇女主任打圆场，劝说道："儿女的事情，您甭管——"老人挥手打断妇女主任的话："周琼花都是五保户了，还打算做我的儿媳妇？那你们咋不把我纳入五保户？"

这老人说话会挖鳃，妇女主任不知如何回答。她打算考虑下再回答老人的话——否则，又会被老人抓住什么漏洞。老人不给她时间考虑，要妇女主任给她家的帮扶干部何同志打电话，告诉他，老人有些累，他赶快来接老人回家。妇女主任打完电话，老人就朝她招手说："这样，你跟我去周琼花的家一趟，见证下我们的矛盾，不去你别后悔。"说完，老人就走。

妇女主任跟在后面，一起来到了周琼花的家。她担心老人吵架，就抢先一步说："今天我们安静地说说话，不许吵架——"

老人又打断妇女主任的话："不吵不吵，我这年纪再吵就死这里了。"妇女主任就闭上嘴巴，亲热地挨着老人坐下，问起孙女黄紫薇放假在家做什么。

老人就问："我孙女紫薇喊你——"老人拿眼紧紧地盯着周琼花——"怎么称呼你，你说说？"

周琼花答道："就喊我名字吧，反正名字也是喊的。"

"你精，我再问你，你喊我什么？"老人瞪出黄豆般的眼珠，唾沫星子挂在嘴角，孤单而干巴。

周琼花愣住了。老人催她快回答，还说："你不是跟妇女主任说，你和我儿子黄星波相什么爱的，你不会日白扯谎吧，这妇女主任就在你眼前。"

这是激将法。老人的脑神经太发达了，周琼花虽然也不笨，却跟不上老人的思维。老人厉声问道："周琼花，你喊我什么？"

周琼花马上答道："喊妈。"

老人站起来，一声狂笑："我年长你不到10岁，就成了你的娘，这不是作践我、败坏我的好名誉吗？我是讲脸面的人，却被你活生生地剥了脸皮，我——"说着，老人朝墙上撞去，"不活了。"

何同志赶到，拉住了老人，也只是缓冲了下老人撞墙的速度，老人额头都是鲜血。妇女主任是80后，哪里见过这样烈性的场面？她跟老人来周琼花家里，就是来调解矛盾的，却调解出人命来，当场吓哭了。何同志半跪在地上，双手环抱老人，也是喉咙哽咽："老太太，你这么大年纪了，何苦呢？我怎么交代啊？"

周琼花满头大汗，却还是冷静地伸手，右手触到老人的鼻子，被老人"呸"的一声喷出唾沫在手上。

万幸，老人只是皮外伤。何同志马上抱起老人就跑。妇女主任如梦初醒，叫道："好，没出大事，快送村卫生室。"

听上去吓死人，实际没事，老太太撞墙撞得心中有数，掐好了火候和时间。这不是一个简单的老太太，她一哭二闹三上吊，她的苦口婆心，是有些撒泼，但那些泼皮分明等同不了"村野泼妇"这四个字。王晶晶的双手在方向盘上交替拍打，感慨万千。

结果呢？在周琼花家里，周琼花还告诉我们，村委会已经给出了明确意见，如果周琼花执意与黄星波来往，那么，村委会将马上拿掉她的五保户资格。周琼花拿出手机给黄星波打电话，转达村委会的意见。黄星波的声音从开了免提的手机里传来："拿掉就拿掉，我们搭伴，不就是为了养老吗？"周琼花结束通话，对村委会干部说："都听见了吗？拿不拿掉，我们都会相伴下去的。"

"相伴"，这个词语弹簧似的在我耳膜上弹跳。

后来，我跟王晶晶探讨。王晶晶从心理学方面概括：每个人都是群体动物，害怕孤独，缺乏安全感，我记得心理学家阿德勒的一句话——自卑感和不安全感时刻徘徊在我们的意识中，唯有通过心灵才能得救。

如何通过心灵？

心灵遭遇心灵——尤其是老年人，在他们的心理意识里，陪伴等同于养老。阿德勒还有一句著名的话：我们的烦恼和痛苦都不是因为事情本身，而是我们加在这些事情上的观念。

又是雨天。雨点豆粒似的敲打地面，鼓起肥白的水泡，起底前几天的秋燥。我拨打了杜晓妩的手机。

“王晶晶不答应？她什么意思？”杜晓妩有些气急败坏，一句赶一句地询问，充满了愤怒。

“她就是一个普通的扶贫干部，她带我去了宝月寺村——对了，晓妩，你可知晓这村名的来历？”我一时不能回答她的询问，便把话头转到别处。

“知道，我奶奶和爸爸多次说给我听，还要我记住一首古诗——”

我打断她，念道：“丛林隐隐倚江头，野鹤闲云任去留。可爱一轮千古月，年年不尽照沙洲。”

“朱姐跟我说这个是……顺着他们的意思？”杜晓妩果然聪明。

“顺其自然也许为好。”

“哦，你们都站在我姨婆婆和黄星波那一边，好完成你们所谓的扶贫任务，太功利。实际上，作为成年人，你们不可能不清楚，黄星波就是贪恋我姨婆婆的新房子。”

“野鹤闲云任去留，有些事情并非外力能左右。”

“什么话啊，我们家投资了六万元钱呢，要负责任。”

我沉默了。杜晓妩“喂”了几声，便结束了通话。雨点还在冒泡，肥白的水泡一边诞生一边死亡。我耳边无端地响起杜晓妩朗诵的诗句：我们将是两枚果核，不会被种植……

后　记

2019年8月14日，天气异常炎热，但是，因书稿的缘故，我再次只身来到了宝月寺村。

烈日下的宝月寺村，看上去越发簇新。村里的每一条道路都铺上了水泥，实现了所有道路的硬化，而路两旁花团锦簇、绿树成荫。尤其是村委会附近的村舍，墙壁上都绘出美丽的图案，篱笆也是井然有序。正对着村委会的篱笆上挂着的扶贫标语"扶贫手拉手，大爱心连心"，很是醒目。

宝月寺村现在正是孤岛的示范村，道路整洁，村庄美丽，经济收入也是走在孤岛前列。

而周琼花来了个惊人举措，真就退出五保户，表达了她的决心。不过，黄星波也并未入赘到周琼花的家里。周琼花说："谁也不能拆散我们，不过，老人的意见也不能违背，所以就想出一个折中的办法，我们充分尊重老人的想法，不能要老人为这事伤心、伤身体，但两家的事情一起分担。"

"具体是哪些事情？"我问道。

"两家的农活啊，黄星波女儿的学业啊，老人的养老送终啊……"周琼花慢吞吞地列举。

"但是你也六十好几了，还退出了五保户。"我强调。

"没事的，我相信这份感情，一颗心有了依靠，人的感觉真的就不同了。"周琼花的脸露出了微笑。

"如何不同？"我追问。

她仰起脖子，默默想了一会儿，答道："心里有了定准，感觉生活有了奔头，再苦再累也值得。"

"黄星波他是怎么想的？"我又问。

“他也是这样想的，他老说，感情的事情，就是给一颗心找依靠。我们彼此有了依靠，心里有了定力，也就不怕别人质疑了。”周琼花不假思索地转述了黄星波的话。

我比较满意这次采访，由衷地表达了我的祝福。临走时，周琼花突然问我：“杜晓妩最近找过你吗？”

我摇了摇脑袋，反问周琼花：“你很在意她的意见？”

“她一个小孩家，难免任性一些，心地还是好的。”周琼花宽容地一笑，接着又说，“今年春节她没来我这里，我就一直牵挂，给她打了几次电话，中秋节时她回来了，和她的妈妈一起回来的。”

“聊得如何？”

“很好的。”周琼花笑逐颜开，“明年春节，他们一大家人会回到我们这里来过年，那时我家就热闹了。”

好人周建波

周建波的眼睛闪烁着一束说不清楚的光芒，让我瞬间想到了寒冰上面的阳光。那束光芒明明是可靠的温暖，却因不敌寒冰而倍显冰冷。

扶贫对象：周建波

扶贫干部：李文峰

地理位置：百里洲八角亭村

1

去八角亭村，我犹豫了许久，因为我还没排练好与周建波的见面，不是没有时间排练，而是没设计好台词。作为陌生人，去周家采访交流，如果没有准备好台词——能够入周建波的心灵的台词，是进不了大门的，采访交流就是空谈。这么说来，主人周建波好像就是一个演员，一个入戏太深的演员。

也没错。入戏太深……

但这是好听的说法，直白的说法就是，他是个废人。更直接一些，周建波现在就是一个疯子，是一个时而诉诸暴力的狂魔人。听说，好几个人到周建波的家，与他说话，一旦谈话不入他的心，就被他追着打。周建波看见椅子就抡椅子，看见锄头就拿锄头打，看见菜刀就用菜刀砍——那些人都是身上挂了彩，才逃出周家。周建波的狂魔症有些吓人。

我同学李文峰是他们家的帮扶人。他遇见我一次，就问我一次：“设计好台词没有？就算你跟着我们去，你没有台词，也会被周建波赶跑的。”台词……我这个木讷的中年妇女，不大擅长言辞交流，何况还要将言辞设计一番去做戏。我犯难，采访周建波的事情便搁下了。

2018年4月初，我在孤岛镇政府办事，遇到一位哭泣的妇女——她来汇报她家的园田被人毁了，房屋窗子也被砸了。她的哭声有些大，模样也有些糟糕。镇政府扶贫办的两个工作人员分别搀住了她的胳膊，请她到扶贫办公室，妇女的哭声才止住。

旁边的一个男人摇头，叹息。我问：“到底怎么回事？”

“她是八角亭村的人，丈夫因为欠别人的钱，后来疯了，债主们就向妇女讨债，要不来就用硬手段威胁——上房揭瓦，拔园田的秧苗，给牲畜下毒，在屋后面放鞭炮……”

我敏感地问道：“她的丈夫是否叫周建波？”

男人点点头，然后瞪大了眼睛打量我，似乎我是天外来客。我懂他的惊诧，不外乎是：既然你知道人家家事，还询问什么？或者是，周建波一家的家事连你这个外来人也知晓了，作为当地的政府人员，可能觉得有些不合适。我想了想继续说：“这个妇女名叫马尚兰，他们一家的事情，我听别人说过，那别人正是他们家的……”正说着，我眼睛一亮，马上踮起脚，挥起右手招呼道：“李局长，你来得刚好，我刚到这里就碰到你的帮扶对象了。”

对面走来一个胖墩墩的男子，正是我的初中同学李文峰。我旁边的男人似乎明白了什么，朝我看几眼，又“哦哦”两声，满脸堆着笑容，热情地朝李文峰伸出了双手。李文峰招呼过我们，旋风一般朝扶贫办走去，边走边笑着喊：“尚兰，我接你来了。”

很快，李文峰就出来了，后面跟着马尚兰。马尚兰脸上风轻云淡，像啥事都没发生一样。她见我们盯着她看，不好意思地低下头，接着伸手拢拢头发，还抻了抻衣服。李文峰侧过脸，小声说：“这都不是事情，我们替你解决，回头再去找那些腌臜人（俗语，专门寻找麻烦的人）教训他们。”

“行，你说得算，我嘛，来这里也不是故意哭屈的，实在是……”马尚兰低下脑袋，右手抹抹眼睛。

两人经过了我。我突然来了兴趣，加快了脚步跟上他们。这次，我去他们家去定了，至于台词，我也没想好，到时候临场发挥吧。

李文峰不相信地问道："你准备好了？可别闹出扎心事情。"他的意思我懂，他担心周建波发疯，追打我。

马尚兰也问："你去我家干吗？"那语调平淡无奇，但是，不理解和不配合还是一览无余。

我私下拉拉李文峰的衣角，再上前一步，向马尚兰自我介绍。为了争取她的理解，首先打出感情牌："我也是一名帮扶干部，而且还是孤岛人，我父母的兄弟姐妹们都在孤岛，我在孤岛生活了许多年，我对它很有感情。"果然，马尚兰的神色缓和许多，还点了点头。我接着说："我在下乡扶贫中，亲身经历了许多事情，这些事情很触动我，我就想把这些事情记录下来，用一个文本来表达，眼下乡村的变化，还是万变不离其宗——那就是人情世故。"

"人情世故。"马尚兰重复我的话，接着点了点头，"这么说来，你对我家的事情也感兴趣了，想把它化成文字，然后给许多人读？"说着，她的眼睛眯起来，似乎在考虑，也许不是——4月的光线越来越强，炸在我们眼前。我稍微抬下脑袋，也会不自觉地眯起眼睛。

李文峰右手抬起，指着我，补充介绍道："尚兰，我跟你说，她是作家，准备写咱们孤岛精准扶贫的纪实文字。纪实嘛，就是写实实在在的东西，既不会故意吹啊擂的，也不会钻牛角尖儿，总之会客观，况且你家的事情能够被她宣传出去，也许还是一个机会。"马尚兰不耐烦了，"嘁"一声，说道："李局长，你把我们想成啥子人了，好像我穷得快要饭了。我不要宣传，她要写就写，只要能写出我们的心里话，我就支持。"

"说得好，我就是要写大家的心里话。"我眼睛一亮，说道。我不是自夸，而是给自己设下门槛。这个纪实系列，必须真诚，要去掉表相探究内里，尽可能地触及所谓贫困户和帮扶者的心灵。这不是马尚兰的要求，而是我对自己的要求。

心灵才能打动心灵，真诚才能赋形文字，而真诚是精准扶贫的轴心。

2

马尚兰与周建波的家庭情况和扶贫情况如下。

基本情况：户主，马尚兰，42岁，八角亭村3组人。家庭成员有丈夫周建波和儿子周先沛，还有一个老人，周强东。周强东，72岁，因为患有小儿麻痹症，右腿瘸拐，无劳动力。儿子周先沛高中毕业后就出去打工，目前在东莞某个服装厂打工，收入一般，勉强糊口。丈夫周建波43岁，2016年突然患上精神分裂症，遇见陌生人就会发狂魔症，表现在：抓住人家不放手，甚至大打出手。2017年年初，其家庭被列入贫困户。现有五亩棉花田，种植柑橘、梨树等经济作物。

扶贫措施：享受低保；享受自来水报装费减免；享受家庭医生签约服务；享受农村意外伤害保险；参加电商培训；发展土鸡养殖；享受小额信贷两万元。

信息明显，他们一家的变故在于周建波这个人的遭遇。作为家庭的顶梁柱，突然就疯了，顶梁柱倒下，家庭收入失去保障。

他的遭遇……

周建波平时在家侍弄那五亩棉花田，到了9月、10月，便开始开着小货车在孤岛棉田里穿行。他在收棉花，向棉农收刚刚摘下的和晒好的棉花。做这样的工作的人，叫棉花贩子。孤岛人为了图简便，简称为花贩子。然而，周建波只是头道花贩子。收上棉花后，他会按照棉花的质地分出等级（或者是收集过程中，就按照等级收上来），再贩卖给二道花贩子，从中赚取差价，收入也不错。收得越多，差价积累得越多。周建波干这事好些年了，勤快又有经验，还能迅速出手收集的棉花，并及时返给棉农现金，从未出现欠债的现象，附近的棉农当然相信他。每每到了秋收季节，棉农便会主动联系周建波上门来收棉花。

2013年10月初，周建波收集了一大车棉花，卖给了二道贩子，总价是38.2万元。按说，这个收成不错。周建波和棉农都觉得今年是个丰收年。结果呢，意外发生了。

二道贩子这次收了棉花后，10月中旬就联系好买主。18号这天，天起大雾，不过，这大雾在10月，算不了障碍。二道贩子开着货车出发了。他是从孤岛南边走的，因为买主在荆州的某个厂。到了荆州地段，货车开到一座石桥上。石桥并不长，但石桥左前方的道路上驶来另一辆大货车。大货车速度快。那天有雾，路面上的雾气稀薄，而在水面氤氲的石桥上，雾气尚浓，导致视线受阻，大货车却没减速。二道贩子的货车正准备下石桥，左边来的大货车准备拐弯上桥。没减速的大货车冲来，车祸发生了。两辆车相撞，二道贩子的小货车被撞掉下石桥，二道贩子当场身亡，那一车棉花也全部作废。

这场车祸，终结了周建波和一些棉农这年的收成。周建波欠下棉农33万元的棉花钱，共12户人家。

这一欠账，从偶然变成了遥遥无期。

从2013年年底开始，村民要账便成为周建波一家的噩梦。他们从开始的吵闹到打架，再到各种破坏——家里值钱的东西都被拿走了，剩下的房屋、菜园、牲畜便是他们出气的对象。房屋先前还是气派的两层楼房，但现在是：玻璃全被敲碎，墙角也被人挖出一个小洞穴，连防盗门都更换了好几次。家里的菜园子种什么都被毁掉，秧苗拔掉，耕好的泥土被钉耙耙得稀烂，菜园的篱笆也是倒了又倒。喂养的鸡被偷被抢。养的猪被人下毒，死了好几头。有时夜里一家人走在看不清的某个地方，会遭受到莫名的攻击和伤害。年过七十的老父亲也不能幸免，在家睡觉被人半夜里抱走被子，外出遭受石块、竹竿的袭击。老父亲忍受不了，从他们家搬出，住到周建波的弟弟家里去了。周建波两兄弟分别赡养父亲母亲，但现在父亲搬到周建波的弟弟家，弟弟一家人满肚子意见，也不理睬周建波夫妻俩了。

2015年春节，儿子周先沛回家过年，正月初二骑摩托车去亲戚家拜年。亲戚在联丰村，距离八角亭村不远。摩托车刚出村口，一下爆了车胎，将周先沛甩出好远，并摔断了胳膊和胸肋骨。在摩托车车胎里找出两个大钉子。年三十的晚上检查了，摩托车好好的，还充了气，却……唯一可能的就是，初一这天，周建波一家去周建波的弟弟家里做客，摩托车放在屋外的稻场上。那天客人多，亲戚乡邻都有。而周建波一家三口窝在屋内打牌。摩托车车胎便被人钉进了大钉子。大钉子在初二这天的上午，威力发作，致使车胎突然爆破。

周先沛整个春节就被固定了石膏待在家里，心中滋味自是不好受。后来，身体好了些，便准备返回东莞。气愤的是，返回那天，周建波用补好车胎的摩托车送他去坐船。他们家以前的货车，早就被债主们拆下零件报废了。摩托车已经走在孤岛的主干道——柏油路上（一条连接孤岛南北的主要道路），旁边飞来另一辆摩托车，擦过他们的摩托车，又把这对父子撞倒。周先沛还未完全康复的胳膊再次骨折。周建波要送儿子去医院，儿子不理，径直朝前走。周建波又要儿子回家，先养好伤再说。周先沛还是不理，忍着痛朝前走。那样子，是铆足了劲儿要逃离的。周建波伤心且无奈，给妻子马尚兰打电话，要马尚兰劝说儿子周先沛留下。周先沛接听了电话，却不管马尚兰的劝说和哀求，只回答："这个家我害怕，担心自己死了都不知道怎么死的。”

周先沛说什么也不愿再待在家里了，带着骨折的胳膊坐船再乘车赶去东莞，以后连续三年都没有回家。

周建波呢？

更别说了。家庭遭到如此不幸，人又能好到哪里去？更何况，冤头债主，就是他周建波啊。2014年整整一年，遭受群殴至少八次，散打则不计其数。周建波中等个子，但长得瘦小，打架是弱项，即使散打，也常常是几番拳脚后，便被人踩趴在地上。群殴，更别说了，轻则皮肉挂彩，重则伤筋断骨。周建波在2014年住院三次。2015年，儿子周先沛多次骨折，周建波的情绪完全垮掉。以前，债主们找上门找碴儿，他打不过，还是坚持反抗。2015年这一年，他不躲闪、不还嘴、不还手，任着人家打骂，一副逆来顺受的样子。

2015年7月中旬，周建波在棉花田里喷洒农药，又遇到要账的人。这次没有男人，而是五个妇女。其中两个妇女的确是家里等着用钱，还是急需用钱，孩子马上要上大学，家里的老人生病住院需要用钱。另外三个也有道理，好几万元钱押在周建波这里，无论如何都是着急的事情。这五个妇女围着周建波哭闹，要求他还钱。周建波不理睬她们，骂不还口，打不还手。

这副闷瓜模样越发惹烦了那些妇女。她们打打骂骂，却无丝毫效果，半分钱也要不来，怒火便如石油遭遇火星一般吱吱地燃烧，顷刻烧起熊熊大火。妇女们便摘下周建波背后的农药喷雾器，两个妇女分别按住周建波的左右胳膊，另外两个妇女对准周建波的左右腿乱踢。终于，周建波跪倒在地上。一个妇女便举起喷雾器朝周建波的脑袋摔去。

这次，周建波被送到县医院，整整躺了两天一夜才醒来。

这次醒来后，周建波性情大变，时不时就会在梦中哭醒，然后下床，四处走动，走到外面去，非得要人拽回才行。

在医院治疗了三个多月，勉强控制了病情，周建波出院了。

但是，出院的周建波在2015年年底又被好几个人堵在家里要账，挨打受骂，连妻子马尚兰也被打倒在地上，还被泼了小半盆子的冷水。这次，周建波的精神垮掉了，神经开始错乱，看见陌生人，就会发疯似的抓住人家，再就赶着人家追打，朝死里打。

整个家庭被这个事件掏空。值钱的家当全被砸坏或者被人搬走。两口子先前赔了人家14万元，掏空了家里所有的积蓄。以后，不断被人找上门要账，再加上周建波不断住院，家里的收入缺乏，经济状况一年不如一年。2017年年初，马尚兰一家被纳入贫困户，周建波和父亲周强东分别享受了低保。

我见到了周建波。

他们家在一条小路的左侧，经过两户人家后，一幢破旧的两层楼房便闪现在我的眼帘。周建波歪着肩膀站在屋檐的台阶上，向我们打探。

李文峰和马尚兰上前一步，分别招呼周建波。然后，他们侧过脸，看我一眼，加快脚步。我知道，他们两人已经做好了打算——如果我的台词不对周建波的心，他们会分别站在周建波的左右，以备不测。

周建波的眼睛闪烁着一束说不清楚的光芒，让我瞬间想到了寒冰上面的阳光。那束光芒明明是可靠的温暖，却因不敌寒冰而倍显冰冷。我缩了缩肩膀，停在距离他一米外的地方。

“周师傅你好，我是马尚兰的朋友，还是你家帮扶人李文峰的同学，遇见他们两人，便一起跟着来到你家看看，可以吗？”

“看啥子……又来催钱的吧，我晓得你们的厉害……我不怕……来来来，我打死你……”周建波眼睛瞪大，快要凸出眼眶，脚步已经带动身体朝前蹿出——此际，马尚兰一把拦住他，李文峰也拉住他的手臂。

我居然没有动，而且心中也无丝毫的惧怕。相反，我很冷静，赶忙摇头否定，说道："不是的，周建波，你认错人了。我是你们的朋友，我理解你的心理，也很同情你，而且相信你，你没有做错任何事情，只是因为遭遇了不测，我很想听听你的想法。"

周建波依然激动，挥舞着手臂，暴躁地吼道："我打死你们，我才不怕你们，我现在拿命跟你们拼了……"

我说道："我不需要你怕我，也不需要你不怕我，我只是想听听你说话，你的苦衷我理解，无论如何，我相信你是一个好人。"

狂躁的周建波突然降低了音量，直到"人"那个字完全落音。他也停止了吼叫，身体也停止了躁动，双臂垂下，就站在那里看着我。

我重复最后一句话："我相信你是一个好人，真的。"

周建波如梦初醒一般，"哦"了一声，突然问道："你是谁，是哪个？"

我还没来得及回答，周建波又提高了声音问道："你怎么就晓得我是一个好人？他们都认为我是一个骗子，是个坏蛋，想对付我。"

李文峰闪身在前，回答道："我们都晓得你是一个好人，谁想对付你来试试？没有王法了，那些整你的人都被镇派出所抓去关押了，你放心，谁都不会来找你麻烦的。"

"可是，我到底还是欠他们的账，这么多年都还不清，是我的错啊。"周建波蹲下来，双手抱住了脑袋。旁边的马尚兰劝道："建波，你别难过了，我们不是在想办法还钱嘛，慢慢来，都有一个过程的。"

周建波在马尚兰和李文峰的左右搀扶下，站起来，走回了堂屋。我跟着进去。马尚兰招呼我坐下，转身拿药给周建波吃。她递给周建波开水和药片，轻声说道："你还是要按时吃药，要不，身体垮掉，那才是麻烦，我们一家人都完了。"周建波接过药片和开水吃药。

我打量着这个家。

没错。楼房破旧，主要是窗户被砸了，前面的防盗门油漆全掉了，表面凹凸不平，还有明显的划痕。家里的椅子也只有一两把完好，其他的均是缺胳膊少腿的。电视柜也是烂兮兮的，并无电视摆放，而电视柜上面摆放着的杯子、热水瓶都不受看。

我收回眼神，因为觉得内心很堵，不想再看了。马尚兰跑到镇政府去哭屈，有她的难处。就在昨天晚上，家里的窗户玻璃又被砸烂，菜园里的菜苗也被拔掉。这不是第一次也不是第二次、第三次，而是……她能怎么办？家里的顶梁柱已经垮掉，她想撑起这个家，该要忍受多少委屈和难堪啊。

苦了累了都不怕，就怕绝望。而绝望下，又不能当着周建波落下一滴泪水，否则……她去找村里找镇政府。在那里，她忍不住哭泣。

随即，村委会来了人。李文峰和村支书商量，马上修补马尚兰家里的窗户，马上补上被拔掉的菜苗。

顿时，家里忙碌起来。我也不好意思去做采访了，而是跟着马尚兰到村委会去，那里有一些邻居提供的一些菜苗。辣椒苗、茄子苗、西红柿苗、豇豆苗……我跟在马尚兰的后面，抱回一大袋子菜苗。

我们边走边说话。马尚兰说："其实，我老公周建波的病还真不是他们说的精神病，你也看见了，只要说话说到他心坎上，他一点儿病都没有。唉。"

我学过心理学，略微知晓心理学知识。马尚兰说得比较正确，周建波的病并不是精神病，而是心理疾病，还比较严重。马尚兰比我年纪小，也读过书，对心理疾病并非完全陌生。她问我："那怎么办？我们这里可没有心理医生。"

我想了想，对马尚兰说："看心理医生的确迫在眉睫，那是一个方面，另一个方面，还在于亲人跟他的相处方式。"

马尚兰放下手里的菜苗，郑重地问道："如何相处？"

"很简单，跟他交流，多多肯定他，给他支持。"

马尚兰皱眉，嘘了一声，说道："这个我平时就是这样做的，可是没有效果啊。"

"有的，肯定有的，你要多陪伴他，加大力度，另外你们的儿子……听说两三年都不回家，他的作用也很重要。"

我们在菜园里补种菜苗。马尚兰讲起她的儿子周先沛，说周先沛虽然没有回家，却一直跟自己联系着，他也是怕回家了，被那些寻上门来要账的人暗算。儿子没读多少书，也没经历多少事，对爸爸周建波不大理解，就把不幸或多或少地算在周建波的头上。停了一会儿，马尚兰又说："我想起来了，几年前儿子再次骨折后，去东莞后也不回家了，周建波后来就变了一个人似的……儿子的不理解，也许让周建波很沮丧，可能重重地打击了周建波的心灵。"

我表示赞同。马尚兰很聪明，醒悟了似的，说道："我懂了，有些事情必须交流，敞开了心扉说心里话，说着说着，就会发现一些症结，就比如刚才，我才悟出我家先沛的重要性。"

我再次赞同，并耐心地解释道："在心理学中，沟通很有必要，而沟通是最佳的相互认同状态，从生活经验上讲，沟通就是以心换心，能给人带来慰藉。从心理学知识上讲，沟通就是自我认知、自我发现，还是自我启动免疫系统。"

2018年7月中旬，我再次来到了马尚兰家。

这次，马尚兰家有了改观，主要是周建波的状态有了改观。首先他还记得我，并未将我当成陌生人，自然也没有对我产生敌意。

他看见我时的那副表情我很有印象，先是愣着眼神，可能瞬间还没认出我，但我的微笑和话语提示——"周建波你好，我又来了，上次是4月来过你们家的。”提示下，周建波的态度变了。他的嘴巴微微噘起，再轻轻地点头，接着说道：“我记得的，你还给我们家的菜园补种了秧苗。”

我笑出了声。

“谢谢哦。”周建波给我搬出椅子，请我坐。

马尚兰从后面的屋子里闪身出来，催促周建波去吃药。周建波走出堂屋，到他的卧室里去。我朝马尚兰竖起大拇指，轻声说道：“好有变化。”马尚兰笑着“嗨”了一声，接着咕哝道：“你是没有见到他发病的样子，真是……”

“慢慢来，一切都有过程。”我重复马尚兰曾经劝慰周建波的话。她“嗯”了一声。周建波吃完药出来了，弯腰挎起一个竹篮子，准备去园田里摘辣椒，说是辣椒全都红了，再不摘下，可能就又被人偷掉。

我拦住周建波，接过他手里的竹篮子，拉马尚兰一起去菜园摘辣椒。

7月的菜园，丰盛得很，但辣椒占据了3/4的面积。马尚兰解释，曾经补种的秧苗，有些死掉，还有些……她摇头。我估计是被人又拔掉了。都种上辣椒，不操心，那东西生命力强悍。我接上她的话，马尚兰“嗯”了一声，又说：“好歹，后来就没有人来破坏了，你看，这田里的辣椒长得多好。”八九分地的菜园里，辣椒密密麻麻地呈现在眼前。那些密匝的绿叶和相接的枝条之间以及它们之上，红绿辣椒硕果累累，谦逊地低垂脑袋，却在阳光下闪烁耀眼的光芒。我不是合格的农人，却充分享受了丰收的喜悦。我们在菜园里边摘辣椒边唠嗑。这段时间，他们家里安稳，几乎没有人来要账。周建波发过一次病，但总体来看还算稳定，而儿子周先沛现在常在手机里跟周建波说话，给周建波带来不少安慰。

红辣椒很多。我买了一蛇皮袋子，准备回家去做豆瓣酱和稀辣酱。其余的，马尚兰晒干了，晒成辣椒皮，放到村委会开的淘宝网店上去卖。马尚兰说，这园田的辣椒大丰收的时候在8月底，李局长单位会组织人来买的。

这好。

不过，卖辣椒钱是小收入，可以忽略不计，主要还是秋季的柑橘。现在她家的棉花田，因为缺少人手，基本改种了柑橘和柚子，今年橘柚挂果很多，估计会有好收成。

但是，马尚兰说到好收成，又犯愁。我问她愁什么，她说："有了收成，那些要账的就又拢上来了，烦死人，我都快疯掉了。"

"别别，你千万要挺住。"我劝道，"没有难死人的事情，我上个星期听你家的帮扶人李文峰局长说，他鼓励你养殖土鸡，然后会给你办好小额信贷。"

"这事我们商量过，可是，我家发展这个……要是又被人下毒偷盗什么的，我那可就被逼到无路可走了。"

"这个你放心，我听李文峰说，他们单位和村里的干部分别去过那些债主家，宣讲了政策，还讲明了一些纪律。人家都表了态，再不会做违法的事情。"

"那就好，反正我们欠人家的钱，我们不是不认，只是眼下实在还不了，如果我家脱贫还致富了，首先会还清这些债务的。"

2018年旧历年年底，我跟随李文峰第三次来到了马尚兰家。

一个令人兴奋的消息，周先沛居然在中秋节快递了礼物回来，孝敬爸爸妈妈的，并答应春节时回家团圆。这小半年来，周建波的情绪较好，还没犯病，偶尔还能跟着马尚兰干干农活。

周建波端了一杯热茶跟我唠嗑。

"听尚兰说，你准备记录我们家的事情，为何要写我们家？"他问道，眼睛上翻，露出的眼白似乎警示——他并非十分信任我。

我想了想，没有正面回答他的问题，而是问他："眼下整个农村都在进行精准扶贫的事情，你怎么看？”

周建波耸耸肩膀，答道：“扶贫是好事，能解决遭业（贫困的意思）人家的吃喝拉撒，可是像我这样的——明明不会致贫的却搞成了贫困户，想来就要我气愤，真是命瘩。”他喝了口热茶，接着说：“不过，没有精准扶贫，我这命会更瘩，但是你看我，我愿意欠人家的钱吗？我不想啊，况且我自己的钱也打了水漂，他们却把我当作坏蛋，恨不得弄死我算了，那样对待我就算了，还拖累到我的家庭，连我儿子都不放过，我老爹都不敢住在家里。我，我，好好的人却成了疯子，我怪谁……”他站起来，突然激动了。马尚兰一个箭步上前，递来手机，叫道：“好好说话嘛……快接听电话，先沛打来的，要跟你说话。”

周建波恢复了镇静，走到一边跟儿子通话去了。

马尚兰接着跟我说话：“建波的病啊，还是在于他的心被揉碎了，唉，好歹咱们遇到精准扶贫的好气候，还真有改观，我相信明年会更好一些。”

周建波结束了与儿子的通话，回到屋里来，再次问我，为何要写他们家的事情。

“因为你刚才回答了，本来你们一家可以不致贫的，却成为贫困户，这说明，农村贫困不只表现在经济收入少，更表现在，人心和精神方面还有待深入。”我的话音刚落，李文峰丢掉手里的烟，接过我的话头，继续说：“这话说到人的心坎上了，人心是什么，就是以心换心，人活得有尊严。你欠人家的钱，人家找你要钱，乱扯能解决问题？如果我们齐心协力地把这方面的事情做好，安抚了人心，利人又利己，何乐而不为？”

周建波和马尚兰两口子相互望了望。我继续问：“你们还愿意我记录你们家的事情吗？”

周建波扬起右手，答道：“要记就记，我肯定会读到你的书的，希望在你的书中，我这个疯子是个好人。”

“你本来就是一个好人，不是疯子。”我快速地回答。

“我不是疯子……你真的这样认为？”周建波瞪大眼睛，眼神聚焦出灼目的光亮，光亮紧紧地笼罩我的双眼。

我放慢语速，答道：“不是我这样认为，而是实际情况，只是你的心里积压了许多负荷，委屈、内疚、不安、恐惧……这些找不到出口，便层层积压在心胸里，导致一些负面情绪爆发了。”

周建波脸色顿时发红，小鸡啄米一般上下点头：“是的，但我最大的压力还是……我欠人家的钱，啥时候才能还清啊？”

“会的，肯定会的。”我跟着点点头。马尚兰也在一旁附和：“没问题的，只是要一些时间，这些钱压不死我们，你说是不是？”周建波已经恢复了常态，重复三个字以示强调：“压不死。”

后　记

2019年3月初，我跟随李文峰第四次来到马尚兰家。老人周强东已经回来住了。儿子周先沛回家里过年，这次待的时间比较长，到了3月还没有离开。今天，周先沛带着周建波去对面的县城买衣服去了。

马尚兰正忙着收拾旁边的牲畜屋。农村把牲畜屋叫作附属屋，一般建筑在正屋后面，或者两侧。马尚兰家的附属屋在正屋后面。以前只有低矮的一两间，但现在垒高了，扩建成四间房屋，并在周围垒砌高大的院墙，院墙顶端插有尖锐的玻璃，以防别人偷盗。这些附属屋，一间用来养猪，另外两间用来养土鸡，还有一间存放粮食和农用工具。

我一看这架势，惊叹道：“看来你们今年有大动作啊。”

我猜对了。李文峰帮助马尚兰一家申请到小额信贷两万元，用来养殖土鸡。我多说了一句话，问李文峰："为何鼓动他们养土鸡，而不是养殖土猪？"

李文峰回答："养土鸡和养土猪同样辛苦，但是养土猪更难一些，而且风险也大。而马尚兰一家只有她一个劳动力，养土鸡合适，再加上去年年底，马尚兰参加了镇上的电商培训，学了养殖土鸡的知识，正好派上用场。"

马尚兰是个雷厉风行的人，说干就干，买来320只土鸡鸡雏喂养。

无疑，李文峰对马尚兰一家发展养殖业的建议是正确的。2019年5月开始，非洲猪瘟迅疾席卷了孤岛，并在孤岛大肆横行，孤岛上养猪的几乎全部中招。幸亏马尚兰只养了一头小肉猪，在7月时，见势不妙，杀掉卖了。谁买了？李文峰所在单位的食堂。

2019年11月初，我第五次来到了马尚兰的家里。

我询问马尚兰，关于周建波的病情。马尚兰朝周建波努努嘴巴，说："你看见了，他现在忙得很，哪里有时间经常犯病。不过也犯过一次，但跟以前不同。"

"如何不同法？"

"9月时，我们的土鸡卖了一部分。一些债主听说了，就来要账，建波与他们又发生了冲突。这回，面对他们的吵闹和摔打，他不怕了，拿起手机就报警。但是，警察在镇上，没及时赶到。那些人就朝他拳打脚踢，建波可不得了，跑进厨房就拿起菜刀赶，这样，才把他们全赶跑了。"

我愣住了，好久才反应过来，说道："这不是犯病啊。"

马尚兰苦笑一下，说："等要账的跑掉以后，我家建波就扔了菜刀掉眼泪，还抽自己嘴巴，说明明是自己欠人家的账，却拿菜刀赶跑人家，好不要脸，于是就打自己……"

我们一时陷入了沉默。

马尚兰说："我理解他，他心理压力大，主要还是内疚，那份欠账一天不还，他的心理疾病一天也不会好。所以，我就跟他理了下还账计划，按照收成慢慢来，争取早些还清欠账。"

"村里是什么态度？"我问道。

"村里当然支持我们发展养殖业，我们今年才养殖土鸡，开端的确不错，这都归功于政策好。至于销路，李局长跟我打包票了，要我们不愁，只管把鸡养好。按照这样下去，今年收入接近上万元，再加上杂七杂八的，比如柑橘和柚子，也卖了上万元，纯收入绝不会少于两万元。另外，我家今年脱贫了，不再是贫困户了。建波一听很高兴，他不喜欢人家说他吃低保。"

"明年有什么打算？"我问道。

"明年，我要翻倍养殖土鸡，还要养殖土猪，同时，也要种好柑橘和柚子。另外，还要学会在网上营销农产品，我家先沛说了，这方面他来负责。还有一个重要的计划是，明年2020年，我跟建波规划了一下，至少要还账两万元。"说完，她又强调，"至少两万元。"

后记

精准扶贫中的乡村文学意义

这个有关枝江市百里洲镇精准扶贫的纪实系列，我几乎是一口气完成的，花费了一两个月时间，2018年11月底完成初稿轮廓。2019年，我不断修改并完善，11月底定稿。

关于这个系列的写作想法，却思考了很长时间，从酝酿到准备有一年多。2017年下半年，我参加精准扶贫工作，年底时接手了一个定点扶贫对象，就是书中所说的蒋传德（因为涉及一些个人隐私，人名我用了化名，地点名称与实际情况也错开，还有一些基本信息做了虚化），下乡驻村成为常态。我可以近距离接触现实乡村——精准扶贫中的乡村，正在摆脱贫困致富奔小康的乡村。乡村的天地陈旧，却留下时光斑驳的痕迹和直观的生命运行轨道，还有不可磨灭的童年气息，更有脱贫攻坚战下的乡村变革彰显的时代面貌。

故而，我要纠正一个词语，参加精准扶贫的我并不是作为一个居住在城市的公务员去“下乡驻村”，而是回到村庄。归乡之旅，一条溯回的道路，逆着时光的河流，回到本源。这样回归的方式，恰恰与文学曲径通幽了。文学就是追根溯源啊。

至此，我的生活环境发生了变化，一些氛围也悄然改变。

我周围的都是既陌生又熟悉的对象。他们可以分为三大类：扶贫干部、所谓的贫困人群（为何用上“所谓”的限定语？因为这个群体的“老病弱残”构成的特征，表现在物质上确实贫困，但精神上呢？“贫困”一词难以概括，故而，我加上了限定语）、当下精准扶贫的乡村或者说新农村。

那是民心民情最集中的地方。

在那里，我们几乎毫不费力就触摸到人性人心。一日三餐、吃喝拉撒、生老病死……赤裸裸的物质存在。几乎每天都有烦心的事情发生，那些事情总是融合了前尘旧事、现在的生存状况和未来的思虑。换句话说，某个特定时间的事情，不是一个人的事情，它包含了时光的味道，呈现出厚重的历史沧桑感，其复杂性迫使你去了解、去交流、去思考。关于生老病死，关于人情世故、人心人性，关于时代环境，关于精神向度，绝大多数时候，这些事情会不由自主地跳出新闻媒体的框架，甚至以意想不到的面目出现，冲击人的心灵和头脑。

说实话，近距离只是标榜“我”在场而已，并不能说明我完全融入了那个独特的场系。

距离无法避免地存在，但应感谢这个距离，恰恰因为它的存在，给予一个观察者和记录者空间，去喘息、去发现、去思考。

现在，回到“精准扶贫”这个词语上来。

精准扶贫相关政策适时出台并不断加大力度，助推人类反贫困的脱贫攻坚战，这是上升到国策的大事。党的十八大以来，党中央从全面建成小康社会的要求出发，把扶贫开发工作纳入“五位一体”总体布局、“四个全面”战略布局，作为实现第一个百年奋斗目标的重点任务，做出一系列部署和安排，全面打响脱贫攻坚战。其力度之大、规模之广、影响之深，前所未有，取得了决定性进展，显著改善了贫困地区和贫困群众生产生活条件，谱写了人类反贫困历史的新篇章。精准扶贫的对象就是一个地域、一个群体。这个地域叫作“乡村”，这个群体叫作“贫困者”（我私下更愿意叫作“生活弱势者”）。精准扶贫的目的用简短的词语概括就是，拯救、挽救、救赎。

当我在电脑上敲出上面的词语时，我如醍醐灌顶。这项国策，对于文字工作者而言，记录下来，是责任，也是一个人以文学的面目回归本源的最好途径。看看，当我们抠掉那些繁缛的条条框框，只剩下其骨架和内核时，国策与文学合二为一了。文学的功用，说到底，不就是救赎吗？当然，文学的救赎功用并非剑指他人，而是为自己。但自己——写作者，在记录当下的瞬间，她或他又怎能是旁观者或是记录者？

是在场的参与者。

在那个地域，接近我们生命本源的地方，有生命的初心，有生命胚芽的倔强成长。任何一个外来者，都会嗅到致命的童年气息和强烈的生活同感。

“命运”一词，裹挟的暴风雪，总是不定时地袭击一个个脆弱的肉身。没有谁能够例外。而这些身处乡村、以土地为生的人，不过因为条件的薄弱，代替我们早先感受了命运的暴风雪，并将他们的痛苦和感知痛苦的心理及精神传递给我们，提供一个个参本，供我们感知、应对。

我在扶贫中，最经常听见的一句话是：千万不要低估这个身处底层的群体的人性人心。这是村干部和扶贫同道者的感慨。

那些简单的灵魂，那些因为地域限制，走在陈旧时光中的灵魂，他们肉身衰朽，遭受疾病和意外事故的碾轧，却总在不经意中，萤火虫似的朝我们发出清亮的光芒。你能感受到乡村这个母系词语的最初温暖。你也能感受到，我们这些对接的扶贫脱贫对象身份就发生了转换。

我们正是其中一员。

我们感谢那些人，正如感谢我们自己——死皮赖脸地活在这个世界，与命运游戏，还想翻出一些幸福和喜悦。

而今，我们结成对子，不过是时间的安排，要我们溯回，回到人生最初的地方，去与那些被漠视的、被丢弃的东西相认，去见证孕育了我们、现在快要成为废墟的子宫、胎盘。

也只有那样的瞬间，我们才能体会到，相识不相识都不要紧，其实，大家就在一个场系中。场系里有一块磁铁，吸引我们，将我们归类，又让我们彼此辨认。最终我们会异口同声地说出我们这些同类——好了，至此，我可以用上一个词语了，人民。而人民，更多的时候是指生活弱势者。乡村中的生活弱势者人数庞大，远远超出了新闻统计的那些数字，因为评价的标准不再是单纯的物质方面，还有精神方面和心理方面。

可能在物质和精神这两方面，得到关注的非常多，而心理方面的却十分匮乏。而在这样一个高速发展的时代，全世界的人，没有谁能避免心理问题，或多或少都存在，何况身处尘埃中的他们？心理疾病下的弱势者，大多数时候，是以“贫困”面目显形。假如当下中国的叙事，不给予乡村中弱势群体的心理关注，是不能全面地反映出这个庞大群体内心的困惑的，而缺乏全面性，就难以达到心灵层面的真实，也难以突破“脱贫攻坚战最后一公里的瓶颈”。

事实是，我接触到的扶贫干部，已经注意到这方面的重要性，在工作中自觉不自觉地努力着，他们以“爱”为指南，与扶贫对象建立亲人关系，沟通交流，无私地奉献。同时，他们积极联系心理康复工作者，有计划地开展心理疏导和康复活动。多年的帮扶工作已能见到实效。他们是这个时代的创业楷模，描绘了时代变革的磅礴画卷。而我这个记录者、叙述者，也不可避免地将其记录下来。

文本上，我记录他们物质精神方面的脱贫过程，还记录了他们心理脱贫的真实过程，仅仅提供一个参考。因为心理脱贫的一个重要方面，就是建立平等的交流姿态，帮助他们正视心理问题，完成心灵的自我认识，从而建立积极健康的心态。如此，我的记录采用了大量的对话，尽量保持原生态，尽量交给被记录者。

只有叙述的主体回归自身时，手中的笔才会退到后面，去掉了主动性，从而剩下一个动作：安安静静地被动地观察和呈现。这仅仅是一种需要，沟通的需要，而沟通是最佳的相互认同状态。用心理学知识讲，沟通就是自我认知、自我发现，还是自我启动免疫系统。而在沟通的一刻，我们就是一个整体。

我们互为依靠、互为扶持、互为见证时，我们的整体“人民”一词，才有机会被呈现出浩瀚的态势。

说到底，“人民”将我们归类的标准正是心灵和精神，而人民的底盘扎根在乡村。那么，我不可避免地要把笔尖转回乡村，说说自己对乡村或者乡野的再认识。

曾经有人担心，中国的乡村某天会消失在城镇化的铁蹄下，乡村记忆也将被束之高阁，成为古董。这种担心有必要。但我还是要说，“乡村”对中国人而言，岂止是物质的存在？它是千百年来延续的一种公众情绪，早已融化于我们的血肉和骨髓里。因为，那细胞般存在的“乡村”细节无处不在，它决定了我们的口味、方言和精神认知，还规避了一些禁忌。这是源远流长的河流，是我们的生命之根脉。

今天的乡村承载了历史的演变和时代的痕迹，是时间的综合体，是变革中内涵丰富且外延广袤的新时代的乡村世界。这样崭新的乡村必然会诞生相对应的时代新人，而诞生于当下乡村的文学作品，也是复杂的，却也考验写作者的思想认识和生命体验。无论如何，“乡村”还是文学的母语胎盘，它是创作者的记忆，是观察者的呼愁，是田野记录者的童年再发现，还是生命根源的指认和时代社会发展的见证。

它太过于中国化，是我们这个民族的呼愁。故而，反映精准扶贫工作背景下的乡村文学作品，我更愿意称为中国叙事。

这类叙述为写作者赐予的福祉就是，心灵在回溯中，会触摸到生命的源头；人生经验在扎根泥土中，将挖掘出时代转型的总体脉络，完成个人与时代的对话和彼此构建。这是本质的叙述。这类叙述在展开自己故事的同时，也传达出时代新人的信念和梦想，呈现新时代的形象和意义，勾勒了历史的经纬，也描绘了未来愿景。

在那里，创作者无师自通就领悟了悲天悯人和大道大义。一个创作者的悲悯情怀和万物在我心中的大道大义，何其珍贵——现实乡村却轻易地馈赠了他们。

而现实的乡村，就是精准扶贫政策下的当下乡村。

精准扶贫政策的出台，集中到大量资金的补贴和多种保障制度出台，在一定程度上帮助了“贫困”人群脱贫。然而，有些事情，并非依靠物质就能解决，比如鳏寡者的孤独，比如精神疾病患者的心灵诉求，比如留守儿童缺失父母之爱的问题和人身安全问题，比如由于大量使用农药后生态环境被破坏的问题……太多太多，也过于复杂。

归根结底，精准扶贫的农村，面临的问题仍是人性人心的问题，这也正是文学的要义所在。它给我们提供了思考，文学到今天，该如何反映现实生活和回应我们所处的时代，该如何书写时代大变革下乡村现场的心灵和精神。

《诗经》里说，“民亦劳止，汔可小康”，曾被渴盼了几千年的梦想将在2020年实现，精准扶贫这项伟大的社会实践，对中国、全人类都具有极为重要的意义。而精准扶贫的核心词语就是现场感。作家要以“我在”姿态去书写，不仅要写出当下乡村整个群体的生存现场，还要写出他们的精神现场和心理现场。写法上，我注重个体及其变化，这个变化着重在人物的内心和精神。而他们的内心和精神绝不是孤立的，而是在历史和时代变化中的种种经历，主要表现为遭受天灾人祸后的困顿和窘迫，但是在精准扶贫政策下，弱势群体和帮扶人员一起努力摆脱经济、精神和心理层面的贫困，他们的身上闪烁着时代的精神光芒。他们作为时代新人，正在完成个体和时代的彼此构建。

用个比方作为结束语。乡村现场是一个母体般的存在，而写作者就是一个坐在星空下的孩子，他们对外面的世界和变幻莫测的未来高谈阔论，此时，乡村现场就像专制而好奇的父亲和母亲，坐在历史和时代双重建构的船舶上，驶进我们的谈话中来。

我们无法视而不见——这是我们共同的命运。

朱朝敏

2020年10月